U0516560

诗经八堂课

刘冬颖 著

中华书局

图书在版编目(CIP)数据

诗经八堂课/刘冬颖著. —北京:中华书局,2018.8
ISBN 978-7-101-13341-7

Ⅰ.诗…　Ⅱ.刘…　Ⅲ.《诗经》-诗歌研究　Ⅳ.I207.222

中国版本图书馆 CIP 数据核字(2018)第 150262 号

书　　　名	诗经八堂课
著　　　者	刘冬颖
责任编辑	郭时羽
出版发行	中华书局
	(北京市丰台区太平桥西里 38 号　100073)
	http://www.zhbc.com.cn
	E-mail:zhbc@zhbc.com.cn
印　　　刷	北京瑞古冠中印刷厂
版　　　次	2018 年 8 月北京第 1 版
	2018 年 8 月北京第 1 次印刷
规　　　格	开本/880×1230 毫米　1/32
	印张 9¾　插页 6　字数 220 千字
印　　　数	1-6000 册
国际书号	ISBN 978-7-101-13341-7
定　　　价	36.00 元

荇 菜

参差荇菜，左右流之。

窈窕淑女，寤寐求之。

萱　草

焉得谖草？言树之背。

愿言思伯，使我心痗。

木 瓜

投我以木瓜，报之以琼琚。

匪报也，永以为好也！

甘 棠

蔽芾甘棠，勿翦勿伐，召伯所茇。

螽　斯

螽斯羽，诜诜兮；宜尔子孙，振振兮。

雁

子兴视夜，明星有烂。

将翱将翔，弋凫与雁。

蜉 蝣

蜉蝣之羽，衣裳楚楚。

心之忧矣，于我归处。

蝶

齿如瓠犀，螓首蛾眉。

巧笑倩兮，美目盼兮。

目　录

序：风雅中国，源自《诗经》

　　"风雅"这个美好而丰富的词汇，源自《诗经》，与《诗经》的分类有着直接关系。

　　《诗经》305篇分风、雅、颂三类：风是经过乐官加工的，带有各地风俗色彩的民间歌谣；雅是宫廷宴享或朝会时的乐歌，浸润着浓厚的礼仪元素；颂则是具有史诗性质的气魄宏大的民族颂歌。其中，尤其是"风"和"雅"与人民生活更贴近，表现出强烈的关注社会现实的热情和真诚积极的人生态度，在历史上引起了无数人的喜爱和共鸣。中国文学史中有个概念叫"风雅精神"，一言以蔽之：就是《诗经》"风"和"雅"中的现实主义精神。《诗经》这种"风雅精神"影响了后代诗歌，汉乐府的缘事抒情，杜甫、白居易诗的关注现实人生，等等，都是这种精神的直接继承，他们言百姓言、道百姓事，体现了中国文人的良知。

　　在儒家"六经"(《诗》《书》《礼》《乐》《易》《春秋》)序次中，《诗经》居于首位。在个体层面，"风雅"表现为士人文质彬彬的君子之风，是人们推崇和追慕的气质风度；在社会层面，又因为《诗经》集中反映了以周礼为导向的和谐、文明、有序的社会生活,"风雅精神"也就和古代中国的伦理道德建设广泛关联,关乎家国天下的风尚再造。"风雅精神"也就从一个诗学概念,逐渐推及士人典雅审美习惯的培养和道德节操的培育,并关乎中国文明。

如何走近风雅?

孔子对《诗经》的理解,能帮助我们更好地领悟。孔子曾说:"《诗》三百,一言以蔽之,曰思无邪。"(《论语·为政》)这说明《诗经》中的风雅精神是以心灵的纯正作为底色的。孔子还曾谆谆告诫儿子孔鲤:"不学《诗》,无以言。"这意味着"风雅"不应只是内在精神的充实和雅正,而且也需要外在彰显,将"风雅"体现到语言及仪容上。

《诗经》作为一部诗集,已经流传数千年,之所以历久不衰,究其原因,正是有其不可磨灭的"道"在,这就是中华文化之"道",它于潜移默化中影响着我们的思想观念、伦理道德乃至行为方式等诸多方面。《诗经》核心的"道",正是风雅精神。《诗经》是在春秋中期结集的,距今已有 2 500 多年。从春秋中期到二十世纪初废除科举制度、废止读经,这两千多年来,《诗经》一直是古代孩子们拿在手中的教科书,也是儒家学者们心中的神圣经典,一度还曾是科举考试的必考科目。可以说,《诗经》的"风雅精神"滋润了一代又一代人的心灵,又经过了历史上无数精彩心灵的熔铸而变得更加丰富、博大。所以,亲近《诗经》、了解"风雅精神",也就成为今天的我们溯源中华文明的一条必经之路。遗憾的是,按照现代学科分类,《诗经》仅被纳入"文学",消解了《诗经》在中国文化史上礼乐教化的综合功能。今天的我们学习《诗经》，决不应只将之看作文学作品，而应观照其优美文字背后所传达的深厚文化意蕴，及在中国文化史上产生重要影响的风雅精神。

经典是常在常新的。但经典的生命只有以文化示范的形式体现并融入当代生活中，才有实际意义。自《诗经》时代流传至今的风雅精神，是一种尊崇礼仪、遵奉文明的积极行动。我们今天提倡的"美丽中国"建设，不应仅指自然界的山川秀美，同时也应包括继承、弘扬中华优秀传统文化中的风雅精神。在《诗经八堂课》这本书中，我不想过度个人化解读，只是想做个导游，为喜欢《诗经》的朋友们导览，通过八堂课让你认识《诗经》。只要你对"风雅"有一种美好的憧憬，这本书都可伴你游于《诗经》的山间水湄。假如你因阅读本书而游兴大发，要撇开导游，自己去《诗经》徒步旅行一番，真切地感受风、雅的魅力，那更是导游的荣幸。

《诗经》是风雅中国的乡音，"所谓伊人，在水一方"、"执子之手，与子偕老"、"窈窕淑女，君子好逑"、"投我以木桃，报之以琼瑶"，这些古老文字并没有在岁月风尘里发黄，其所表述的情感依然在今天的生活中盛开如花。在这一点上来说，我们与《诗经》之间虽有近三千年的时间阻隔，却是心有灵犀一点通的。在增强文化自信、建设文化强国的今天，从诵读《诗经》开始，共同建设风雅中国。

刘冬颖

书于戊戌年上巳日前

第一课

素朴之音：《诗经》之前的《诗》

《诗经》是我国第一部诗歌总集,共收入自西周初年至春秋中叶五百多年间的诗歌共 305 篇。先秦典籍的大量材料,如:《左传》《国语》凡引《诗经》中的词句,都称"《诗》曰"、"《诗》云";《论语》中孔子也称《诗》或《诗三百》;战国诸子著作中亦如此通称。可见《诗》或《诗三百》是这部诗集的本名。

　　《诗》被称作"经",是由于孔子曾经把它和《书》《礼》《乐》《易》《春秋》一起当作传授弟子的教本。随着儒家学派地位的变化,汉代以后,孔子被奉为神圣的偶像,这几部上古典籍就被尊为经典。素朴的《诗三百》就被称为《诗经》了。

　　"经"是什么意思呢? 甲骨文中未发现"经"字,"经"字始见于周代金文,文中多用"经"的初文"巠"。东汉文字学家许慎在《说文解字》中说:"经,从织也。"清朝学者段玉裁注解说:"织之从(纵)丝谓之经,必先有经而后有纬,是故三纲、五常、六艺谓之天地之常经。"就是说,经是指织布时的竖线,只有先把竖线排好,才能用横着的纬线织出布来。可见经字的本义并不深奥。经线能起到定纲的作用,经线既定,一块布也就织好了,所以,"经"的关键点就在于确定最基本的东西。古人由此引申认为,儒家著作所宣扬的思想是社会秩序得以稳定的根本,起着极重要的作用,因此将儒家典籍称为"经"。从汉代开始,在中国古代的图书分类中,《诗经》就被划分到经典一类,从《汉书·艺文志》到《隋书·经籍志》,再到《四库全书总目提要》,皆如是。

邶风·静女

静女其姝①，俟我于城隅②。爱而不见③，搔首踟蹰④。

静女其娈⑤，贻我彤管⑥。彤管有炜⑦，说怿女美⑧。

自牧归荑⑨，洵美且异。匪女之为美，美人之贻。

【注释】

① 静女：贞静娴雅之女。姝(shū)：美好。

② 俟：等待，此处指约好地方等待。城隅：城角隐蔽处。

③ 爱而：隐蔽的样子。见，通"现"出现。

④ 踟蹰(chí chú)：徘徊不定。

⑤ 娈：面目姣好。

⑥ 贻：赠。彤管：红色的管状植物，或为红色箫笛一类的管乐器。或言是红管的笔，古代女史所用。

⑦ 有炜(wěi)：形容红润美丽。"有"为形容词的词头。

⑧ 说(yuè)：通"悦"，喜爱。怿(yì)：喜悦。

⑨ 牧：野外。归：通"馈"，赠。荑(tí)：白茅芽。古代有赠白茅表示爱意的民俗。

《静女》的作者应是一位男子，一位情深意长又情趣颇丰的男子。在他心里，自己爱的女人既温柔娴静又姝丽无比，"静女其姝"。一个女子，当爱情之花在她心中盛开时，即使没有任何背景的陪衬,她就已经很美丽了。而静女的背后陪衬着一段古老的城墙,她"俟我于城隅"。厚重的城墙在一个女孩子身后延伸,好似一幅韵味深远的油画。画面虽简单,可能发生的故事却是无限的——她和心上人约好在城墙角落见面了!

"静女"的美吸引了从古至今的许多学者,他们滔滔不绝,喋喋不休,其中不乏对静女的种种猜疑,说她是"淫女",很会勾引男人。其实,这些争论我们都不必去管它,我们只要欣赏诗中的唯美爱情就好。"匪女之为美,美人之贻",可爱的静女送给男主人公一束她从郊外采摘的荑草,并不是荑草本身有多珍异,因为它是心上人的赠与,所以才格外美丽!

此诗一、二章"静女其姝"、"静女其娈",反复赞美女主人公的美,正是《诗经》典型的重章叠唱;全诗句尾用韵,其中第一章是一韵到底,第二章"娈"和"管"押韵,"炜"和"美"押韵,换了一次韵,体现了《诗经》隔句押韵,带有很强的节奏韵律规范的特点;"踟蹰"是双声的连绵词,带有形容词词性,这种连绵词在状物、表意上有很强的表现力,而且还增添了诗歌的音韵美。

——这就是《诗经》的语言魅力。

一 《诗经》的语言魅力

《诗经》是讲求句式整齐、韵律和谐的诗歌形式,可以配乐演唱。《诗经》的基本句式是四言,间或杂有二言直至九言的各种句式。但杂言句式所占比例很低。只有个别诗是以杂言为主的,如《伐檀》。由于修辞方式、文学表现手法以及声律节奏的需要,在语言和词汇运用方面必然形成自己的特色。当然,《诗经》的作品,毕竟涉及很长的时代和很广的地域,风格形式又不相同,它们的语言不可能是绝对统一的。在词汇方面,也就必然出现相当复杂的现象。《诗经》的语言艺术成就主要如下:

1. 名词、动词的丰富多彩和具象化。《诗经》中的词语丰富多彩,使用的单字近三千个,表述了西周、春秋时代极为丰富的社会生活。《诗经》名词、动词的最大特征是它的具象化。例如《诗经》中很少使用抽象的一般性名词“马”,却运用了三十多个具有描述作用的特殊名词表述不同的“马”,如“鸨”指毛色黑白相间的马,“黄”指毛色黄白相间的马,“骆”指白毛黑鬣的马等,这体现了《诗经》时代的人们与自然十分亲近,也体现了马在当时人生活的重要性。从这三十多匹不同的“马”,可以看到我们的祖先与动物的亲密关系,因为只有真正尊重这些生灵,才会给每一种马,分别起一个名字;《诗经》中的动词也具有具象化的特征,如其中描写手的动作的词就有五十多个,这说明了我们祖先对人类生活的细心观察以及创造语言的高超能力。

2. 擅长运用重言或双声叠韵词来摹声描形。重言如夭夭、灼灼、迟迟、习习、霏霏、依依、皎皎等,双声(两个字的声母相同)如参差、踟蹰、黾勉等,叠韵(两个字的韵母相同)如辗转、窈窕、逍遥等。如《诗经》首篇的《关雎》:

关关雎鸠,在河之洲。窈窕淑女,君子好逑。

参差荇菜,左右流之。窈窕淑女,寤寐求之。
求之不得,寤寐思服。悠哉悠哉,辗转反侧。
参差荇菜,左右采之。窈窕淑女,琴瑟友之。
参差荇菜,左右芼之。窈窕淑女,钟鼓乐之。

开篇盈耳的是"关关"(叠字)的水鸟叫声;"窈窕"(叠韵)表现淑女的美丽,"参差"(双声)描绘水草的状态,"辗转"(双声兼叠韵)刻画因相思而不能入眠的情状,既有悦耳的声音,也有生动的形象。在古汉语中,这类词汇大抵是形容词性质,有助于表达曲折幽隐的感情,描绘清新美丽的自然。这些词汇在状物、表意上有很强的表现力,而且还增添了诗歌的音韵美,有许多至今仍被使用着。

3. 用韵规范,节奏韵律优美。《诗经》的主体是二节拍的四言诗,带有很强的节奏韵律规范。305 篇中除了 7 篇全不用韵,98% 都用韵。这 7 篇都在祭祀诗里(《周颂》《商颂》),至于《国风》《小雅》和《大雅》每篇都用韵。《诗经》最常用的押韵方式就是在偶数句中隔句押韵,使《诗经》的语言具有很强的节奏感。从韵在句中的位置看,句尾韵是最普遍的形式,如《静女》全诗、《硕鼠》全诗等。我们现在读《诗经》,大多篇章仍琅琅上口,合辙押韵,有些篇章读起来并不押韵,这是因为语言经过长期的历史演变,两三千年间上古语音和现代语音发生了很多变化,我们用现代汉语去读两三千年前的古诗,自然有佶屈聱牙之处。

4. 重章复沓的章法。《诗经》是以四言句为主,每句四个音节,有许多是四句一章,而全诗各章基本重复,每章之间只替换几个字,往往只用十多个字就把全部情感表达出来,读起来只有十多个音节。这种重章叠唱的形式,意义和字面只有少量改变,会造成一唱三叹的效果。典型的例子,如《周南·芣苢》:

> 采采芣苢,薄言采之。采采芣苢,薄言有之。
> 采采芣苢,薄言掇之。采采芣苢,薄言捋之。
> 采采芣苢,薄言袺之。采采芣苢,薄言襭之。

全篇三章十二句,只变动了六个动词,不但写出采摘的过程,而且通过不断重复的韵律,表现出生动活泼的气氛,似乎有一种合唱、轮唱的味道。清人方玉润说:"恍听田家妇女,三三五五,于平原旷野、风和日丽中群歌互答,余音袅袅,若远若近,忽断忽续。"(《诗经原始》)诗篇重章复沓、起伏扬抑,声韵和声调有机结合,自然产生节奏有序、铿锵流畅、和谐悦耳的音乐效果,使得《诗经》的语言具有高度的音乐性,便于传唱和记诵。重章复唱的形式也影响了《诗经》的语言。首先,它使《诗经》中形成一些套语,这些套语不仅方便了记忆,而且也是语言运用的一种技巧和表达主题的一种手段;它还影响了《诗经》的遣词造句,因为套语有相对固定的形式,不能随意改变,所以只能抓住中心词进行锤炼,靠中心词语的变换来叙事状物、写景抒情,从而取得突出的表达效果。如《芣苢》中仅变换了六个动词,借此造成动作描写的连贯、画面的流动、情感的加强,可谓言简意深。

　　5. 双音节词的增多。汉语词汇从以单音节词为主过渡到以双音节词为主,经历了十分漫长的演化过程,而《诗经》所处的时代,正是这个演化过程中的重要节点。《诗经》的文学形式特点决定了它在语言中重视双音节词和双音节词组的运用,这又直接促进了汉语词汇向双音节化的发展。

流传到现在的《诗经》在文字方面尽管也有异文或错简,但不像《尚书》那样,在成书时代和作品真伪方面存在着复杂的问题,因此,《诗经》作为语言资料的研究价值是十分可贵的。

二 《诗经》中的诗是怎样采集的?

《诗经》共有风、雅、颂三个部分,其中"风"包括十五《国风》,有诗 160 篇;"雅"分《大雅》《小雅》,有诗 105 篇;"颂"分《周颂》《鲁颂》《商颂》,有诗 40 篇。这三部分的区别,除了在内容上各有所侧重外,音乐方面也有不同——十五《国风》要配以具有地方特色的民间乐曲歌唱;《雅》大多是用西周都城镐京(今陕西西安市西)一带的乐调谱曲;《颂》的配乐则表现出庄重、肃穆的特点。《颂》诗主要是统治者敬神祭祖的庙堂颂歌,可以说是政府的主旋律,比较好保存。《雅》诗 105 篇多出自朝臣贵族,也比较容易记录。其中《大雅》主要是颂扬周统治者的文治武功,有许多内容是涉及周初及"宣王中兴"等有价值的史料;《小雅》多是西周后期和东周初期的作品,内容以反映王室统治危机的政治诗为主。而出现在不同地域的十五《国风》能够流传至今,必定有其专门的收集者。那时交通不便,书写又特别困难,如果没有专人去收集,《诗经》就不会长久地流传下来。

把地域如此之广、时间跨度如此之大的诗作集中到一起，没有一个政府的专门机构主持收集整理和再加工是不可能的。但是，究竟是谁将这些诗歌编纂成书的呢？迄今仍存在种种不同的说法。

一说王者采诗。《诗经》中诗歌的创作时间，上起西周初年，下至春秋中期，绵延五个世纪。创作的地点，几乎包括了整个黄河流域，加上长江、汉水一带，纵横上千里。怎样把众多的诗歌集中起来呢？《汉书·艺文志》说："故古有采诗之官，王者所以观风俗，知得失，自考正也。"《汉书·食货志》描述得更为详细："孟春之月，群居者将散，行人振木铎徇于路，以采诗。"诗歌是人民心声的反映，周天子派出采诗官将诗歌采集回来，就是想了解广大民众的心声。从这些发自内心的话语中，天子可以考察到下面的风土人情，了解到政治的得失，以便发扬或改正。

一说周朝太师编定。朱自清在《经典常谈》中指出，春秋时各国都养了一班乐工，像后世阔人家的戏班子，老板叫太师。各国使臣来往，宴会时都得奏乐唱歌。太师们不但要搜集本国乐歌，还要搜集别国乐歌。除了这种搜集来的歌谣外，太师们保存的还有贵族们为了祭祖、宴客、出兵打猎等作的诗；又有讽刺、颂美等献诗，是臣下作了献给君上，准备让乐工唱给君上听的，可以说是政治诗。太师们保存下来的乐谱和唱词共有三百多篇，当时通称作《诗三百》。各国的乐工和太师们把搜集、整理好的诗歌献给周王室，由周太师编纂使之更加雅正。《国语·鲁语下》有"正考父校商之名颂十二篇于周太师"的记载，正考父是宋国的大夫,献《商颂》于周王朝的太师。今本《诗经》的《商颂》只有五篇,很可能是太师在十二篇基础上删定的。《国语·周语》记载:"天子听政,使公卿至于列士献诗。"应该是可信的。

一说孔子删诗。这种说法起源于汉代。《史记·孔子世家》载:"古者《诗》三千余篇,及至孔子,去其重,取可施于礼义,……三百五篇孔子皆弦歌之,以求合《韶》《武》《雅》《颂》之音。"《汉书·艺文志》也说:"孔子纯取周诗。上采殷,下取鲁,凡三百五篇。"都认为《诗经》是由孔子选定篇目的,把《诗经》的编纂之功归之于孔子一人。但是,持异议者提出一些反驳的理由:首先,《史记》言孔子删诗是在从卫国返回鲁国之后,此时孔子68岁。在此之前,孔子均称《诗三百》,可见在孔子中青年时期,《诗经》早已编定为三百篇。其次,《左传·襄公二十九年》载,吴国公子季札在鲁国观赏周乐,乐工们先奏十五《国风》,再奏《小雅》《大雅》,最后奏《颂》,次序和内容基本上与今本《诗经》相同,此时孔子虚龄只有八岁,可见当时《诗经》的篇目和次序已定型。第三,春秋各诸侯国之间邦交往来,常常赋《诗》言志。如果当时《诗经》没有统一的篇目,赋《诗》言志就无法进行。那么,司马迁所说是为何意呢?是说孔子对《诗经》的整理主要侧重在音乐方面吗?传世文献中没有答案,我们只能期待地下考古资料的出现以进一步明证。

综上所述,《诗经》的编定是以"王者采诗"的需要为前提,由周太师编定的。而孔子出于教学的需要,对《诗经》进行了一些音乐和文辞上的整理。"采诗之官"的官名叫"酋人"或"行人"。他们常常到民间采风,将采集来的歌谣献给乐官太师。各国太师对本地诗歌的收集是一种经常性的工作,他们把流行于本国的诗歌派人收集上来,进行筛选整理,然后送交周太师,由周太师呈给周天子欣赏。周王室的乐官太师显然对那些面貌互异的作品进行过加工改造,有所淘汰,也有所修改。所以现存的《诗经》,语言形式基本上都是四言体,韵部系统和用韵规律大体一致,而且有些套句出现在异时异地的作品中,如"彼其之子"、"王事靡盬"、"万寿无疆"等。周代交通不便,语言各异,不同时段、不同地区的歌谣,倘非经过加工整理,不可能出现上述情况。可以认为,由官方制作乐歌,并搜集和整理民间乐歌,是周王朝的文化事业之一。从西周初年到春秋中叶,这种"采诗"活动一直持续不断。周太师经过删节、编选,汇总成一个统一的本子,然后分发各国,以便学习应用。从当时列国士大夫在各种场合赋《诗》、引《诗》的熟练程度来看,《诗经》已有定本。在春秋240年间,《左传》和《国语》中所引用的诗歌,便有250多条,其中95%的诗篇可见于今本《诗经》,佚诗只占5%。这充分说明,当时早已有比较固定的《诗经》本子。

我们现在看到的这本集子,是自汉代以后传下来的定本。《诗经》传至汉代,有齐、鲁、韩、毛四家。其中前三家都属于今文《诗》学,西汉时得到朝廷的承认,立于学官,各设了博士官并教授门徒。今文《诗》学至魏晋以后逐渐衰亡;《毛诗》相传为西汉初年毛亨、毛苌所传授,属于古文《诗》学。东汉以后,《毛诗》逐渐盛行。东汉末年经学大师郑玄为之笺注后更是广泛流传。现今传世的即是《毛诗》,共311篇,其中有6篇仅存篇名而无诗文。

三 《诗经》的作者是什么人?

《诗经》不是一个人的创作,也不是一时一人所编集,它是五百年间的集体创作,并经过无数人的采录、辑集和不断加工。因为时代久远,305 篇诗的作者已经渺然而不可知。《诗经》文本中直接标明作者的只有 5 篇:

1. 家父。《小雅·节南山》:"家父作诵,以究王讻。"

2. 孟子。《小雅·巷伯》:"寺人孟子,作为此诗。"

3. 吉甫。《大雅·崧高》:"吉甫作诵,其诗孔硕。"

4. 吉甫。《大雅·烝民》:"吉甫作诵,穆如清风。"

5. 奚斯。《鲁颂·閟宫》:"新庙奕奕,奚斯所作。孔曼且硕,万民是若。"

除这 5 篇诗外,《诗经》大部分篇目的作者已难考证。值得注意的是,先秦一些典籍还记录了《诗经》部分篇章的可能作者群:

1. 郑人作《清人》

《左传·闵公二年》说:"郑人恶高克,使帅师次于河上,久而弗召,师溃而归。高克奔陈。郑人为之赋《清人》。"郑国将军高克,统军无方,虽战马强壮,武器精良,但却军心散漫,无所事事,所以郑国人作了《清人》这首诗讽刺高克。

2. 卫人作《硕人》

据《左传·隐公三年》记载,卫庄公娶齐庄公之女庄姜为妻。庄姜美貌无双,为人仁厚,却没有子女,受到其他妾侍的谗嫉。卫国人感叹其人的品貌与人生现实的差距,为之赋《硕人》一诗。人们往往对美好的事物得不到珍惜和爱护寄予深深的同情和惋惜,何况是美貌端庄而备受冷落的一国之母呢?诗人铺排摹写了她出嫁时的盛况和美貌,以反衬她目前受到的冷落。

3. 秦人作《黄鸟》

殉葬是古代社会的一种恶习,被殉的不仅是奴隶,还有统治者生前最亲近的人,秦穆公以"三良"从死,就是一例。《左传·文公六年》载:"秦伯任好卒(卒于周襄王三十一年,即公元前621年)。以子车氏之三子奄息、仲行、鍼虎为殉,皆秦之良也。国人哀之,为之赋《黄鸟》。"据此,不仅《秦风·黄鸟》的本事有信史可征,作诗年代亦有据可考。《史记·秦本纪》亦载其事:"缪(穆)公卒,葬雍。从死者百七十七人。秦之良臣子舆(车)氏三人名曰奄息、仲行、鍼虎,亦在从死之中。秦人哀之,为作歌《黄鸟》之诗。"

4. 秦哀公作《无衣》

《左传·定公四年》记载,吴国攻打楚国,楚国几乎要败亡了,楚国派大将申包胥到秦国请求援兵,申包胥痛哭七日七夜,秦哀公深为感动,赋《无衣》篇,表示决心相救,恢复楚国。诗中的同仇敌忾之情感染了无数人,所以收到了《秦风》中。

5. 许穆夫人赋《载驰》

《左传·闵公二年》有明文记载,狄人灭卫之后,"许穆夫人赋《载驰》"。卫国覆灭后,先立戴公(许穆夫人之兄)于曹,不久戴公死,其弟文公继立。从诗反映的季节看,当作于卫国被灭的第二年,即文公元年,所以其创作时间应在公元前 659 年春夏间。许穆夫人也因此诗被认为是中国第一位女诗人。另,魏源在《诗古微》中考证,《泉水》《竹竿》也是许穆夫人的作品。此说有一定的合理性,但没有确定的证据。

6. 周公作《鸱鸮》

武王伐纣后,封管叔、蔡叔及霍叔于商朝旧都近郊,以管理、监视商朝遗民,号称“三监”。武王去世后,年幼的成王继位,由叔父周公辅政,致“三监”不满。管叔等散布流言,说周公将不利于成王。周公为避嫌疑,远离京城,迁居洛邑。不久,管叔等人与商纣王之子武庚勾结叛乱。周公奉成王之命,兴师东伐,诛管叔、杀武庚、放蔡叔,收殷余民。据《尚书·金縢篇》记载,周公平乱后,遂写《鸱鸮》一诗献与成王。其诗曰:“迨天之未阴雨,彻彼桑土,绸缪牖户。”诗中周公以一只失去爱子仍努力筑巢的哀伤母鸟,来比喻自己鞠躬尽瘁、忠诚于周王朝的苦心。

7. 卫武公作《抑》

《国语·楚语上》曰:“昔卫武公年数九十有五矣,犹箴儆于国,曰:自卿以下至于师长士,苟在朝者,无谓我老耄而舍我,必恭恪于朝,朝夕以交戒我;闻一二之言,必诵志而纳之,以训导我。在舆有旅贲之规,位宁有官师之典,倚几有诵训之谏,居寝有亵御之箴,临事有瞽史之导,宴居有师工之诵。史不失书,矇不失诵,以训御之,于是乎作《懿》诗以自儆也。”卫武公是周的元老,经历了厉王、宣王、幽王、平王四朝。厉王流放,宣王中兴,幽王覆灭,他都是目击者。平王在位时,他已八九十岁,看到自己扶持的平王施政不当,政治黑暗,不禁忧愤不已,写下了这首《抑》诗。

8. 周公作《时迈》

武王克商之后,巡守四方燔火祭天及山川,《时迈》就是祭祀时所用的乐歌。据《国语·周语上》说作者是周公。

现在可以肯定的是,《诗经》的作者身份十分广泛,《雅》《颂》的不少篇章是出于当时的贵族及文人之手,既有上层的公卿大夫,也有中下层的"士","风"类诗歌的作者大多是普通民众,后来经过各国太师和周太师的整理加工。旧解说各篇是某些王公圣贤的传世之言,没有明确的证据。

第二课

风雅长存：《诗经》中的基本概念

《诗经》的"六义"问题是经学史、文论史长期研究的课题。何谓"六义"?

赋、比、兴是前人总结的《诗经》的三种表现手法或艺术技巧,与风、雅、颂合称"六义"。风、雅、颂是《诗经》的三大组成部分,而赋、比、兴则是我国先民在文学技巧上的创新。

卫风·伯兮

伯兮朅兮^①，邦之桀兮^②。伯也执殳^③，为王前驱^④。
自伯之东，首如飞蓬^⑤。岂无膏沐？谁适为容^⑥！
其雨其雨，杲杲出日^⑦。愿言思伯，甘心首疾^⑧。
焉得谖草^⑨？言树之背^⑩。愿言思伯，使我心痗^⑪。

【注释】

① 伯，兄弟姐妹中年长者称伯，此处系指其丈夫。朅（qiè）：
   英武高大的样子。

② 邦：国家。桀：同"杰"，杰出的人才。

③ 殳（shū）：古兵器，杖类，长一丈二尺，无刃。

④ 前驱：冲杀在前面的官兵，即先锋。

⑤ 之：动词，去、往。蓬：草名。蓬草一干分枝以数十计，枝
   上生稚枝，密排细叶。枝后往往在近根处折断，遇风就被
   卷起飞旋，所以叫"飞蓬"。这句是以飞蓬比头发散乱。

⑥ 膏：妇女润发的油。沐：洗发的汁。适：悦。谁适为容：
   言修饰容貌为了取悦谁呢？

⑦ 杲杲（gǎo）：明亮的样子。

⑧ 愿：思念殷切的样子。疾：痛。甘心首疾：言虽头痛也是
   心甘情愿的。

⑨ 谖（xuān）草：即萱草，又忘忧草。

⑩ 言：语助词，无实义。树：动词，种植。背：古文和"北"同

字。这里"背"指北堂,或称后庭,就是后房的北阶下。

⑪ 痗(mèi):忧思成病。

《诗经》三百篇,差不多篇篇有情,而情最浓者,就是《伯兮》中的女子。从诗的第一章开始,她就毫无保留地夸耀自己的男人是多么杰出,多么受器重,是"邦之桀兮"(国家的英雄);诗中流露着无限的骄傲和得意,使人仿佛看见她脸上焕发的神采,而感染到她的喜悦。"自伯之东,首如飞蓬。岂无膏沐,谁适为容?"这四句诗是言情的经典。女子的脸上总是清楚地写着爱情的来去。当她的丈夫出征以后,这位小妇人竟无心梳洗,以致"首如飞蓬"。诗中没有正面写这女子如何思念丈夫,而是白描出女子的容貌,她素面朝天如花儿凋谢。这四字把她那失去了生活重心,茶饭无心的恹恹情态形容了出来,虽简约,却情意深重。这就是《诗经》中的"比",把不再打扮后的自己的头发比喻成零乱的蓬草!紧跟着的两句:"岂无膏沐? 谁适为容!"是心迹的表白,是以对自己女性美的破坏来拒其他男人于千里之外。这古老的诗句,以它不加修饰的素朴又真挚的情感,触动了一代代有情人心中的柔软。

这是一首卫风,全诗采用赋法,边叙事,边抒情,思妇先由夸夫转而引起思夫,又由思夫而无心梳妆到因思夫而头痛患了心病,叙写步步细致,感情层层加深,仅用铺陈直叙的简约"赋"法,就把主人公内心冲突的辗转递升描述了出来,使得诗篇具有极强的艺术感染力。

一 "六义"是什么意思?

《诗经》分风、雅、颂三类,这种划分的依据是什么呢? 首先是音乐性质的不同;其次是诗歌内容的差异。

风,是不同地区的地方音乐,是从周南、召南、邶、鄘、卫、王、郑、齐、魏、唐、秦、陈、桧、曹、豳等 15 个地区采集上来的土风歌谣,共 160 篇。雅,即朝廷之乐,是周王朝直辖地区的音乐,大部分为贵族的作品,即所谓正声雅乐;《雅》诗是宫廷宴享或朝会时的乐歌,按音乐的不同又分为《大雅》31 篇,《小雅》74 篇,共 105 篇,大部分是贵族文人的作品。颂是宗庙祭祀的乐歌和史诗,内容多是歌颂祖先功业的,又分为《周颂》31 篇,《鲁颂》4 篇,《商颂》5 篇,共 40 篇,全部是贵族文人的作品。

赋、比、兴是怎么回事? 在《诗经》中又起到了哪些作用呢?

对于赋、比、兴的解释,历来不同。朱熹的解释比较准确。他说:

"赋者,敷陈其事而直言之者也";

"比者,以彼物比此物也";

"兴者,先言他物以引起所咏之词也"。(《诗集传序》)

概言之,赋、比、兴是诗歌创作形象思维的重要表现方法。赋就是铺陈直叙,即诗人把思想感情及其有关的事物平铺直叙地表达出来;比就是比方,以彼物比此物,借一个事物来作比喻;兴则是触物兴词,客观事物触发了诗人的情感,引起诗人歌唱,所以大多在诗歌的发端。《诗经》里大量运用了赋、比、兴的表现手法,加强了作品的形象性,获得了良好的艺术效果。

赋是《诗经》中最基本的创作手法,也是最灵活的手法,它可以叙事、写景、状物、抒情,用简洁的语言表情达意,给读者以深刻的印象。明谢榛说:"予尝考之《三百篇》:赋,七百二十;兴,三百七十;比,一百二十。"(《四溟诗话》卷二)可见用赋的写作手法在《诗经》中是非常广泛的。如《王风·君子于役》写乡村晚景,睹物思人,用的就是一种直陈其事、直抒胸臆的手法。再如《卫风·氓》叙述古代一个女子从恋爱、婚变、决绝的过程,"氓之蚩蚩,抱布贸丝。匪来贸丝,来即我谋"——用赋的手法写这个男子一脸憨笑、耍着小小的花招,假装卖丝,向女子求婚。这一句描写既表现了男子的狡黠、急切,又为下文两人的婚姻悲剧埋下伏笔并构成对比。《诗经》中如《氓》这般素朴又生动的"赋"笔不胜枚举。

《诗经》用"比"之处,也比比皆是,手法富于变化。《卫风·氓》中"桑之未落,其叶沃若"、"桑之落矣,其黄而陨",用桑树从繁茂到凋落的变化来比喻爱情的盛衰;《小雅·鹤鸣》用"他山之石,可以攻玉"来比喻治国要用贤人;《卫风·硕人》:"手如柔荑,肤如凝脂,领如蝤蛴,齿如瓠犀,螓首蛾眉。"连续用"柔荑"喻美人之手,"凝脂"喻美人之肤,"瓠犀"喻美人之齿等,把庄姜之美形象化,给人鲜明、生动的印象。这些都是《诗经》中用"比"的佳例。《诗经》用"比"体的方式非常灵活,有几种形式:

1. 一物比一物:如前引《卫风·伯兮》"自伯之东,首如飞蓬",以"飞蓬"比喻女子头发散乱,无心梳妆;《氓》用桑树从繁茂到凋落的变化来比喻爱情的盛衰。《邶风·谷风》:"习习谷风,以阴以雨。黾勉同心,不宜有怒。"以山谷之风,比喻人的盛怒。

2. 前两句比喻后两句:"于嗟鸠兮,无食桑葚。于嗟女兮,无与士耽。"(《卫风·氓》)翻译过来就是,成熟的桑葚挂在枝头,诱惑着人,也诱惑着鸟,真馋!女孩子们,千万别像贪吃的斑鸠,吃多了桑葚醉倒。男人们的情话可要打折听啊,多多提防!

3. 通篇用比:如《硕鼠》《鸱鸮》《螽斯》《鹤鸣》,此种情况不多。如《豳风·鸱鸮》:

> 鸱鸮鸱鸮!既取我子,无毁我室!恩斯勤斯,鬻子之闵斯。
> 迨天之未阴雨,彻彼桑土,绸缪牖户。今女下民,或敢侮予。
> 予手拮据,予所捋荼,予所蓄租,予口卒瘏。曰予未有室家。
> 予羽谯谯,予尾翛翛,予室翘翘,风雨所漂摇。予维音哓哓。

"比"的目的,在于使所描写对象的本质或形状、形象更加鲜明,呼之欲出。鸱鸮就是猫头鹰,在中国文化中,鸱鸮是恶鸟。这首诗的主角,是一只无助、哀嚎的母鸟。诗的开篇,恶鸟"鸱鸮"刚刚洗劫了它的巢,攫去了雏鸟,母鸟目睹飞来横祸,极度惊恐和哀伤。诗以鸟比人,表现了下层人民深受迫害的痛苦。在这首诗里,为了使本体更加鲜明、突出,喻体用了夸大的形象。在《诗经》各篇的比喻中,这样的手法是常见的。

《诗经》中的"比",常常从人们日常生活中选择大家熟知的事物作喻体,通过常见易懂的事物说明陌生、抽象的事物,这种艺术表现手法多为后世文人所效仿,成为中国文学中不可或缺的艺术手段。

再说"兴"。"兴"是《诗经》乃至中国诗歌中比较独特的手法。"兴"的本意是"起",是托物寓情,多放在一首诗的开头,可以只是一种发端,同下文并无实在意义上的关系,表现出的是思绪无端地飘移联想,常常是借对自然界的事物描写,如鸟兽虫鱼、风云雨雪、星辰日月等,先开个头,然后借以联想,引出诗人的内心情感。像《秦风·晨风》开头"鴥彼晨风,郁彼北林",与下文"未见君子,忧心钦钦",很难发现彼此间的意义联系。在《诗经》中,兴的运用大致有两种情况:

1. 起象征、联想、比拟的作用。如《关雎》,以雎鸠鸟成双成对地和鸣,相依相恋的情景,引起诗人"窈窕淑女,君子好逑"的联想;《周南·桃夭》"桃之夭夭,灼灼其华",以盛开的艳丽桃花,象征新娘的年轻貌美,同时也烘托了结婚时的热烈气氛。

2. 起创设意境、烘托气氛的作用。如《秦风·蒹葭》开头的"蒹葭苍苍,白露为霜",描绘了一幅清秋凄清的意境,渲染烘托了主人公寻觅不得的失望心情。再如《郑风·风雨》:

风雨凄凄,鸡鸣喈喈。既见君子,云胡不夷?

风雨潇潇,鸡鸣胶胶。既见君子,云胡不瘳?

　　风雨如晦,鸡鸣不已。既见君子,云胡不喜?

其起兴渲染了一种风雨交加中孤单无助的情势,加深了女主人公的相思之情。由于"兴"是这样一种微妙的手法,其作用是使文字含蓄、蕴藉,言有尽而意无穷,后代诗人特别有兴趣在这一表现手法上翻陈出新,从而造成了我国古典诗歌的一种特殊韵味。

　　在《诗经》中,常常是赋、比、兴兼用,通观三百篇,通篇用"比"的诗只有少数几篇,更没有通篇用"兴",用赋笔的诗较多。

　　《诗》之"六义",对后世诗歌影响深远。它极大地丰富了中国诗歌的表现艺术,是中国诗歌民族风格的重要特征。如果说,风、雅、颂在思想内容上被后世诗人垂范,那赋、比、兴则在艺术表现手法上为后代作家提供了学习的典范。唐代白居易《与元九书》是一篇重要的文论,他在文中阐释了"六义"的价值与意义:

　　　人之文,六经首之。就六经言,《诗》又首之。何者?圣人感人心而天下和平。感人心者,莫先乎情,莫始乎言,莫切乎声,莫深乎义。诗者,根情,苗言,华声,实义。上自圣贤,下至愚骇,微及豚鱼,幽及鬼神,群分而气同,形异而情一;未有声入而不应,情交而不感者。圣人知其然,因其言,经之以六义;缘其声,纬之以五音。音有韵,义有类。韵协则言顺,言顺则声易入;类举则情见,情见则感易交。于是

乎孕大含深，贯微洞密。上下通而二气泰，忧乐合而百
志熙。

白居易把《诗经》比作一棵开花结果的树，以情为根本，以语言为
枝叶，优美的声韵如花朵，深刻的义理是果实。"情"、"义"是内
容，"苗"、"华"是表现形式，四者有机地结合，实现内容和形式
的完美统一。而这一切，"经之以六义"，是以"六义"为根本的。
《诗经》的"六义"，经过后世发展，成了我国古代诗歌独有的民
族文化传统，给予后世文学创作永不衰竭的动力。

二 "言志"与"美刺"之说

"诗言志"之说，一直被学者们认为是中国古代诗歌的开山
鼻祖，是迄今为止我们见到的先秦时期出现最早、概括性最强、
表述得最为简明的一个具有代表性的诗学观点，它始出于《尚
书·尧典》：

帝曰：夔！命汝典乐，教胄子：直而温，宽而栗，刚而无
虐，简而无傲。诗言志，歌永言，声依永，律和声，八音克谐，
无相夺伦，神人以和。夔曰：於！予击石拊石，百兽率舞。

类似的说法除见之于《尚书·尧典》外，还见之于先秦其他
文献。例如，《庄子·天下》就曾说过："《诗》以道志，《书》以道

事,《礼》以道行,《乐》以道和。"《荀子·儒效》也说:"《诗》言是其志也,《书》言是其事也,《礼》言是其行也,《乐》言是其和也。"《诗》是用来表达意志的,《书》是用来传达世事的,《礼》是用来规范行为的仪式,《乐》的真谛是和谐。

人们用诗来表达心中的情感,抒发喜怒哀乐,同时也就对客观外界的人、事、物表达了自己的态度,这就是"诗言志"。在《诗经》的许多诗篇中,诗人都明确地表明了作诗的目的,有的是赞美,有的则是讽刺,如:

> 家父作诵,以究王讻。式讹尔心,以畜万邦。(《小雅·节南山》)
>
> 维是褊心,是以为刺。(《魏风·葛屦》)
>
> 吉甫作诵,其诗孔硕。其风肆好,以赠申伯。(《大雅·崧高》)
>
> 寺人孟子,作为此诗。凡百君子,敬而听之。(《小雅·巷伯》)

《诗经》中像这样直接表明作诗之意的篇章虽然不多,但足以表明当时人们对诗歌的作用已经有了清晰的认识。诗人就是想通过自己的作品,对美好的人、事、物加以赞美,希望这些能够发扬光大;而对那些丑恶的东西,则给予嘲讽、鞭挞,希望能够使之改变或消失。从305篇来看,"诗言志"就是诗人运用诗歌的艺术形式抒发在社会生活中的感受。

在中国古代的图书分类上,《诗经》从未被视作一般诗歌,而是被当作可以指导人们生活、行为,塑造人们伦理道德的经典。春秋战国时期,《诗三百》是作为政治教科书而被使用和重视的。各诸侯国使臣及士大夫把诗作为表达思想意图的工具,运用于各种外交、政治场合,充分诠释了"诗言志"之说。

中国诗歌和政治社会有着错综复杂的关系,简单地说:当诗人生逢盛世,国泰民安,歌舞升平,诗歌风格就会平和优雅,如《诗经》之《周南》《颂》等;当诗人遇到乱世,征战频仍,民不聊生,社会矛盾尖锐,诗风自然就会悲凉慷慨,批评现实的色彩也会较浓,如二《雅》中的一些讽刺诗。孔子就提出"《诗》……可以怨。"(《论语·阳货》)"怨"即"怨刺"。《荀子·赋》中有"天下不治,请陈诡诗"之说。这说明荀子已意识到了诗歌可以用来干预社会生活。到汉代,在"诗言志"的基础上,又形成了"美刺"说。"美刺"说揭示的是诗歌通过歌颂美好事物和揭露批判丑恶事物而为社会实现服务的实用功能。

> 故正得失,动天地,感鬼神,莫近于诗。先王以是经夫妇,成孝敬,厚人伦,美教化,移风俗。(《毛诗序》)

这段话明确提出了诗歌的功用在于教化,这种教化对于夫妇之道的匡正、家庭人伦关系的稳定、社会风俗的变易及国政礼义的兴废等,都有着重要作用。《毛诗序》的作者认为:"诗者,志之所之也。在心为志,发言为诗。情动于中而形于言。""治世之音安以乐,其政和;乱世之音怨以怒,其政乖;亡国之音哀以思,其民困。"社会政治状况不同,诗人的情志亦不同。因而,通过诗歌了解社会政治,并干预政治,便是自然而然的了。郑玄的《诗谱序》则认为诗歌的功用在于"论功颂德,所以将顺其美;刺过讥失,所以匡救其恶"。把"美刺"的作用说得更加明晰。这种认为《诗经》的作品都具有美刺的内容,要求诗歌直接为社会教化服务的观点,对后代产生了深远的影响。它强调了诗歌不应脱离现实,应当有益于社会人生。历史上的伟大诗人可以说都继承了这一传统,充分发挥了诗歌的"美刺"作用。中国文学史上第一位伟大的诗人屈原,他的作品,不仅表现了自己炽热的情感,同时也深刻地揭露、强烈地抨击了黑暗势力,他明确地说:"惜诵以致愍兮,发愤以抒情。"(《惜诵》)后来的李白、杜甫、苏轼等伟大诗人,莫不如此。

三 "雅言"的标准读本

《诗经》305 篇是经过整理加工的,这种整理加工的结果表现在语言方面,便是使用"雅言"。

我国是一个文明古国,幅员辽阔,民族众多,汉语与各少数民族语言并存,汉语内部又分生方言。关于当时语言的复杂状况,历史文献是有记载的。《战国策·秦策》说:"郑人谓玉未理者璞,周人谓鼠未腊者朴。"就是近音异义,周人问郑人要不要买新鲜的鼠肉,郑人以为问他要不要买璞玉。郑、周同为姬姓,而语音各异,其余诸侯国,可想而知。当时中原地区管"虎"就叫

"虎",可是地处长江中游的楚国却叫"於菟(读作 wū tú)"。《礼记·曲礼下》说得十分明确:"五方之民,言语异声。"

我们的祖先很早就一直在探索建立并推广一种能够跨方言乃至跨民族的通用语,以方便人际交流。汉民族共同语的产生年代还不能说得很确切,据《论语·述而》载:"子所雅言,《诗》《书》、执礼,皆雅言也。"意思是说:当孔子诵读《诗经》《尚书》和在司掌礼仪的重要场合,都使用"雅言"——当时中国通行的共同语,用今天的话来讲,就是普通话。由此可知,远在《诗经》时代中国就已经有了当时的普通话。操山东方言的孔子,在教学和礼仪场合中能够自觉使用当时的普通话"雅言",从而更规范正式。同时,用鲁语诵读《诗》《书》不押韵,也读不出感情,而用"雅言"读起来则朗朗上口,情深意惬。孔子的学生来自许多诸侯国,方言各异,孔子在讲学时并不使用鲁国方言,而是运用当时的规范语言"雅言"。其目的很简单,因为"雅言"是礼仪场合的用语,学好"雅言",就是传承、发扬周礼。孔子尊奉周礼,倡导礼乐文明,自然对"雅言"特别重视。

何谓"雅"呢?

段玉裁《说文解字注》:"雅之训亦云素也,正也,皆属假借。"

"雅言"可以释为"正言"。"雅言"作为言语之美的体现,包括:辞气的谦逊,态度的娴雅,文辞的通达,用语的规范,以及所传述道理的纯正。

《诗经》是孔子教学生学习语言的教材,他曾说:

小子何莫学乎《诗》。《诗》，可以兴，可以观，可以群，可以怨。迩之事父，远之事君，多识于鸟兽草木之名。(《论语·阳货》)

孔子不论在日常生活的应对，或是在师生教学的言谈中，一直努力践行"雅言"之美。

周王室建都于镐京(今西安附近)，镐京一带的语言自然成为天下的共同语，这就是"雅言"产生的背景。所有的贵族，要成为天子之臣，就首先要学会这种共同语。在非周王朝统治的区域内，也有人学习"雅言"。是否会说雅言，应该是贵族的标志。

落实到《诗经》一书上，所谓"雅言"，即"风""雅"之言。早在春秋中期就已成集的《诗经》，收集的是自西周初年至春秋中叶500多年间的诗歌305篇。这305篇诗歌来自如今陕西、山西、山东、河南、河北、湖北各地，本来有着各地方言语音的差异，但经过周太师的修订和删改，在押韵方面已经很成熟，说明《诗经》是用当时的共同语"雅言"定稿的，《诗经》正是当时"雅言"的一个标准读本。以今天的眼光看来，《诗三百》在当时不愧为一部优秀的语言文字教材，是在官方推广下普及的。在官方和私人办学的教学中，《诗三百》都是用当时的"雅言"来讲解的，即老师讲的、学生学的、互相间交谈说的都是"雅言"。

孔子就曾对他的儿子孔鲤说过："不学《诗》，无以言。"(《论语·季氏》)学《诗》，可以学习"雅言"，说大家都能听懂的标准话，从而可以进一步锻炼、提高语言表达能力。如果不学《诗经》，你就没有办法跟别国谈判会盟。《左传》和《国语》里都记载了很多次"赋诗言志"的例子,当时的谋臣智者们在外交场合,往往都通过赋《诗》的方式互相交流,是谓"礼"。赋诗万一"不类"——意思表达错了,后果不堪设想。比如说鲁昭公三年,《左传》记载郑国的子产陪同郑伯去见楚王,主人让乐工唱"瞻彼中原,其祁孔有"(《小雅·吉日》),表示自己逐鹿中原的远大志向,顺便通报明天的日程安排。子产回到住处就准备打猎用具,第二天楚王果然请郑君一块打猎。因为《吉日》篇是描写周宣王田猎的。通过所赋之诗观一国之志,在《左传》里也有详细记载。事情仍然发生在晋郑两国的外交享宴中。《左传·昭公十六年》记载说:

> 夏四月,郑六卿饯宣子于郊。宣子曰:"二三君子请皆赋,起亦以知郑志。"子齹赋《野有蔓草》。宣子曰:"孺子善哉! 吾有望矣。"子产赋郑之《羔裘》。宣子曰:"起不堪也。"子大叔赋《褰裳》。宣子曰:"起在此,敢勤子至于他人乎?"子大叔拜。宣子曰:"善哉,子之言是! 不有是事,其能终乎?"子游赋《风雨》。子旗赋《有女同车》。子柳赋《萚兮》。宣子喜,曰:"郑其庶乎! 二三君子以君命贶起,赋不出郑志,皆昵燕好也。二三君子,数世之主也,可以无惧矣。"宣子皆献马焉,而赋《我将》。子产拜,使五卿皆拜,曰:"吾子靖乱,敢不拜德?"

从这则记载中,我们又一次看到,作为小国弱国的郑国的大夫们对大国权臣的恭维与讨好。子齹所以要赋《郑风·野有蔓草》，主要是想借用其中"邂逅相遇，适我愿兮"两句诗，表明自己能与韩宣子（起）相遇，感到十分惬意；子产赋《郑风·羔裘》，意在借诗中"彼己之子，舍命不渝"、"邦之彦兮"等句意，赞美韩宣子宁肯捐舍生命以保节操的高尚品质，为国人树立了楷模。其他如子大叔、子游、子旗、子柳所赋的诗，也都是借所赋诗中的某些诗句，或美言韩宣子的仪表、风度，或表明自己对韩宣子倾心追随之意。六卿的赋诗中表现出明显的奉承用心，使韩宣子感到郑国确实不敢怠慢晋国。这时，他除了向赋诗者逐一称谢外，最后还表示，既然你们这么亲密、友好，那就可以不必忧惧了。于是，他不但向六卿献了马，并且还赋《周颂·我将》作答，借用这首诗中的"日靖四方，我其夙夜，畏天之威"诗句，一方面炫耀作为大国权臣平定天下的威风，同时也告诉屈为小国的郑国君臣可以放心，在平定天下时，他韩宣子当会遵循天道而不伤害郑国的。

从"赋诗言志"的现象我们看到，《诗经》不但是文学作品，更是活生生的语言教材，是周代各诸侯国共同使用的标准语"雅言"。整部《诗经》，倘若从言语的角度来看，所呈现的正是"雅言之美"——即文辞素朴、典雅，所表达的道理、志向非常纯正，使人感受到情感的真挚与中和。

第三课

重章叠唱：《诗经》与音乐的关系

《诗经》不仅奠定了中国古代现实主义文学的基础,而且在音乐上也曾产生过巨大的影响,是我国古代最珍贵的艺术遗产之一。诗、乐、舞自古三位一体,《礼记·乐记》云:"金石丝竹,乐之器也。诗,言其志也;歌,咏其声也;舞,动其容也。三者本于心,然后乐器从之。"《墨子·公孟篇》也言:"诵诗三百,弦诗三百,歌诗三百,舞诗三百。"体现了诗、乐、舞浑然一体的面貌。诗歌作为音乐的三个基本要素之一,音乐的审美特征必然进入《诗经》,使《诗经》具有音乐性。《诗经》中的诗句,同时也是乐舞的唱辞。虽然远古的旋律和舞姿早已失传,但从《诗经》的字里行间和考古发现的众多乐器,我们还是可以想见当时的音乐观念。在当时人看来,音乐对社会风气、对人的道德修养具有潜移默化的作用。诗乐一体的共生关系,让我们在考察《诗经》中的诗篇时,不能不关注当时音乐观念的转变。

小雅·鹿鸣

呦呦鹿鸣①,食野之苹②。我有嘉宾,鼓瑟吹笙。吹笙鼓簧③,承筐是将④。人之好我,示我周行⑤。

呦呦鹿鸣,食野之蒿⑥。我有嘉宾,德音孔昭⑦。视民不恌⑧,君子是则是效⑨。我有旨酒⑩,嘉宾式燕以敖⑪。

呦呦鹿鸣,食野之芩⑫。我有嘉宾,鼓瑟鼓琴。鼓瑟鼓琴,和乐且湛⑬。我有旨酒,以燕乐嘉宾之心。

【注释】

① 呦呦(yōu):鹿的叫声。

② 苹:藾蒿,叶青色,茎似箸而轻脆,始生香,可生食。

③ 簧:笙上的簧片。笙是用几根有簧片的竹管、一根吹气管装在斗子上做成的。

④ 承筐:指奉上礼品。将:送,献。

⑤ 周行(háng):大道,引申为大道理。

⑥ 蒿:又叫青蒿、香蒿,菊科植物。

⑦ 德音:美好的品德声誉。孔:很。

⑧ 视:同"示"。恌(tiāo):同"佻",轻佻。

⑨ 则:法则,楷模,在这作动词。

⑩ 旨:甘美。

⑪ 式:语助词。燕:同"宴"。敖:同"遨",嬉游。

⑫ 芩(qín)：草名，蒿类植物。

⑬ 湛(dān)：喜乐尽兴。

　　写宴饮的诗篇在二《雅》中占有很大的比例，凸出了周人的礼乐精神。《诗经》中的宴饮诗所歌颂的不是花天酒地、纵情享乐的生活，而是谦恭揖让、从容守礼的道德风范以及宾主之间和谐融洽的关系。《小雅·鹿鸣》是《诗经》的"四始"诗之一，就是古人在宴会上所唱的歌。开头以呦呦的鹿鸣起兴，十分和谐悦耳，营造了一个热烈而又和谐的氛围，如果是君臣之间的宴会，那种本已存在的拘谨和紧张的关系，马上就会宽松下来。诗中的人物是那样的温文尔雅，人与人之间的关系是那样的和谐融洽，本来森严的等级早已沉浸在宁静与和平之中，从而把人际关系和人情味表现得更加富于诗的魅力。

　　《鹿鸣》是先秦礼仪场合演奏最多的诗篇之一，《仪礼·乡饮酒礼》和《燕礼》都规定了宴享时"工歌《鹿鸣》"，表达友好的情谊。演奏的时候，堂上弹瑟而歌与堂下笙乐吹奏交替进行，所奏的雅乐和礼有着同样的政治功用，表明等级的尊严，制造和美雅正的氛围。

　　因为集中彰显了《诗经》的礼乐精神，后代举行乡饮酒礼、燕礼时，也将《鹿鸣》作为乐歌。东汉末年曹操还把此诗的前四句直接引用在他的《短歌行》中，以表达求贤若渴的心情。及至唐宋，科举考试后举行的宴会上，也歌唱《鹿鸣》之章，称为"鹿鸣宴"。代代传唱的《鹿鸣》，充分体现了《诗经》的音乐性，并凸显了《诗经》礼乐思想之核心——"中和之美"。

一 诗乐合一——《诗经》的音乐性

钱锺书在《谈艺录·诗乐离合，文体递变》一节里说："先民草昧，词章未有专门。于是声歌雅颂，施之于祭祀、军旅、昏媾、宴会，以收兴观群怨之效。"（中华书局1996年版，第38页）在原始社会中，诗乐不但是主要的艺术形式，也是政治、军事、宗教、文化乃至日常生活中不可缺少的一部分。可见，诗的产生最初是由于社会生活和礼仪中的音乐和舞蹈的需要，它本身没有独立的文学生命。《史记·孔子世家》中载："三百五篇孔子皆弦歌之，以求合《韶》《武》《雅》《颂》之音，礼乐自此可得而述，以备王道，成六艺。"同样说明了那时的诗是乐舞的一部分。在《上海博物馆藏战国楚竹书》中，有七支竹简记载了40种诗的篇名和演奏诗曲吟唱的音高，被命名为《诗乐》。这从考古实物上证明了，诗本是音乐的组成部分，诗句就是乐曲的词，每一篇诗都有其特定的音高，并不是随意用任何音调都可以自由地演唱。从中也可以推知当时诗乐合一的情况。

《诗经》保存了先秦音乐的大量原始材料，共提到了29种之多（又有说为32种）的乐器，按制造材料可分为——

属于土石制器的有：缶、埙、磬等，是所用材料最为常见、制作工艺最为简单的乐器。

属于金属制器的有：钟、镛、钲等。《诗经》成书最晚止于春秋中期，由此可知，当时提炼并加工金属的技术已经相当成熟了。

属于竹制器的有：笙、箫、管、簧、篪等。

属于木制器的有：圉等。

属于综合制器的有：琴、瑟、鼓、贲、应、田等。琴、瑟是用金属弦和竹木制成的弦乐器。从时间上看，它们在成篇较早的《周颂》中没有出现，可知其制作工艺要复杂一些，只有在人们的生产水平达到一定高度时，才可能被制造出来。除琴、瑟外的鼓、贲、应、田等，都是以木竹和动物皮革制造的，可见古人已将提炼金属与加工动物皮革的工艺运用到乐器制作中来，从而使乐器制作技术大为发展。（宁胜克《〈诗经〉中 26 种乐器的文化解读》，《江西社会科学》，2007 年 5 月）

《诗经》中的三百零五篇诗，是按《风》《雅》《颂》三大部分来编排的。《风》《雅》《颂》三部分的划分，除依据内容不同外，就是依据音乐的不同。《风》是相对于"王畿"（周王朝直接统治地区）而言的、带有地方色彩的音乐，十五《国风》就是十五个地方的土风歌谣；雅是"王畿"之乐，"雅"又有"正"的意思，当时把王畿之乐看作是正声，即典范的音乐；《颂》则是专门用于宗庙祭祀的音乐。

《诗经》与音乐的关系，不仅表现在《风》《雅》《颂》的乐调不同上，也表现在诗歌语言的形式上：

首先，《诗经》以四言齐句为主，兼以杂言，正是与当时音乐的韵律相符合的。"绝大多数的西周钟都是双音钟"（马承源《中国青铜器》，上海古籍出版社 1988 年版，第 284 页），自然会形成双拍式的节奏。而双拍式的节奏，又很自然地会组成四拍式单元。这样,周代音乐的节奏,就很容易和《诗经》的句式结构(即歌词的节奏)相和谐。乐调的重复是为了宣泄情感,《诗经》众多诗篇中的重章叠句正是体现了这一点。杨荫浏在评论《诗经》篇章结构和句式时,认为乐歌曲式大体可分为十类,而整齐与重复是其一致特点(杨荫浏《中国古代音乐史稿》,人民音乐出版社 2001 年版,第 57 页),使得诗章具有一种和谐的旋律,朗朗上口。

第二,风、雅、颂的乐调不同,也使得这三类诗歌在语言形式上有巨大的差别。《周颂》里的诗,几乎都以单章的形式出现,诗句有相当数量都不整齐,词语古奥。《礼记·乐记》云:"大乐必易,大礼必简。"又曰:"《清庙》之瑟,朱弦而疏越,一倡而三叹,有遗音者矣。"由此可知,像《周颂·清庙》这样的诗之所以单章而又简短,一个重要的原因是因为宗庙音乐本身所追求的风格就是简单、迟缓、凝重、肃穆。而《雅》诗作为朝廷的正乐,承担着与宗庙音乐不同的艺术功能,它或述民族历史,或记国家大事,或谈政教得失,或写朝廷仪典,篇幅宏大、语言典雅、章法整齐,就必然成为雅乐对于诗歌语言的基本要求。《风》诗的章法和语言近似于现在的流行歌曲,其章节数较少,每一章的篇幅也较短。《风》诗的句子参差错落、轻灵活泼,所用词汇通俗明了。《风》《雅》《颂》在语言形式上的这种区别,音乐在里面所起的作用是毋庸置疑的。

《诗经》记录下来的这些歌,曾被列为当时上层社会教育的主要科目。《左传·襄公二十九年》记录了吴公子季札在鲁国观周乐这一史实。季札生于吴国,在当时那是文化偏陋之地,但他却有很高的诗乐修养,对中原各地的音乐一一给予评点,对雅颂之声、前代乐舞也能各陈其是,其水平之高让人吃惊。这说明,季札自小也是受过良好诗乐教育的。地处偏僻的吴国尚且如此,中原各国对于诗乐的重视就可想而知了。

孔子说:"兴于诗,立于礼,成于乐。"(《论语·泰伯》)意思是说:读诗使我振奋,学礼使我立足于社会,音乐使我自身修养得以完成。这里,孔子重点指出《诗经》对人的振奋作用,礼对于人的立身作用,以及音乐对人修养品格的作用。《论语正义》指出:"此章记人立身成德之法也。"从这句话中,我们可以看出,孔子认为在一个人的人格修养中,音乐是关键,是完成人格修养的最高层次。一个人的人生修养是从诗歌开始,以礼为依据,而由音乐来完成的。诗、礼、乐在此浑然一体,凝练成厚重典雅而不失翩翩风度的君子人格。这正是历代儒家理想的礼乐精神,中国文人的精神风貌正是在这种礼乐精神的源头活水中完满起来。

二 "中和之美"——《诗经》的礼乐思想

《诗经》对西周、春秋时代生活的描述是方方面面的,所表达的情绪也几乎涵盖了人类所有的情怀。但儒家为宣扬自己学说的需要,从中提炼出了"乐而不淫,哀而不伤"的中和之美,由于儒家在中国古代史上的特殊地位,这种中和之美渐渐就成了《诗经》的审美代言。

在西周的礼乐制度下，《诗》乐是作为雅乐的基本文化载体而存在的，庙堂祭典、宴享乡饮、使聘盟会等活动都会使用《诗》乐。《周礼·春官·大师》说，古代乐器大致分作金、石、丝、竹、匏、土、革、木八种质料，称"八音"；以后人们又按演奏方式分作打击乐器、吹奏乐器和弹弦乐器三大类，以打击乐器为最尊，称"庙尊之乐"或"钟鼓之乐"，即所说的"金石之声"。《诗经》中的乐器可按演奏方法分作——

打击乐器：钟、鼓、缶、磬、镛、钲等。

弹拨乐器：琴、瑟等。

吹奏乐器：簧、笙、埙、箫、管等。（宁胜克《〈诗经〉中26种乐器的文化解读》）

打击乐器是比较容易演奏的一类，数量是三类中最多的。礼书和《诗经》中提到的宗周时期的乐器，主要是以钟、鼓、磬为主的打击乐（杨荫浏《中国古代音乐史稿》，第41页），"金石之声"是宗周雅乐的主体。从出土材料看，西周乐器以青铜打击乐器——钟为代表。［刘宝才、钱逊、周苏平主编《中国历史》（先秦卷），高等教育出版社2001年版，第138页］西周的墓葬和窖藏发掘大都只见钟磬而不见丝弦乐器出现。金石之声比较疏缓规整，是以四分之四的拍子为基本节奏的，其特点是以齐奏为主，曲调简单，节拍缓慢。（刘再生《中国古代音乐史简述》，人民音乐出版社1989年版，第42页）

音乐的舒缓和谐，必然造成《诗经》文辞的和谐。其相谐配的诗歌也是四言齐句，很少变化。"雅乐"的歌词，《诗经》中保留了一部分，如《周颂》的《时迈》《我将》《赉》《酌》《般》

《桓》《武》篇原来就是《大武》乐章的歌辞。（姚小鸥《诗经三颂与先秦礼乐文化》，北京广播学院出版社2000年版，第63页）《上海博物馆藏楚竹书》中的《孔子诗论》论"讼"，曰："讼，平德也，多言后。其乐安而迟，……其思深而远，至矣！"辞文是说《颂》不仅是西周王室宗庙祭祀的乐曲，而且也有乐歌相和，且乐曲节奏安和而缓慢。

什么是"和"？《说文》解为"相应也"。礼乐文明的精髓正是"和"。《诗经》中的雅、颂之诗正是"和"的颂歌。以其中写宴饮的诗篇为例，宴饮诗是按礼的要求写宴饮，却更强调和突出"德"。《小雅·湛露》写夜饮而突出赞美"令德"、"令仪"，即品德涵养、行动风度之美。《大雅·行苇》写祭毕宴父兄耆老和竞射，从诗中洋溢着的和乐安详气氛，反映出作者对于谦恭诚敬之德的肯定。再来看《诗经·小雅》的首篇《鹿鸣》：

呦呦鹿鸣，食野之苹。我有嘉宾，鼓瑟吹笙。

《鹿鸣》是先秦礼仪场合演奏最多的诗篇之一，《左传·襄公四年》载鲁国公卿叔孙穆子去晋国，晋侯设享礼招待他，乐器演奏《肆夏》三章，乐工演唱《文王》等三曲，穆叔皆不答，而当歌《鹿鸣》之三，他方三拜。人问他为何，答曰："《鹿鸣》，君所以嘉寡君也，敢不拜嘉。"《仪礼注疏》卷九中《燕礼》及《乡饮酒礼》都规定了宴享时"工歌《鹿鸣》《四牡》《皇皇者华》"，郑玄注云："《鹿鸣》，君与臣下及四方之宾燕，讲道修政之乐歌也。……《四牡》，君劳使臣之来乐歌也。……《皇皇者华》，君遣使臣之乐歌也。"《燕礼》是君宴臣下及嘉宾之礼，而《乡饮酒礼》是乡人以时会聚饮酒之礼。由此可见，《鹿鸣》乐在当时的应用范围是极广的。

正因为《诗经》充满了中和之美，是礼乐的最佳载体，我们的祖先把《诗经》作为六经之首，并探索出一整套通过学诗、唱诗、写诗来进行青少年启蒙教育和成年人修养身心的卓有成效的方法，这就是"诗教"。

"诗教"一词，出自儒家经典《礼记·经解》，原文是这样的：

> 孔子曰："入其国，其教可知也。其为人也，温柔敦厚，《诗》教也。"

"诗教"的核心就是温柔敦厚，能够恰到好处地让真挚的情感在礼仪的范围内安放。如，在表现文王与民同乐的《大雅·灵台》中，写到王公贵族与民众百姓一起，在灵台、灵沼之处尽情欢乐的祥和太平景象时，着力描写了当时演奏音乐的情况："虡业维枞，贲鼓维镛。於论鼓钟，於乐辟廱。於论鼓钟，於乐辟廱。鼍鼓逢逢，矇瞍奏公。"具有远见卓识的统治者以音乐的方式娱乐人民，表达自己的治国理想，进而巩固自己的统治，是礼乐文明的一个重要方面。可以说，"中和之美"是建立在礼乐的基础之上的。儒家钟爱音乐，正是因为在音乐中见到先代的礼制和君子人格。儒家对"中和之美"继承并发扬，提出"诗教"的理念，作为塑造理想人格的重要手段。

三 礼崩乐坏——诗乐的"新声"

从西周末年开始,随着王室的衰微和诸侯的崛起,周王室天子垄断礼乐的局面不复返了。在鲁国季孙氏专权的时代,鲁国宫廷的乐舞百工都变成了他们自己的私家乐队,《左传·昭公二十五年》记载,那年秋天鲁国将为先君鲁襄公举行禘祭之礼,而仪式上只有两个舞人跳舞,大部分舞人都跑到季平子家助兴去了。在《论语·八佾》篇中,孔子谈到季氏,说:"八佾舞于庭,是可忍也,孰不可忍也?"古代舞蹈奏乐,八个人为一行,这一行叫一佾。八佾是八行,即是有六十四人的歌舞乐队,这是只有天子才有资格欣赏的舞蹈,季氏是大夫,应用四佾,即三十二人的歌舞乐队。季氏这样做,是包含着明显的僭越不臣之心的。所以,孔子对他的行为才大加痛斥。

在《论语》中,孔子还曾数次痛斥了"郑声淫",有"恶郑声之乱雅乐也"(《论语·阳货》)之叹。这"郑声"就是指违背周礼和周代文艺思想的"新声"。《乐记》中魏文侯向子夏询问古乐和新乐的区别,子夏的阐述极为详尽:

> 魏文侯问于子夏曰:"吾端冕而听古乐,则惟恐卧;听郑卫之音,则不知倦。敢问古乐之如彼何也?新乐之如此何也?"子夏对曰:"今夫古乐,进旅退旅,和正以广;弦匏笙簧,会守拊鼓;始奏以文,复乱以武;治乱以相,讯疾以雅;君子于

是语,于是道古,修身及家,平均天下。此古乐之发也。今夫
新乐,进俯退俯,奸声以滥,溺而不止,及优、侏儒,犹杂子女,
不知父子;乐终,不可以语,不可以道古。此新乐之发也。今
君之所问者乐也,所好者音也。夫乐者,与音相近而不同。"

新乐在内容和形式上与雅乐有很大的不同,具有更大的娱乐性。
这种"新声"主要是用弦乐器来演奏的。弦乐器的出现,标志着
器乐艺术的发展进入了一个新的历史阶段。与金石之声的雅乐
体系不同,管弦丝竹之声属于民间兴起的俗乐体系,它的兴起和
流行是与春秋战国时期民间市俗生活分不开的。琴和瑟都是主
要的弦乐器,古人将二者相谐和演奏,总是能弹奏出令人心荡神
移的声响。"琴瑟之好"是对夫妻恩爱、情感和谐的描述。《诗
经》中以琴瑟写男女之情的诗很多:《关雎》中的君子,对他所辗
转反侧思念的淑女,是想以"琴瑟友之";《常棣》篇歌颂家庭成
员间的亲密情感,也说"妻子好合,如鼓瑟琴"。《郑风·女曰鸡
鸣》:"琴瑟在御,莫不静好。"亦成为千载而下人们形容或祝愿夫
妇和美时常用的句子。

　　传说琴为神农所作,瑟乃伏羲创制。琴音细、悠、润,瑟声
厚、空、沉,二者既各自为调,又彼此唱和,成就圆满。所以在演
奏中总是结伴而出,其音协和动听、委婉飘绵,活泼而不失规整。
琴和瑟在当时的生活中是十分重要的,《鄘风·定之方中》即用
诗的语言,向我们讲述了在营建城邑的同时,人们还种植上各种
树木:"树之榛栗,椅桐梓漆。"种植的目的,则是为了"爰伐琴
瑟"。可见琴、瑟和房屋一样,也是当时人生活的必需品。这样

演奏灵活、声调优美的弦乐器,受到了人民群众的广泛喜爱。

随着"礼崩乐坏"出现的"新声",是来自桑间濮上的世俗之乐。正因为其接近民间市俗生活,才比金石之声更为丰富生动、活泼轻盈,一开始就产生了前所未有的生命活力,渐渐取代了金石打击之声的雅乐,自下而上为越来越多的人欣赏、陶醉。它不再是先王寓政教、通伦理的工具,或礼的无关痛痒的附庸,而是情动于中而形于声的产物,是人们真实感受的自然流露。它婉转动听,能感动人心,给人以艺术享受。至战国初年,"新声"蔚为大观,喜好"新声"已成为社会风习。《孟子·梁惠王下》中齐宣王更是明言:"寡人非能好先王之乐也,直好世俗之乐耳。"这些事实都表明,只有新鲜活泼、具有真实人情味的"新声",才能适应人们变化了的欣赏趣味。

四 赋诗言志——《诗经》音乐性的消失

诗乐合一时,诗从属于乐。诗没有独立性与灵活性可言,只是作为一种凝定在音乐旋律上的语言符号,与乐舞一起服务于典礼仪式,束缚了《诗三百》在更大范围内的运用。春秋之后,在礼崩乐坏的文化思潮中,赋《诗》引《诗》之风兴起,《诗三百》开始脱离乐的羁绊,服务于政治外交。从音乐上的以声为用,发展到语言上的义为用,这种文化角色的变迁,反映了诗学观念上的巨大革命。《诗经》因此对中国文化具有更为重要的意义。

随着时代的发展,"新乐"的流行,《诗》的音乐性也就逐渐消失了。春秋时期,礼崩乐坏,雅乐体系衰落,管弦之乐的"新声"盛行,它创造出的音乐美感使得欣赏者脱离《诗》各篇的辞义内容而独立欣赏音乐,《诗》乐不再只是唯一的声音愉悦对象了。顾颉刚曾推论:"战国时音乐就脱离了歌诗而独立。"(顾颉刚《〈诗经〉在春秋战国间的地位》,《古史辨》第三册,上海古籍出版社 1982 年版,第 354 页)乐舞和《诗》分家,《诗》的辞义功能更重要了,人们对《诗》的思辨、抽象意义更感兴趣,《诗经》被大量地"断章取义",用于赋《诗》言志。《诗》的音乐基本是属于古乐的,古乐的不景气,使《诗》有了摆脱音乐性的可能。文学史上,春秋战国时期诗歌从《诗经》的四言发展到楚辞的七言、《荀子》中的说唱鼓词《成相》篇,句式逐渐摆脱齐言规整而趋于参差不一,正是与雅乐到新乐的艺术转变有关。

雅乐衰落带来《诗》乐衰落;《诗》乐衰落带来了诗与乐的分家。这也就给《诗》在更大范围内的运用提供了可能和方便。《论语》的有关《诗三百》的记载反映了在它成书前后的那个时期诗的音乐成分逐渐丧失的信息。如孔子或其他人的引《诗》,是《左传》所载的引《诗》传统的继承,并带有道德化的倾向;又如,孔子引导弟子学《诗》的内容也不再仅仅局限于音乐。这些内容大抵透露了《诗三百》在春秋战国时代逐渐丧失音乐因素而重视诗词义的历史进程,"三百篇"成为书面上的歌词。《诗经》逐步被纳入了儒家的经典体系,背负起沉重的教化使命,让人忽视了对其音乐审美观念的认识,而只偏重于对文字义理的阐发。《诗经》中的诗篇从音乐旋律中的语言符号,到曲调逐渐亡佚,成为一种纯粹的诗歌形式,变成权威性经典。

五 弦歌不辍——历史上的《诗经》吟唱

在中国历史上,因为被奉为经典,一直把《诗经》音乐当作"雅乐"的代言。当周王室衰微,出现了"季氏八佾舞于庭"和"三家者以《雍》彻"(《论语·八佾》)等诸侯僭越的局面时,尊卑分明的礼乐制度被冲破。孔子深感音乐的六德(中和祗庸孝友)、六义(兴道讽诵言语)与《诗》所传达的思无邪、君子德、夫妇礼、伦常序,对于解民愠、启民智的重要性。他也看到,过去《诗》乐是以钟鼓管弦乐队配合乐舞进行表演的,这样复杂庞大的演奏形式普通民众很难实践。而琴、瑟取材于生活中易获取的桐树、梓树,琴弦产生于家家可制的蚕丝,不仅具有简单易获取的特质,琴、瑟本身音域、音色颇具表现力,也能将反映百姓广泛社会生活交往的《诗》旨表达出来。因而,孔子厘定《诗》三百,"皆弦歌之"(《史记·孔子世家》),使本来属于贵族礼乐范畴的《诗》乐,可以家弦户诵,走进百姓的生活。孔子立私学,实现了《诗》乐"移风易俗"的普及教化。礼乐是他一生实践的理想。孔门弟子更是礼乐的践行者,子游、子夏、闵子骞等都在礼乐传播上了做出了自己的贡献。

虽然历史的尘烟消散了《诗》乐,孔子弦歌《诗》三百的曲调也早已失传,但是孔子极力推广的"《诗》乐之教"的精神,却流传下来,作为一种礼乐符号而延续。汉朝末年,曹操平定刘表,得汉朝雅乐郎杜夔,请他传授古乐。杜夔已年老,只记得《鹿鸣》

《驺虞》《文王》《伐檀》等四篇的唱法。汉代的歌《诗》曲调，晋以后又无传者。但之后的历朝历代，都有为歌《诗》新谱之曲。唐代设"鹿鸣宴"，地方官宴请新科举人，即沿袭了前代弦歌《鹿鸣》的礼制。此后，鹿鸣宴在唐至清代的科举和教育文化体系中延续了一千多年。弦歌《鹿鸣》及乡饮酒礼中的《诗经》吟唱，因契合了统治者以明经科考吸纳人才和以歌《诗》的浸润教化之用，重新焕发了生命力。［任梦一《弦歌〈诗经〉的礼乐传承》，《光明日报》（文史哲周刊·文学遗产），2017 年 12 月 18 日］

尽管《诗经》时代真正歌吟的乐调没有在历史上流传下来，但是各朝各代多有新编的《诗经》吟唱音乐流传。传世的歌《诗》乐谱如下：

（1）宋代《风雅十二诗谱》和《瑟谱》。这是现存最早的歌《诗》乐谱，源自唐开元年间"乡饮酒礼"仪式中所用的"风雅十二诗谱"，原载宋朝朱熹的《仪礼经传通解》中，宋末元初人熊朋来的《瑟谱》亦有转录，两者大同小异，可能各有所本。

朱熹《仪礼经传通解》收录了南宋所传《风雅十二诗谱》的雅乐乐谱，用律吕字谱记写，是传世最早的《诗经》乐谱。熊朋来（1246~1323）的《瑟谱》，是以瑟为伴奏乐器用于歌唱《诗经》的乐谱专书，其中的"诗旧谱"即采自《风雅十二诗谱》，收录歌唱《诗经》的唐朝旧谱 12 首，分别是《鹿鸣》《四牡》《皇皇者华》《鱼丽》《南有嘉鱼》《南山有台》《关雎》《葛覃》《卷耳》《鹊巢》《采蘩》《采蘋》，与朱熹所记相同。其中的"诗新谱"是熊朋来自己创作的歌诗新谱，他用律吕字谱与工尺谱并列谱配，一字一音，依燕乐二十八调系统的音阶调式创作，运用旋律、调式的多种变化表达其内容,包括《诗经》中《驺虞》《淇奥》《考盘》《黍离》《缁衣》《伐檀》《蒹葭》《衡门》《七月》《菁菁者莪》《鹤鸣》《白驹》《文王》《抑》《崧高》《烝民》《驷》17篇。熊朋来为了取得较好的音乐效果,在编曲上比较注重多变,但有的作品,如《七月》,他把每段歌词都配上不同的宫调,说明与某月某事相关而选用相应的宫调,形成频繁的转调,被很多音乐史专家认为是不足取的,不是真正的古代雅乐模式。但"诗新谱"所载各曲,作为对古代音乐家的创作实践的研究,仍然是具有一定学术价值的资料。

（2）明代朱载堉《乐律全书·乡饮诗乐谱》。该书完整描述、展现了乡饮酒礼和乡射礼的仪式、排场、乐器、人员等细节,并记录了乡饮酒礼歌《诗》的乐谱。其中《小雅》原有6篇笙诗,有目无辞,朱载堉亦悉数度曲填词。

（3）明代《魏氏乐谱》。收录明末流传于宫廷中的一些古代歌曲或拟古歌曲的谱集,其卷5收录歌《诗》乐谱18首。

（4）清代《钦定诗经乐谱全书》。清高宗乾隆皇帝命永瑢等编纂,依先秦古乐重制《诗》乐三百,为《诗经》全部篇目谱制新曲,并笙诗6首,诗乐共311篇,收录于《四库全书》。《律吕正义后编》载其时宫廷帝后贺宴三大节庆时"和韶乐",更是以琴瑟、钟鼓、埙笙等器乐再现雅乐盛况,达到了礼乐集成的巅峰。

除此之外,历代古琴谱中也散落有一些《诗经》吟唱的乐谱,如《东皋琴谱》《枯木禅琴谱》《自远堂琴谱》等亦传《诗》谱。古代朝鲜将《风雅十二诗谱》用于朝会之乐,后又据朱载堉谱编成《诗乐和声》一书;日本也多有传唱《诗经》篇目的乐谱流传;近代以来如《琴学丛书》著者杨宗稷等琴家,也进行了弦歌《诗经》

的弘扬和复兴工作。

《诗经》不仅奠定了中国古代现实主义文学的基础,而且也对中国传统民族民间音乐的形成与发展产生过巨大的影响,其所开创的融汇了文学主张和礼乐思想的"诗教",更是中华民族宝贵的精神财富。《诗经》吟唱代代相传、常出新声,为中华民族"温柔敦厚"、诗礼相承的民族特色构建,做出了重要贡献。

第四课

诗写历史：《诗经》中的社会生活

《诗经》一直被称为中国文学史的开篇亮点,其实,"文学"二字是后人加给它的。在《诗》还未被圣化为"经"的三百篇产生之初,尚没有这样的概念。在很长一段时间里,《诗》百科全书地涵盖着精神文化现象。闻一多说:"诗似乎也没有在第二国度里,像它在这里发挥过的那样大的社会功能。在我们这里,一出世,它就是宗教、是政治、是教育、是社交,它是全面的生活。"(《神话与诗·文学的历史动向》,古籍出版社1957年版,第202页)《诗经》所记录的宗教祭祀活动、田间地头的劳作,以及宴饮酬酢中所见的宗法等级关系等等,都在诗的美好节律中向我们透露着那个时代的信息。《诗经》描写当时社会生活十分广泛:既有桑间濮上的男女对唱,也有庙堂祭祀的雍容典重的颂诗;既有征战沙场的金戈铁马,也有宴饮酬酢的欢欣。西周、春秋的历史,《诗经》多有记述,这记述比史书生动,也比史书心灵化。可以毫不夸张地说,《诗经》是记录我国先秦社会生活的百科全书。

豳风·七月

七月流火①，九月授衣②。一之日觱发③，二之日栗烈④。无衣无褐⑤，何以卒岁⑥？三之日于耜⑦，四之日举趾⑧。同我妇子，馌彼南亩⑨，田畯至喜⑩。

七月流火，九月授衣。春日载阳⑪，有鸣仓庚⑫。女执懿筐⑬，遵彼微行⑭，爰求柔桑。春日迟迟，采蘩祁祁⑮。女心伤悲，殆及公子同归⑯。

七月流火，八月萑苇⑰。蚕月条桑⑱，取彼斧斨⑲。以伐远扬⑳，猗彼女桑㉑。七月鸣鵙㉒，八月载绩㉓。载玄载黄，我朱孔阳㉔，为公子裳。

四月秀葽㉕，五月鸣蜩㉖。八月其获，十月陨萚㉗。一之日于貉，取彼狐狸，为公子裘。二之日其同㉘，载缵武功㉙。言私其豵㉚，献豜于公㉛。

五月斯螽动股㉜，六月莎鸡振羽㉝。七月在野，八月在宇。九月在户，十月蟋蟀入我床下。穹窒熏鼠㉞，塞向墐户㉟。嗟我妇子，曰为改岁㊱，入此室处。

六月食郁及薁㊲，七月亨葵及菽㊳。八月剥枣㊴，十月获稻。为此春酒，以介眉寿㊵。七月食瓜，八月断壶㊶。九月叔苴，采茶薪樗㊷，食我农夫。

九月筑场圃，十月纳禾稼。黍稷重穋㊸，禾麻菽麦。嗟我农夫，我稼既同，上入执宫功㊹。昼尔于茅㊺，宵尔索绹⁴⁶。亟其乘屋⁴⁷,其始播百谷。

二之日凿冰冲冲⁴⁸,三之日纳于凌阴⁴⁹。四之日其
蚤⁵⁰,献羔祭韭。九月肃霜⁵¹,十月涤场⁵²。朋酒斯
飨⁵³,曰杀羔羊。跻彼公堂⁵⁴,称彼兕觥⁵⁵,万寿无疆。

【注释】

① 流:落下。火:星名,大火星。夏历五月,此星当正南方,
六月过后就日益偏西下行,故称流。

② 授衣:叫妇女缝制冬衣。

③ 一之日:周历一月,夏历十一月。以下类推。觱发(bì bó):
寒风吹起。

④ 栗烈:寒气袭人。

⑤ 褐(hè):粗布衣服。

⑥ 卒岁:终岁。

⑦ 于:为,此指修理。耜(sì):古代的一种农具。

⑧ 举趾:抬足,这里指下地种田。

⑨ 馌(yè):往田里送饭。南亩:南边的田地。

⑩ 田畯(jùn):农官。喜:欢喜。

⑪ 载:开始。阳:天气暖和。

⑫ 有:语助词。仓庚:又名鸧鹒,黄鹂鸟。

⑬ 执:拿。懿:深的样子。懿筐:深筐。

⑭ 遵:沿着。微行:小路。

⑮ 蘩:白蒿。祁祁:人多的样子。

⑯ 公子：指国君之子。殆及公子同归：是说怕被公子强迫带回家去。一说指怕被女公子带去陪嫁。归：出嫁。

⑰ 萑(huán)苇：芦苇，在这里作动词用，收割芦苇。

⑱ 蚕月：养蚕的月份，即夏历三月。条：修剪。

⑲ 斧斨(qiāng)：装柄处圆孔的叫斧，方孔的叫斨。

⑳ 伐：砍。远扬：向上长的长枝条。

㉑ 猗(yī)：牵引、拉住。

㉒ 鵙(jú)：伯劳鸟，叫声响亮。

㉓ 绩：织麻布。

㉔ 朱：红色。孔阳：很鲜艳。

㉕ 秀：草木结籽。葽(yāo)：草名，远志，味苦，可入药。

㉖ 蜩(tiáo)：蝉，知了。

㉗ 陨：落下。萚(tuò)：枝叶脱落。

㉘ 同：会合。

㉙ 缵(zuǎn)：继续。武功：指打猎。

㉚ 豵(zōng)：一岁的野猪。泛指小的野兽。

㉛ 豜(jiān)：三岁的野猪。泛指大的野兽。

㉜ 斯螽(zhōng)：蝗虫一类昆虫，或解作蝈蝈。股：大腿。此类昆虫通过腿的弹动，与翅膀摩擦发声。

㉝ 莎(suō)鸡：纺织娘(虫名)。振羽：纺织娘叫唤是振动翅膀而发出的声音。

㉞ 穹窒(qióng zhì)：堵塞鼠洞。

㉟ 向：朝北的窗户。墐：用泥涂抹柴门的缝。

㊱ 改岁：改换一年，即过年。

㊲ 郁：郁李。薁(yù)：野葡萄。

㊳ 亨：烹。葵：滑菜。菽：豆。

㊴ 剥(pū)：敲击。

㊵ 介：求取。眉寿：长寿。

㊶ 壶：同“瓠”，葫芦。

㊷ 叔：采摘。苴(jū)：秋麻籽，可吃。荼(tú)：苦菜。薪：此处作砍柴。樗(chū)：臭椿树。

㊸ 重(tóng)：同“穜”，晚熟作物。穋(lù)：早熟作物。

㊹ 上：同“尚”。宫功：修建宫室。

㊺ 于茅：割取茅草。

㊻ 绹(táo)：绳子。索绹：搓绳子。

㊼ 亟：急忙。乘屋：爬上房顶去修理。

㊽ 冲冲：拟声词，用力敲冰的声音。

㊾ 凌阴：地窖，作冰室。

㊿ 蚤：同“早”，一种祭祖仪式，每年夏历二月举行。

(51) 肃霜：降霜。

(52) 涤场：打扫场院。

(53) 朋酒：两樽酒。飨(xiǎng)：用酒食招待客人。

(54) 跻(jī)；登上。公堂：庙堂。

(55) 称：举起。兕觥(sì gōng)：古时的酒器，犀牛角制成的大酒杯。

这是《国风》中最长的一首，全诗共 8 章，88 句，384 字。诗以农民四时劳动生活为主线，展示了西周广阔的社会风俗画卷，遍及人们生活的方方面面,可以说是上古农业社会的一个缩影。这些描写加上虫鸟形态、草木枯荣等内容,不仅涉及天文历法、农事民俗,而且与国家典章制度有关,真可谓一部微型的百科全书。《七月》还运用了大量的季节农谚,写出每个月的劳动项目和季节气候,是周代遗留下来的一篇总结农事经验的诗歌,具有很高的历史文献价值。中国古代诗歌一向以抒情诗为主,叙事诗较少。这首诗却以叙事为主,在叙事中写景抒情,形象鲜明,诗意浓郁。通过诗中人物娓娓动听的叙述,又真实地展示了当时的劳动场面、生活图景和各种人物的面貌,以及农夫与公家的相互关系,构成了西周早期社会一幅男耕女织的风俗画。

一 "七月流火"的农业生活

中国古代称国家为"社稷",《说文解字》称:"社,地主也。""稷,五谷之长。"很形象地说明了中国以农业为根本的"立国"特征。传说中的伟帝圣王,如神农、尧、舜、禹等,都与农业生产活动有着十分密切的关系,周民族的始祖后稷更是一位农业之神。因此,凡与农业生产相关的祭典都是国家政治经济生活中的头等大事:春播之季,天子要亲耕劝农;谷物成熟,天子要举行庆典典礼并大宴群臣;而为土地、粮食进行的战争,《易》《诗》《书》都有记载。这说明上古至周代社会的政治、经济、文化生活都和关系国计民生的农事活动有关。农业文明的早熟与发达,正是《诗经》产生的文化根源之一,而在此基础上生发的务实精神、中庸之道、安土乐天等中华民族农业文明的若干特征,都反映在《诗经》的农事诗中。

《诗经》中明确写农事的诗有《豳风·七月》,《小雅·楚茨》《甫田》《大田》,《周颂·思文》《臣工》《噫嘻》《丰年》《载芟》《良耜》等;还有一些描写农村四时生产活动和生活情况的诗篇,如《周南·芣苢》写古代妇女采摘,《小雅·无羊》叙述人们放牧牛羊,《魏风·伐檀》写伐木等。《雅》《颂》中的诗篇,有的是统治者祈求丰年的祭歌,有的是劝农的诰令,广义上也可视作农事诗的一部分。《大雅》中的周民族史诗《生民》《公刘》《绵》《皇矣》《大明》记录了周民族从西域小邦成为中原大国的历史,一部周民族的发迹史,也可以说是周民族的农业发展史。

农作物产量的大幅度提高,展现了周代农业的繁荣景象。《小雅·甫田》:"曾孙之稼,如茨如梁。(主人庄稼丰收忙,多如屋盖高如梁。)曾孙之庾,如坻如京。(主人露仓堆满粮,又高又大如山岗。)乃求千斯仓,乃求万斯箱。(造了千座仓,用了万车装。)"丰收景象跃于纸上,其盛况可见。《周颂·载芟》也记曰:"有实其积,万亿及秭。(粮食堆得满又高,多达万亿到亿亿。)"《周颂·良耜》:"其崇如墉,其比如栉。(庄稼堆如城墙高,排排座落如梳子。)以开百室,百室盈止。(打开百间房贮藏,百间房屋俱装满。)"《周颂·丰年》:"丰年多黍多稌,亦有高廪。(丰年收获庄稼,高大仓库储藏。)"像这些反映大丰收的诗句,在《诗经》内比比皆是。

《诗经》反映周代社会的农事活动大致包括以下几个方面:

1. 大规模垦殖土地,扩大农田面积。我们从多首农事诗看,当时周人是大规模的耕作方式：

> 骏发尔私,终三十里。亦服尔耕,十千维耦。(《周颂·
> 噫嘻》)

诗中的"耦"即耦田,两人为一组,一人用脚踩耒入土,另一人用手拉耜拔土,合力而耕。这样相对先进的耕作方法省力省时,提高了垦殖效率,加快了垦田速度,大量荒地被辟为良田。从诗中我们可以看到当时耕耘的规模:在长宽各约三十里的土地上,一万人在耕种,这种景象确实称得上宏大。

2. 农业工具不断更新,开始较多地使用锐利的金属工具。在《诗经》的许多篇章中,多次出现一些带"金"字偏旁的工具名,如"庤乃钱镈,奄观铚艾(备好铲子与锄头,将看镰刀收获尽)"(《周颂·臣工》),诗中的"钱"(铲、锸类农具)、"镈"(锄头类农具)、"铚"(镰刀类农具),都以"金"为偏旁,说明当时已在一定范围内使用金属工具;《周颂·良耜》也歌颂了锋利的农具耜:"畟畟良耜,俶载南亩。"畟畟,形容深耕入地的样子,因为耜的尖端锋利,才容易深耕入土。诗中特别渲染的锋利的耜显然不可能是石耜和骨耜,因诗篇所描绘的是王畿之内的农事活动,所以,诗中所说的耜很有可能就是当时并未广泛普及的青铜耜。再如"以我覃耜,俶载南亩"(《小雅·大田》),"有略其耜,俶载南亩"(《周颂·载芟》),其中"覃耜"就是锋利的耜,"有略其耜"就是把耜磨得锋利,同样说到了农具的锐利。又有学者推测西周可能使用了铁制农具,《秦风·驷驖》有"驷驖孔阜",形容秦襄公的马毛色黝黑如铁,《秦风》诸篇多为春秋时代作品,说明铁的普及有了一定的程度,当时人们对铁已相当熟悉了。工具的锋利坚硬,便于挖土耕地,提高了西周的生产力,有力地推动了西周农业的迅速发展。

牛耕是周代农业生活的一个特点,也是农业生产工具的一大进步。商代不用牛来进行耕地,而是在祭祀时把大量的牛杀掉作为祭品。《小雅·大田》说:"以其骍黑,与其黍稷,以享以祀。"说明周代在祭祀活动时,不是大批地屠杀耕牛来做牺牲,而只宰一头牛,另宰一两头猪或羊,同时还敬献黄米、高粱、麦子等,庆祝丰收。

3. 农作物种类多,品种齐全。《诗经》中的农作物和果品有三十多种:稻、黍、稷、粱、麦、菽、桃、李、梅、枣、瓜、韭、茶、杜、荼、榛、竹、桑葚、莲等,其中重要的农作物主要有黍(即大黄米,《诗经》讲谷物时常以此为首,可见其地位重要)、稻(当时种植面积较广,南北方都有大量种植)、粱(属粟米类,此外《诗经》中提到的穈、芑同属粟米)、麦(周代已有大麦和小麦之分,一般蒸煮食用)、菽(豆类的总称)、稷(即粟)等五谷杂粮,以及桑、麻与瓜果和蔬菜。《豳风·七月》:"七月亨葵及菽。八月剥枣,十月获稻。""九月筑场圃,十月纳禾稼。黍稷重穋,禾麻菽麦。"这段诗中几乎囊括了后世的主要农作物。当时的瓜果种类也不少:"桃之夭夭,有蕡其实"(桃,《周南·桃夭》);"蔽芾甘棠"(梨,《召南·甘棠》);"摽有梅,其实七兮"(梅,《召南·摽有梅》);"树之榛栗"(榛、栗,《鄘风·定之方中》);"投我以木瓜,报之以琼琚"(木瓜,《卫风·木瓜》)等,反映了周代在栽培果实方面的巨大成就。从《诗经》中已看出当时人们对优良作物品种的重视，《大雅·生民》："诞降嘉种，维秬维秠，维穈维芑。恒之秬秠，是获是亩。恒之穈芑，是任是负。以归肇祀。""秬"是黑色的黍；"秠"也是黑色的黍，一粒谷子结两粒米；"穈"是红色的粟；"芑"是白色的粟：它们都是后稷培育的优良品种（"嘉种"）。"恒之秬秠"、"恒之穈芑"，告诉我们，这些良种都得到了广泛的采用。"是获是亩"、"是任是负"正是对高产丰收景象的生动描绘。

在《诗经》所列全部农作物中，以出现篇数论，桑居第一位。桑的最早记述出现在甲骨文当中，是早期农业的重要种植品种，桑树的叶子可以养蚕，木材可以制器，外皮可以造纸，果实可以食用和酿酒，被誉为"神木"。两周的种桑养蚕业几乎遍及整个黄河流域，《魏风·十亩之间》说："十亩之间兮，桑者闲闲兮。""十亩之外兮，桑者泄泄兮。"描述了广阔桑田上的采桑盛况。《大雅·瞻卬》也说："妇无公事，休其蚕织。"可见，采桑养蚕是女性主要的生产活动。野外的桑林沐浴在金色的阳光里，年轻的采桑女玉手纤纤，身姿婀娜，引发了一个又一个浪漫缠绵的爱情故事。《桑中》《氓》《将仲子》《汾沮洳》《十亩之间》《七月》等十余篇诗在言情时都提到了桑树，比如，《汾沮洳》就写一个女子在采桑时陷入了爱情："彼汾一方，言采其桑。彼其之子，美如英。"《卫风·氓》是一首写弃妇的诗，也提到了桑树。两个人的爱情从桑叶翠绿茂盛时开始，到"桑之落矣，其黄而陨"枯竭，用桑树从繁茂到凋落的变化来比喻爱情的盛衰。桑叶落了，爱情也随之落幕。可以说，在《诗经》的时代已经有了一个文学的"桑林"。除了种桑养蚕以外,《诗经》中提到的衣着原料还有葛、大麻、苎麻,以及动物的皮毛等。

4. 气象与物候知识的丰富。《诗经》时代的人们对季节变换已经有了清晰的认识:"春日迟迟,卉木萋萋"(《小雅·出车》),"四月维夏,六月徂暑"、"秋日凄凄,百卉具腓"、"冬日烈烈,飘风发发"(《小雅·四月》)。天文历法是适应人们生产和生活需要而产生的,对天文历法的研究推动着农业生产的发展。《诗经》中清晰表述了恒星的出没所反映的季节变化,与农业生产和人们生活关系密切:"七月流火,八月萑苇"(《豳风·七月》),七月里大火星向西移,八月里开始收割芦苇;"定之方中,作于楚宫"(《鄘风·定之方中》),定星出现在天空中时,开始在楚丘建造宫室。人们通过对天象不断地观察,已经掌握了一些气象学知识。"上天同云,雨雪雰雰"(《小雅·信南山》),天上彤云密布,雪花飞舞,说明了彤云与降雪之间的关系;"习习谷风,以阴以雨"(《邶风·谷风》),飒飒山谷刮大风,天阴雨暴来半空,说明"习习谷风"将带来阴雨;"朝隮于西,崇朝其雨"(《鄘风·蝃蝀》),是对预卜晴雨的记载;"如彼雨雪,先集维霰"(《小雅·颊弁》),下大雪之前,先会有雪米飘散。气象知识的进一步扩展,可以指导农业生产。这一讲开头介绍的《豳风·七月》,称得上有着最为丰富物候的诗篇:"一之日觱发,二之日栗烈",说的是"北风劲吹十一月,寒风凛冽十二月";"七月鸣鵙",说的是"七月伯劳鸟儿叫";"春日载阳,有鸣仓庚",说的是"暖和春天太阳照,鸟儿啁啾喜叽叽";"八月剥枣,十月获稻",说的是"八月打下枣子,十月收割粮食",等等。此外,还有"阪(高地)有桑,隰

(低地)有杨"(《秦风·车邻》),这是注意作物与其生态环境协调的记录。

5. 除草培土,精耕细作。商代卜辞中已有耨草的记载,当时田间杂草主要有荼、蓼、莠、稂等。而后二者又是其中为害最烈者,《诗经》中有"维莠骄骄"、"维莠桀桀"的描写。莠,即谷莠子,亦叫狗尾巴草;稂,即狼尾巴草:是谷田或黍田内最常见的伴生杂草。《诗经·小雅·甫田》:"今适南亩,或耘或耔,黍稷薿薿。"耘,即除草;耔,即培土;薿薿,则是生长茂盛的样子,表明当时人们已认识到,除草和培土可以使作物生长茂盛。在除草的同时,还开始了治虫。《诗经·小雅·大田》:"去其螟螣,及其蟊贼,无害我田稚,田祖有神,秉畀炎火。"螟、螣、蟊、贼分别是就其为害作物的部位而言,对害虫所做的分类。食心曰螟,食叶曰螣,食根曰蟊,食节曰贼,这也是中国古代最早的农作物害虫分类。《诗经》中还有当时灌溉的记录,《小雅·白华》中有"滮池北流,浸彼稻田"的诗句,是有关稻田引水灌溉的最早记载。这些都是精耕细作的标志。(参见陆跃升《论〈诗经〉农事诗对西周农业的诠释》,《农业考古》,2013 年06 期)

中华民族是一个古老的农业民族,农业的发展使中国人很早就摆脱了依赖自然采集和渔猎谋生的生活,促进了文明的进步,从而也很早就培养了中国人那种植根于农业生产的安土重迁、勤劳守成的乡土情结。《诗经》是植根于中国农业文明的艺术,是充分体现了中国农业文化精神的一本诗集。

二 "抱布贸丝"的经济生活

《诗经》编定中,"采诗"是重要的一环,其目的是让统治者"以观民风",而经济生活则是民风中的一个重要问题,诗歌中不可能不反映经济意识和经济现象。《陈风·东门之枌》说:"不绩其麻,市也婆娑。"这里所说的"市",即市场,说明由于农业、手工业的发展,已经形成了进行商品交换的固定的市场了。《邶风·谷风》谈到男子喜新厌旧,怨妇控诉丈夫时,以"贾用不售"形容自己如同一个商品,虽是好东西却无法售出去,说明当时商品交换观念已逐步渗透到政治领域和家庭生活中去了。

经济的发展是以交通的发达为前提的,周代统治者花费了大量的物力、人力来改善交通状况。《小雅·大东》云:"周道如砥,其直如矢。"说明当时的官道很宽阔。周代对水路运输也比较重视,不仅疏通了一些河流,而且还注意发展造船业和修建桥梁,《大雅·大明》就有"造舟为梁,不显其光"的记载。舟船已经成为人们日常生活的一部分,《鄘风·柏舟》言情就是从一条船开始的:

> 泛彼柏舟,在彼中河。髧彼两髦,实维我仪。之死矢靡它! 母也天只,不谅人只!
>
> 泛彼柏舟,在彼河侧。髧彼两髦,实维我特。之死矢靡慝! 母也天只,不谅人只!

一艘柏木小舟拉开了本诗的序幕——"泛彼柏舟"，一条小小的船飘荡在河中央，一下子引起了读者的强烈好奇和担忧：在水面上行舟，视野比较开阔，但是同时也会感觉到无奈，因为目光所及很远，而实际能活动的空间却很有限；在水面不平静的时候，行舟人还可能因失去对这叶小舟的掌控而丧命。这使得柏舟在苍茫天地间显得更加渺小了。比起陆地上的车马行程，茫茫水域中前行的船更能表达沉郁的心境。《邶风》中也有一篇《柏舟》：

　　　　泛彼柏舟，亦泛其流。耿耿不寐，如有隐忧。微我无酒，以敖以游。
　　　　我心匪鉴，不可以茹。亦有兄弟，不可以据。薄言往愬，逢彼之怒。……

　　行于浊世，就如同泛舸中流。诗中的行舟人"亦泛亦流"，他虽然有万般思绪，却只能随波逐流，无法实现自己的理想。他因为这些忧愁得夜不能眠，辗转反侧，就想借酒消愁，可是酒也不能给他解脱。这或许就是他夜晚泛舟的原因吧？诗既实写了诗人的行踪，描绘了泛舟水上的情景，也隐喻了身不由己的处境。
　　《诗经》中写舟船的句子还有很多。经过多年的经营和努力，到春秋中后期，各国间的水陆交通已经具备了相当的规模，商业经济较之周初有了更大发展。各地商贾往来，不绝于途，出现了历史上前所未有的繁荣局面。《卫风·氓》产生于卫国，卫国地处中原交通的要冲，陆路四通八达，水路亦很畅通。《氓》诗在描写女主人公与氓恋爱的情节中,有"送子涉淇,至于顿丘"之句,顿丘在今河南浚县西,与淇水相距数百余里,然而两人却能畅行无阻。而且,氓贩运大量蚕丝,往来其间。这如果没有方便的道路和桥梁显然是不可能的。从《氓》诗中所反映的情况来看,春秋中后期,水陆交通都是非常发达的,这也从一个侧面说明了当时商业经济的兴盛与繁荣。

城市更是经济繁荣的核心地域,《诗经》对当时的城市生活多有记录,展现了发达的城市文明。如《诗经》中相当一些篇章描写了城市贵族的宴饮生活,足见其奢华铺张,他们在歌乐宴饮中"钟鼓既设"(《小雅·彤弓》),席间是"清酒百壶"、"炰鳖鲜鱼"(《大雅·韩奕》),加上美轮美奂的宫室,透露出城市生活的繁荣。在城市建设中,也体现了古人的规划意识。从考古发掘材料看,城市中不仅有宫殿区、居住区,还有手工业区和商业区,城的东部更是商业发达、人们常常活动的地区,所以在《诗经》中才多次出现"东门"的意象,如《郑风·东门之墠》《出其东门》,《陈风·东门之枌》《东门之杨》等。

如《郑风·东门之墠》:

东门之墠,茹藘在阪。其室则迩,其人甚远。
东门之栗,有践家室。岂不尔思,子不我即。

首章"东门之墠",直述女子所思念的意中人居住在城东门,那里有祭场。祭场旁的土斜坡上,长满了美丽的茜草。那一行行的栗树下,是排列整齐的民居,心上人的家就在那里。《陈风·东

门之枌》《东门之杨》记录了城东门外，草木茂密、树荫浓郁，也是
陈国青年男女幽会的场所：

> 东门之枌，宛丘之栩。子仲之子，婆娑其下。
> 穀旦于差，南方之原。不绩其麻，市也婆娑。
> 穀旦于逝，越以鬷迈。视尔如荍，贻我握椒。（《东门
> 之枌》）

> 东门之杨，其叶牂牂。昏以为期，明星煌煌。
> 东门之杨，其叶肺肺。昏以为期，明星哲哲。（《东门
> 之杨》）

《周礼·天官·内宰》说："凡建国，佐后立市，设其次，置其叙，正
其肆，陈其货贿。"周人筑城后即划出一块地方设"市"（市场），
城邑市场里的"肆"，按惯例以所出卖的物来划分，卖酒的场所自
然被称为"酒肆"。《诗经·小雅》的作者主要是西周的大小贵
族，其中一首宴亲友的《伐木》诗写道："有酒湑我，无酒酤我。"
意思是说，有酒就把酒过滤了斟上来，没有酒就去买来。从诗意
看，似乎西周时酒随时都可以买到，人们也习惯于到市场上的酒
肆买酒。以货币为媒介的交换，在殷代即已出现，这由卜辞中有
"贝朋"、"取贝"等文辞可知。西周铭文中有金属货币一百锊买
五名奴隶的记载（《曶鼎》），《尚书》中讲到人民去远地经商，《诗
经》中亦有交换和商人营利的诗句。在当时的商业交换中，主要
的货币仍是贝，铜也被用作交换手段。同时，"氓之蚩蚩，抱布贸

丝"(《卫风·氓》),城邑外也存在民间的贸易活动,但一般数量较小,相互交换一些日用必需品而已。

三 "桑间濮上"的婚恋生活

　　一部《诗经》,最惹人注目的就是说"爱"的篇章。从历史上到今天,这些诗篇都给了人们强烈的震撼。温婉的杜丽娘小姐,就是读出了《关雎》一诗的缠绵爱意,才成就了一番"生者可以死,死者可以生"的爱情;"混世魔王"贾宝玉,学《诗经》只学了言情的《国风》,才特别会怜香惜玉。今天有许多解读《诗经》的书,干脆只选了说爱的诗篇,甚至让对《诗经》陌生的读者们误解,似乎《诗经》就是谈情说爱的。因为这305篇诗在历史上被尊为"经",是古代孩子们的教科书。所以,这本两千多年前编成的诗集,实际上也是古代青年男女的爱情圣经。

　　《诗经》中写婚恋的诗篇有近90首,反映了先秦时期的许多婚恋习俗:有男女为取悦对方而互赠香草的《溱洧》;有记录当时人多在秋天结婚,"秋以为期"的《氓》;有描述贵族娶妻、妻妾成群的《韩奕》;等等。纳媒问聘也是《诗经》中多次出现的重要婚嫁步骤,《氓》中的女子即是因为"子无良媒"而推迟了婚期。关于媒人,还有另外一词叫"作伐"、或"伐柯",它语出自《豳风·伐柯》:

　　　　伐柯如何? 匪斧不克。取妻如何? 匪媒不得。

伐柯伐柯,其则不远。我觏之子,笾豆有践。

古代有一种说法,认为男方的媒人称作媒,女方的媒人称作妁;据《说文解字》解释,所谓"媒"是谋合二姓之义,"妁"是斟酌二姓之义。

中国古代婚姻成立有六道手续,叫"六礼",也叫"六仪",其具体内容见于《仪礼·士婚礼》,包括:

1. 纳采。即男家请媒人去女家提亲。

2. 问名。男家请媒人问女方的名字与生辰八字。

3. 纳吉。男家卜得吉兆后,备礼通知女家,决定缔结姻缘。

4. 纳征,亦称"纳币"。男家给女家送聘礼。女方一接受聘礼,婚姻即告成立。

5. 请期。男方择定婚期,备礼告知女家,求其同意。

6. 亲迎。即新郎亲自去女家迎娶。

这中间,没有哪个环节能离开媒人。《伐柯》诗中引申意义最丰的是"伐柯伐柯,其则不远"一句,男人找到一个好媳妇,就如斧头要安上一个合适的斧柄,都是有一定的程序的。没有媒人在其中牵线怎么行? 诗中提到的"笾"是竹制的盛食物的器皿,"豆"也是一种食器。笾和豆整齐地摆着,先祭祀祖先,继而待宾客,正是婚礼的仪式。因为媒人的介绍,人生大事隆重圆满地完成了!

家庭是社会的基本单位,古代的五伦——君臣、父子、夫妇、兄弟、朋友中,中国以夫妇为人伦之始。《周易·序卦传》中有这样一段话:"有天地,然后有万物;有万物,然后有男女;有男女,然后有夫妇;有夫妇,然后有父子;有父子,然后有君臣;有君臣,然后有上下;有上下,然后礼义有所错。"非常明确地揭示出"家国同构"的精义:家庭就是国家缩影,国家就是家庭的放大。所以,在择偶时就要特别的慎重,《伐柯》中所描述的对媒人的重视,正是反映了这一点。

与今天一样,古代的婚礼也是从喧闹的乐曲中拉开序幕的。《诗经》时代的婚礼祝福曲有很多,《周南·桃夭》就是其中一首:

> 桃之夭夭,灼灼其华。之子于归,宜其室家。
> 桃之夭夭,有蕡其实。之子于归,宜其家室。
> 桃之夭夭,其叶蓁蓁。之子于归,宜其家人。

扑面而来的娇艳桃花一下子就把人的心灵占满了,给人以强烈的色彩感。"灼灼其华"是桃花鲜丽的样子,"其叶蓁蓁"形容的是桃叶茂密,"有蕡其实"则是桃树的果实累累。诗中从灿烂繁盛的桃花和浓密的桃叶联想到桃树的累累果实,比喻并祝愿新娘子婚后早生贵子、儿孙满堂。《诗经》里颂嫁的诗都写到了对子孙满堂的祝福。多子多孙的热烈向往在《诗经》里比比皆是,《大雅·假乐》篇有"千禄百福,子孙千亿"的句子,典型地反映了"多子多福"的家庭伦理观。"硕人"的高大丰美在《诗经》里屡屡成为被歌颂、赞叹的对象,这是古人对生命、力量和生殖的崇拜所决定的,不是壮硕的女子很难满足那样热烈的生育期望。《诗经》里还有一首婚礼祝福曲,其所取的意象十分有趣,就是现在人人讨厌的害虫蝗虫:

螽斯羽,诜诜兮;宜尔子孙,振振兮。

螽斯羽,薨薨兮;宜尔子孙,绳绳兮。

螽斯羽,揖揖兮;宜尔子孙,蛰蛰兮。(《螽斯》)

这首诗的主旨就是"宜尔子孙"! 诗中有"诜诜"、"薨薨"等六组叠词,锤炼整齐,音韵铿锵。在远古,人口极度匮乏,人类随时面临灭绝危险,而且由于人类内部的竞争,也急需扩大自身的人口规模,因而生殖就是社会的头等大事。那时候,具有多仔/籽特征的动、植物常被当作崇拜对象,如龟、蛙、鱼、葫芦、桃、瓜,等等。由于螽斯这种昆虫繁殖力极强,年生两代或三代,传说一生可产99子。所以,民歌手才把螽斯编进唱词,再三祝颂"宜尔子孙"。在古代中国的婚庆祝辞中常有"螽斯衍庆"的词句,就是从这首诗中提炼出来的。

诗由心生,而爱情是人类最纯真的感情表露,也是最值得用诗歌来歌颂的。《诗经》中的爱情诗涉及爱情的苦辣酸甜:有写情侣欢快春游的《郑风·溱洧》,有写两情野合欢娱的《召南·野有死麕》,有写思念之情的《王风·采葛》,有写情侣闹别扭的《郑风·狡童》,有写意中人可遇不可求的《周南·汉广》,有写失恋苦涩的《召南·江有汜》,有写恋爱遭到家长干涉的《郑风·将仲子》等,广泛地反映了那个时代男女爱情生活的幸福快乐与挫折痛苦。

《诗经》婚恋诗所反映的周代婚俗中,最突出的就是"同姓不婚"。如《陈风·衡门》

衡门之下,可以栖迟。泌之洋洋,可以乐饥。

岂其食鱼,必河之鲂?岂其取妻,必齐之姜?

岂其食鱼,必河之鲤?岂其取妻,必宋之子?

陈为舜后,妫姓,娶妻于齐国的姜姓与宋国的子姓,正符合同姓不婚的原则。《卫风·硕人》:"齐侯之子,卫侯之妻,东宫之妹,邢侯之姨,谭公维私。"朱熹注:"妻之姊妹曰姨,姊妹之夫曰私。"《左传·僖公二十四年》指出,卫为文王之子康叔的封国,邢为周公四子的封国,都是姬姓。谭国何姓说法不一,《路史·国名记》认为是少昊之后李姓,《春秋大事表》认为是殷遗民子姓,总之不是姜姓。可见,姜姓齐国的三个女儿也都是嫁给了异姓诸侯。

《诗经》中提到了许多美丽的姜姓女子:《郑风·有女同车》"有女同车,颜如舜华。将翱将翔,佩玉琼琚。彼美孟姜,洵美且都。"还有《邶风·新台》中的宣姜、《卫风·硕人》中的庄姜,都是著名的姜姓美女,《左传》对其人其事也都有记载。郑、卫都是姬姓国家,《邶风》所记都为卫之事,所记的也是姬、姜二姓的联姻。姬姓与姜姓的通婚在《诗经》中可以追溯到先周时期,如:后稷母姜嫄为姜姓;《大雅·绵》在提到古公亶父时也说:"古公亶父,来朝走马。率西水浒,至于岐下。爰及姜女,聿来胥宇。"记述了公古亶父与他的姜姓太妃一起到岐山下观察修筑宫室的地形。《齐风·南山》中则记录了鲁桓公(姬姓)与文姜(姜姓)的婚姻。周初建国有两个基本特征,一是分封制,一是宗法制。分封就是裂土分封,宗法制则是把同血缘关系的人按大宗、小宗的关系组合起来。分封制体现了地域关系,宗法制体现了血缘关系,分封制与宗法制结合为一体,就形成了严格的等级系统和血缘系统合一的结构。通过同姓不婚制度,使王畿和各封国的姬姓与异姓通婚,加强姻亲关系,这无疑对巩固姬姓的统治有利。而姬、姜二姓的世婚更是同姓不婚制中的主体,二者结合所形成的牢固政治联盟不仅是灭亡商王朝的基本力量,也是周人治理国家所依赖的中坚。所以,《诗经》才在貌似不经意间提到了许多美丽的姜姓女子。我们可以看到,周代的同姓不婚礼俗有两方面的意义:一是促进人口优生;一是具有政治意义的联姻,能扩大周人的统治。

四 "零雨其濛"的战争生活

战争无疑是残酷的,古往今来任何战争都是极端的暴力行为。《诗经》包罗万象,记录了周代社会生活的诸多方面,政权兴衰、劳动生产、祭祀燕飨、婚恋嫁娶等社会现象在《诗经》中都有描述和反映,而对于战争这一社会生活中十分重要的内容亦有不少诗篇加以记录和描写,这些诗篇不仅成为后世研究先秦战争的宝贵材料,更以其极高的思想价值和极强的艺术感染力而传唱千古。《诗经》中直接或间接反映战争的诗篇有 30 多首,大致可分为三类:

一、《大雅·常武》《大雅·江汉》《大雅·皇矣》及《颂》诗中的一些篇目,表达对统治阶级、上层将领征伐武功的赞美。

《大雅·常武》以激昂的文辞夸耀王师的兵强马壮与士气高昂，赞美宣王平定徐国叛乱的战役，突出了军队阵容之整齐、气势之盛大以及宣王指挥若定的大将风度；《大雅·江汉》更是不吝笔墨，以近乎矫情的夸耀直陈战功之盛。这种"主旋律"式的诗篇多是对君王、诸侯王、将领攻伐武功的歌颂，着力表现国力的强盛、胜利的辉煌、王师的威武与武功的浩大，呈现出壮丽雄浑的艺术格调。

二、尽管战争总是给人们带来深重的灾难，但是当敌人入侵，国家安全受到威胁时，人民也意识到只有用战争的手段才能消弭战争，只有付出必要的代价才能赢得和平和安定，此时国家利益和个人利益是统一的，所以他们积极地投入战争，不惜用鲜血和生命换取战争的胜利。秦风中的《小戎》《无衣》等，就表现了同仇敌忾、共御外侮的精神。如《无衣》：

> 岂曰无衣？与子同袍。王于兴师，修我戈矛，与子同仇！
>
> 岂曰无衣？与子同泽。王于兴师，修我矛戟，与子偕作！
>
> 岂曰无衣？与子同裳。王于兴师，修我甲兵，与子偕行！

这首诗以复沓的形式，表现了秦军战士出征前的高昂士气：他们互相召唤、互相鼓励、舍生忘死、同仇敌忾，反映了秦国兵士团结友爱、共御强敌的精神。《诗经》中这类战争诗，一般不注重直接具体描写战斗场面，而是集中表现军威声势。

三、即使是保家卫国的正义之战，人民也要付出鲜血和生命的昂贵代价，而那些统治者任意发动的穷兵黩武的战争更是造成了无谓的牺牲和灾难。《邶风·击鼓》《豳风·东山》《豳风·破斧》等，诗篇的字里行间则散发着浓郁的离愁别绪与厌战悲苦。且以《邶风·击鼓》为例：

> 击鼓其镗，踊跃用兵。土国城漕，我独南行。
> 从孙子仲，平陈与宋。不我以归，忧心有忡。
> 爰居爰处？爰丧其马？于以求之？于林之下。
> 死生契阔，与子成说。执子之手，与子偕老。
> 于嗟阔兮，不我活兮。于嗟洵兮，不我信兮。

这首诗歌产生的时代背景，是鲁隐公四年宋、陈、蔡、卫联合伐郑，诗中所描写的战争，"从孙子仲，平陈与宋"，史书《左传》也有记录。这场统治阶级间的权谋利益之争给参战的士卒带来了灾难。"击鼓其镗，踊跃用兵"，战争打响时，每个人都身不由己。诗中的男子没有什么奢望，他甚至羡慕修城墙的苦力，尽管他们很累很累，但毕竟每天都能回家，看得见爱人。他怨艾地想：只有我，被命运选定一定要捉弄的我，去打仗，要跋涉、漂泊，随时可能邂逅死亡。那个忧心忡忡的士兵，不断的争战让他身心俱疲。就这样走着，他的心一片茫然，"爰居爰处"，我身处何方啊？茫然中马又丢了。到哪里去找呢？"于林之下"。马不喜欢受这苦役，他一定是到树林中跳跃嬉戏了。就像我时刻想着我的她,想起新婚时曾与她牵手说过的话:"死生契阔,与子成说。执子之手,与子偕老。""契"为"合","阔"为"离","死生契阔"就是生死离合的意思,"与子成说"意为立下誓言——希望你我双手紧握,平淡至老,仍不分开。"于嗟阔兮,不我活兮"、"于嗟洵兮,不我信兮",我是如此眷恋这人世,虽然它有百般的疮痍,但毕竟有你。现在,亲爱的,请你原谅我,我可能无法做到对你的承诺。全诗就在这士兵的深深自责与遗憾中结束了。"执子之手,与子偕老"是现在常用来形容夫妻感情深厚的词,无论是爱情故事还是婚礼现场,都常被人们拿来运用,可是又有多少人了解,这句话背后是一位思归不得的士兵最深沉、最苦痛的言说呢?!

《小雅·采薇》描述了守卫边疆战士的戍役之苦,这虽是正义之战,但也不排除戍卒个人的怀乡之情:

采薇采薇,薇亦作止。曰归曰归,岁亦莫止。靡室靡家,狁之故。不遑启居,狁之故。

采薇采薇,薇亦柔止。曰归曰归,心亦忧止。忧心烈烈,载饥载渴。我戍未定,靡使归聘。

采薇采薇,薇亦刚止。曰归曰归,岁亦阳止。王事靡盬,不遑启处。忧心孔疚,我行不来!

彼尔维何?维常之华。彼路斯何?君子之车。戎车既驾,四牡业业。岂敢定居?一月三捷。

驾彼四牡,四牡骙骙。君子所依,小人所腓。四牡翼翼,象弭鱼服。岂不日戒?狁孔棘!

> 昔我往矣,杨柳依依。今我来思,雨雪霏霏。行道迟迟,载渴载饥。我心伤悲,莫知我哀!

"昔我往矣,杨柳依依。今我来思,雨雪霏霏。"东晋大诗人谢玄曾评价这四句诗为《毛诗》最佳。然而,说出这句话的人并非大文豪,也非权贵,他只是一个饱受战争之苦且思念家乡之情十分热切的普通士卒罢了。《采薇》是爱国之情与思乡自伤之情的矛盾体,它既热情描绘了抗击敌人、保卫国家的统一与安全的周朝军队,又从更广泛的层面揭示了兵役徭役给社会、家庭、民族关系等方面带来的深重苦难。

《诗经》中战争诗反映了周人的兵役、徭役和战争生活,是周代生活的一面镜子,我们不但能够从中看到当时历史和社会生活的真切片段,而且能感受到广大人民对于战争无奈和厌恶的态度,崇尚以礼待人、以德服人的思想观念。

第五课

里巷歌谣：十五《国风》与地域文化

《诗经》305 篇,其中十五《国风》160 篇,占了一半以上的篇章。

　　国,在这里是邦国、疆域之意。什么是"风"?

　　在春秋以前,"风"泛指音声、曲调的名称。《燕礼》郑玄注云:"乡乐者,风也。"

　　自《荀子·大略篇》"《国风》之好色也"开始,《国风》一名才正式出现于典籍。

　　关于"风"的含义,《诗大序》最早从政治上来解释:"风,风也,教也,风以动之,教以化之。"以风来比喻王者教化。唐代孔颖达从其说。至宋代,郑樵的《六经奥论》始从音乐上来解释风:"风土之音曰风。"朱熹也有类似的解释:"风者,民俗歌谣之诗也。"

　　"国风"两字合在一起,就是指那些表现周代社会各诸侯国和地区的文化风俗、风土、风情的诗。

召南·何彼襛矣

何彼襛矣^①,唐棣之华^②!曷不肃雍^③?王姬之车^④。

何彼襛矣,华如桃李!平王之孙,齐侯之子^⑤。

其钓维何?维丝伊缗^⑥。齐侯之子,平王之孙。

【注释】

① 襛(nóng):一作"秾",花木繁盛的样子。这句诗是说,怎么那样的繁盛美丽啊!

② 唐棣(dì):木名,落叶灌木,又作棠棣、常棣,开白花。

③ 曷(hé):何。肃:庄严肃静。雍(yōng):雍容安详。

④ 王姬:周王的女儿,姬姓,故称王姬。

⑤ 平王、齐侯:指谁无定说,或谓非实指,乃夸美之词。

⑥ 维、伊:语助词。缗(mín):合股丝绳,喻男女合婚。一说钓绳。其钓维何,维丝伊缗:是当时婚姻恋爱的隐语。《诗经》中提到"钓鱼"、"吃鱼",往往象征婚恋。这句诗是说:祝福男女双方门当户对、婚姻美满。一说是指用适当的方法求婚。

诗以浓丽、灿烂的棠棣花起兴,铺陈新娘子出嫁车辆的气派与堂皇。"曷不肃雍,王姬之车",俨然是路人旁观、交相赞叹称美的生动写照。车中的新娘也是光彩照人的。就在赞叹王姬的美貌和出嫁排场的同时,突然提到了怎么钓鱼。这似乎让人有些费解。鱼和结婚有什么关系呢?《诗经》中凡是涉及"鱼"的作品大部分都与婚恋有关,以鱼隐喻男女性爱,以网鱼比得妻,以网破喻失妻,以钓鱼言求欢,以丝质的钓鱼绳祝双方婚姻的牢固。《何彼襛矣》一诗极力铺写王姬出嫁时车马的奢华和结婚场面的气派、排场,再以钓具为比,祝愿男女双方门当户对、婚姻美满。诗虽简约,却寥寥几笔就勾勒出了王姬出嫁的宏大场面,彰显了《召南》作为《诗》之"正风"重视礼乐、强调婚礼之仪的内涵。《国风》的很多篇章,特别是"变风",体现了"饥者歌其食,劳者歌其事"的现实主义精神。如《魏风·硕鼠》:

> 硕鼠硕鼠,无食我黍! 三岁贯女,莫我肯顾。逝将去女,适彼乐土。乐土乐土,爰得我所。
> 硕鼠硕鼠,无食我麦! 三岁贯女,莫我肯德。逝将去女,适彼乐国。乐国乐国,爰得我直。
> 硕鼠硕鼠,无食我苗! 三岁贯女,莫我肯劳。逝将去女,适彼乐郊。乐郊乐郊,谁之永号。

《国风》里用了很多比喻,这些比喻,都是先民从自己人生的近处采撷的:婚礼的吉祥过程相伴的是浓丽绽放的桃花、李花;祝人多子多福就愿他像蝗虫一样有超强的生育力;而人人喊打的老鼠,则成了最丑陋的象征,不讲礼仪的人和贪官污吏都被比作老鼠。"硕"是大、肥的意思,《硕鼠》开篇直呼剥削者为贪婪可憎的肥老鼠,这比喻不但形象地刻画了剥削者的丑恶面目,而且让人联想到"老鼠"之所以硕大的原因,正是贪婪、剥削的程度太重了。农夫长年劳动,用自己的血汗养活了统治者,而统治者却没有丝毫的同情和怜悯,"莫我肯顾",一点也不肯顾念我们。可贵的是,这些农夫并未被愤恨淹没,他们还畅想着美好的理想国:"乐土"、"乐国"。在这块幸福的国土上,"谁之永号",谁还会再过啼饥号寒的生活呢? 人人平等,人人幸福,再也不用哀伤叹息地过日子了。

一 《国风》之名与艺术成就

十五《国风》,包括《周南》《召南》《邶风》《鄘风》《卫风》《王风》《郑风》《齐风》《魏风》《唐风》《秦风》《陈风》《桧风》《曹风》《豳风》,共160篇。《国风》在表现手法上,普遍以赋、比、兴的交织运用来歌咏景物、抒写情思、塑造人物;在语言上,生动、准确、清新、质朴,极富于表现力;在结构方式上往往采用复沓手法,回旋跌宕,具有很强的音乐性和节奏感;在主旨思想上,关注现实,抒发现实生活触发的真情实感。《国风》的这些特质,不仅显示出中国最早的诗歌作品在艺术上的巨大成就,也对后世的诗歌有着直接的影响:

1.《国风》从生活实际和真情实感出发反映现实,表现出的关注现实的热情、强烈的政治和道德意识、真诚积极的人生态度,被后人概括为"风雅精神",直接影响了后世诗人的创作。

"诗三百篇,大抵圣贤发愤之所为作也。"(《史记·太史公自序》)《国风》中无论是积极干预时政的怨刺诗,抒写民间疾苦的徭役诗,还是反映社会生活的婚恋诗、农事诗,无不直面人生,表达真情实感,不作无病呻吟。因为《诗经》真实地反映社会人生,开创了现实主义的创作方法。所谓"饥者歌其食,劳者歌其事",《国风》真实、深刻、广泛而多彩,直接反映了广大人民的劳动和生活、喜爱和憎恨、痛苦和希望。这些诗歌,不仅主题与题材广泛多样、真实深刻,同时还以惊人的艺术概括力,把握并揭示出当时社会生活中一些本质矛盾。诗人直抒胸臆,敢于大胆地反映现实,旗帜鲜明地颂美与怨刺。这种强烈的现实性是我国古代诗歌创作的一个优良传统。《国风》中以个人为主体的抒情发愤之作,为屈原所继承。"国风好色而不淫,小雅怨诽而不乱,若《离骚》者可谓兼之矣!"(《史记·屈原列传》)《离骚》及《九章》中忧愤深广的作品,兼具了国风、二《雅》的传统。汉乐府诗缘事而发的特点,建安诗人的慷慨之音,都是这种精神的直接继承。后世诗人往往倡导风雅精神,来进行文学革新。陈子昂感叹齐梁间"风雅不作"(《与东方左史虬修竹篇序》),他的诗歌革新主张,就是要以"风雅"广泛深刻的现实性和严肃崇高的思想性,以及质朴自然、刚健明朗的创作风格,来矫正诗坛长期流行的颓靡风气。而且这种精神在唐以后的诗歌创作中,从宋陆游到清末黄遵宪,也代不乏人。

2.《国风》的语言不仅具有音乐美,而且在表意和修辞上也有很高的成就。

《国风》的语言特点是准确生动,丰富多彩,其中数量丰富的名词,显示出诗人对客观事物有充分的认识;特别是动词和形容词运用得巧妙精当,例如,光是表示手的动作的词汇就有 50 多个。众多的动词、形容词使作品对意思的表达极为精细准确。如《苤苢》，将采苤苢的动作分解开来，以六个动词分别加以表示："采，始求之也。有，既得之也。""掇，拾也。捋，取其子也。""袺，以衣贮之而执其衽也。襭，以衣贮之而扱其衽于带间也。"（朱熹《诗集传》卷一）六个动词，鲜明生动地描绘出采苤苢的图景。

《国风》中还大量使用了双声、叠韵、叠字词语，增强了作品的形象感和音乐美。双声词如参差、踟蹰、栗烈、流离、悠远等，叠韵词如绸缪、辗转、窈窕、沃若等，叠字如关关、呦呦、依依、采采、钦钦、苍苍、谆谆等，它们或刻画形态，或模拟声音，或形容色彩，或表示内心活动，都能做到"以少总多，情貌无遗"，流利婉转，音韵和谐。《诗》中有很多词汇，如"瞻望"、"伫立"、"翱翔"、"颠沛"、"一日三秋"、"忧心如焚"、"赳赳武夫"、"如切如磋"、"如琢如磨"等，至今还为人们所习用。

后世常用的修辞手段，在《国风》中几乎都能找到：比喻如"硕鼠硕鼠，无食我黍"，夸张如"谁谓河广，曾不容刀"（《卫风·河广》），对比如"女也不爽，士贰其行"（《卫风·氓》），对偶如"縠则异室，死则同穴"（《王风·大车》）等等，不一而足。

3.《国风》塑造了活灵活现的人物性格，鲜明生动的诗歌形象。

塑造诗歌形象和人物性格的成功，是《国风》的艺术成就的重要方面之一。如《秦风·终南》赞美了一个仪容非凡的贵族：

终南何有？有条有梅。君子至止，锦衣狐裘。颜如渥丹,其君也哉!

 终南何有?有纪有堂。君子至止,黻衣绣裳。佩玉将
将,寿考不忘。

按《毛诗序》所说,这首诗歌颂的是秦襄公。当时周平王东迁,原
来西周的大片土地都被犬戎占领。秦襄公收复失地,国势变强,
遂列为诸侯,受到周王的赏赐,于是秦人作了这首诗赞美他。诗
的第一章写秦襄公穿上了锦衣狐裘,红光满面,高贵君子,风度
翩翩。第二章写他穿上黻衣绣裳的礼服,佩上美玉,更显风采不
凡,并祝愿他长寿。诗中虽然没有具体去写秦襄公的非凡功业,
但是通过对他的外表服饰的描写,一个受人敬仰的贵族形象已
经跃然纸上,也充分流露了诗人对他的歌颂与赞美之情。

　《国风》描写人物,不仅从人物的身份地位、健康体魄、容貌
特征、动作姿态、服饰装点等方面展开,也有以虚笔描写的写法,
如使用比兴烘托,夸张、反衬以增强人物的感染力等,这都给后
世文学特别是诗歌写人以深远的影响。

二 《国风》是民歌吗?

　目前能见到的最早的《诗经》文献,是《上海博物馆藏战国楚
竹书》中的《孔子诗论》,在第三简中,孔子评价《邦风》说:"邦风
其纳物也溥,观人俗焉,大敛材焉。其言文,其声善。"《说文解
字》谓:"国,邦也"、"邑,国也"、"邦,国也",段玉裁注:"按邦、国

互训,浑言之也。"国、邑、邦指的都是以城市为中心的邦国。据学者们推测,《邦风》才是风诗的初名,汉代因避刘邦讳而改为《国风》。这一说法,已得到学术界的广泛认同。无论是"国风"还是"邦风",都在向我们透露着一个信息——《诗经》是与西周春秋时期的城市生活密切相关。这个观点与传统的"《诗经》是民歌,是记录先民生活的桑间濮上之音"的说法大相径庭。

《国风》到底是不是民歌?

首先,从作者身份看。关于《诗经》的作者,颂、大小雅是出于社会上层已成定论,而《国风》的作者身份却是个长期争论不已的问题。汉人解《诗》,无论是今文三家,或古文《毛诗》,都没有把《国风》解作民间歌谣之作。学习今文鲁诗的司马迁在《史记·太史公自序》说:"诗三百篇,大抵圣贤发愤之所为作也。"古文学派的《毛诗序》释各篇题解,大都是圣贤、后妃、夫人、卿、大夫、士、君子、国人之作,即大部分是上层贵族作品,一部分是社会中层阶级的作品。

其次,我们要设身处地地考虑周代社会的文化环境以及《诗经》的产生过程,虽然我国古代早就有"采诗以观民风"之说,但是我们不能把凡是从各地采来的诗都当成是"民歌",即下层劳动人民的口头创作。《国风》中有相当多的诗所写的都是贵族社会的世俗生活,真正可以认定是出自下层劳动者之手的微乎其微,而且这些诗篇也不一定是它的原始形态,同样是经过乐官们整理后的艺术品。

第三,从周代各诸侯国以城市为中心的文明发展形态来看。西周是中国古代诗歌创作的第一个繁荣时代,数百年间产生了数量众多的诗作。《诗经》绝大部分诗篇都是居住在城市里的贵族所作,还有一些属下层社会平民的作品,则是住在都城边缘的国人所作。因此,《诗经》的形成有一个城市文化背景,这是以往为研究《诗经》和中国诗歌史的学者所忽略的问题。一个值得注意的现象是,自西周末年开始的大规模的筑城运动反映了礼崩乐坏的社会现实,而礼崩乐坏又促进了诗歌的繁荣。可以说,是经济的发展、城市的繁荣促进了《诗》的发展,诗歌与城邑一起,自西周末年开始,得到了长足的发展。以郑国为例,地处中原的郑国,为天下之枢户,是筑城最为密集和频繁的地域,春秋时期郑国筑城 31 座,在列国中仅次于齐,排名第二。郑国的首都新郑是当时中原的交通枢纽与商业中心之一,正因为商业繁荣为城市文化的发达创造了条件,才使得在"礼崩乐坏"的时代风气下,在商业发达的郑国,"郑声"蔚为大观。《郑风》共收录 21 首诗歌,是十五《国风》中收诗最多的一国。我们可以注意一下在《郑风》中常出现的一些语词:"馆"、"巷"、"东门"、"城阙"、"君子"、"士"、"女",这些与城市有关的人与物,反映的显然是春秋城市文化生活。如《郑风·出其东门》:

出其东门,有女如云。虽则如云,匪我思存。缟衣綦巾,聊乐我员。

出其闉闍,有女如荼。虽则如荼,匪我思且。缟衣茹藘,聊可与娱。

"出其东门"直赋走出城东门外的场景,当时城的东门外有供祭祀用的场地,也是群众聚会的热闹场所。故下一句曰:"有女如云",然而面对如云彩般众多的美女,他时刻想念的却是"缟衣綦巾"的那位。次章"出其闉阇",同样是直赋步出曲城重门。闉,曲城;阇,城台。城门外筑起半环形的墙,谓之"闉阇",即曲城(又叫瓮城)。以下几句则是以复沓的章法重复了对心上人的思念。其间城市居民郊游的场面写得十分热烈生动。

　　我们研究《诗经》,要将其还原到《诗经》时代,从当时实际的社会背景来理解。《国风》虽然有比较浓厚的生活气息,也有许多描写自然风光、田间劳作的诗篇,尤其是其中有大量天籁自然的情诗,但其作者未必就是劳动人民。有一些作品带有浓厚的劳动山歌或质朴的情歌风味,但也不是原来的劳动人民的口头创作,已经过润饰、加工或改造,并非原貌。而且二三千年前,普通的老百姓没有受教育的权力,识字尚且不多,怎么可能写得出如此优雅的"民歌"? 基于此,可以说,《国风》是采自于民间,但经过乐官加工改造后的语言和礼乐范本,其作者不是下层劳动人民。因而,《诗经》不是民歌。

三　十五《国风》的风土人情

　　在《诗经》中,《国风》是一个与《雅》和《颂》相并立的概念,它的最初意义与音乐相关。简单地说,《颂》是宗庙之乐,《雅》是周王朝的朝廷之乐,《风》是周代各诸侯国与地方的世俗之乐。

我国古人很早就已发现：不同地区的民俗传统是有差异的，这种差异通过各自的文化表现出来。《礼记·王制》中记载了"命太师陈诗，以观民风"的做法，就是要通过诗歌体察各地的民情。

从十五《国风》的分类来看，我们的先人对文化的地域差异的认知是自觉的，十五《国风》所收的诗歌，是采自不同地方民间歌谣，按各诸侯国别进行编排的，它印证了文艺创作的地域差异。关于这一点，从《左传·襄公二十九年》季札观乐的记载中可以看得清楚：

> 吴公子札来聘。……请观于周乐。使工为之歌《周南》《召南》，曰："美哉！始基之矣，犹未也，然勤而不怨矣。"为之歌《邶》《鄘》《卫》，曰："美哉，渊乎！忧而不困者也。吾闻卫康叔、武公之德如是，是其《卫风》乎！"为之歌《王》，曰："美哉！思而不惧，其周之东乎！"为之歌《郑》，曰："美哉！其细已甚，民弗堪也。是其先亡乎！"为之歌《齐》，曰："美哉，泱泱乎！大风也哉！表东海者，其大公乎？国未可量也。"为之歌《豳》，曰："美哉，荡乎！乐而不淫，其周公之东乎？"为之歌《秦》，曰："此之谓夏声。夫能夏则大，大之至也，其周之旧乎！"为之歌《魏》，曰："美哉，沨沨乎！大而婉，险而易行，以德辅此，则明主也！"为之歌《唐》，曰："思深哉！其有陶唐氏之遗民乎？不然，何忧之远也？非令德之后，谁能若是？"为之歌《陈》，曰："国无主，其能久乎！"自《郐》以下无讥焉！

虽然季札只是对各地的音乐进行评价,但是已经包含了对十五个不同地区的《国风》不同特色的认识。此后,班固在《汉书·地理志》中介绍疆域沿革时也时常与《诗经》相联系,指出各地的山川泽薮、名胜古迹、水利设施、物产风俗等,还对十五《国风》的地域流派进行了初步的界定。东汉郑玄在《诗谱》中,对《诗三百篇》的次序进行了排列,还对各《国风》的地理沿革和历史特征做了介绍。"季札观乐"欣赏到的十五《国风》名所指代的地理位置均可一一指实,诗篇随处可见各地不同的风土人情。

汉代以后,《诗经》地理专书代有所出:宋代王应麟的《诗地理考》是研究《诗经》地理的第一部专著;清代朱右曾的《诗地理征》、桂文灿的《毛诗释地》、尹继美的《诗地理考略》等,也都从各地的风俗民情和山川形胜,谈到地域与十五《国风》关系。以爱情诗为例,产生于"王化之治"的周南、召南地区的篇章典雅平和,而产生于存有殷商遗俗的"郑卫之音"多泼辣大胆之语。采编诗的人虽然对《诗经》从音乐上做了一定的加工,但并未完全泯灭各地《风》诗的特色。《诗经·国风》中所涉及地区,以北方的黄河流域为中心,向南扩展至江汉流域,包括今天的陕西、山西、河南、河北、湖北、安徽、山东等地,亦可见周王朝势力的逐渐东扩,是将文化按地域类分的先声。

1. 雅正典范的二《南》

二《南》为《周南》(11 篇)、《召南》(14 篇)的合称,共 25 篇。

周初文、武之际,分周故土岐山以南为文王的儿子周公旦和召公奭的采地,由他们治理归附的南方各小国,并继续扩张。二公分陕而治,"自陕以西,召公主之;自陕以东,周公主之"(《史记·燕召公世家》)。二《南》,即周公和召公管辖下的南方地区。《周南》《召南》是从这两个区域通过陈诗或采诗而集中的用南国之乐演唱的歌诗。经营南国,是周朝奠定王业的基础。这两组歌诗,便被认为是体现"文王风化"的产物。周公在武王死后执政,对建立和巩固西周国家起了重大作用,被尊为圣人,所以《周南》被称为"王者之风",编排于《诗经》之首;《召南》为诸侯之风,稍次之。在孔子整理以前流传的《诗经》已经这样编排了。

二《南》充分体现了周代的礼乐文明精神。《周南》共11篇:《关雎》《葛覃》《卷耳》《樛木》《螽斯》《桃夭》《兔罝》《芣苢》《汉广》《汝坟》《麟之趾》,此以前6篇为例。

首篇《关雎》,即可称《诗经》305篇以礼乐言情的典范:

> 关关雎鸠,在河之洲。窈窕淑女,君子好逑。
> 参差荇菜,左右流之。窈窕淑女,寤寐求之。
> 求之不得,寤寐思服。悠哉悠哉!辗转反侧。
> 参差荇菜,左右采之。窈窕淑女,琴瑟友之。
> 参差荇菜,左右芼之。窈窕淑女,钟鼓乐之。

《关雎》在中国文学史上占据着特殊的位置。它是《诗经》的第一篇,而《诗经》是中国文学最古老的典籍。可以说,你翻开中国文学史,首先遇到的就是《关雎》这首诗。《关雎》一诗的内容看似很单纯,是写一个"君子"对"淑女"的追求,写他得不到"淑女"时心里苦恼,翻来覆去地睡不着觉,叫人演奏起音乐,来愉悦"淑女",让"淑女"快乐。诗的内容很朴素,没有什么曲折的情节,比如家长阻拦啊、第三者插足啊;也没有什么山盟海誓。就是简简单单的一首诗,却将伦理道德与真情实感完美融合在一起:

首先,诗中所写的爱情不是青年男女之间短暂的邂逅、一时的激情,而是有节制性的爱情、符合礼仪的爱情。"君子"和"淑女"的爱是很守规矩的爱。这样一种恋爱,既有真实的颇为深厚的感情,又表露得平和而有分寸,更为社会所赞同。

其次,诗中所写的男女双方身份,乃是"君子"和"淑女"。"君子"一词是兼有社会地位和德行高尚的双重意义,而"窈窕淑女",也是兼备体貌之美和德行之善。这里"君子"与"淑女"的结合,是一种爱情与美德相联系的结合,代表了一种婚姻理想。而这种理想的婚姻是对社会和谐、稳定有益处的。

正因为《关雎》所歌颂的,是一种感情克制、行为谨慎、以婚姻和谐为目标的爱情,所以儒家觉得这是很好的典范,可以作为青年男女修养德行的教材,起到"教化"的作用。"教化"一词中最妙的就是"化"字,文学作品的意义,就在于情感教育,在潜移默化中完成对人的伦理道德意识的培育。

次篇《葛覃》描写进入家庭生活,一个勤劳的主妇"是刈是濩,为绤为绤,服之无斁",除了操劳外,还要"言告师氏"、"归宁父母",其中可见社会礼教对女性的影响。现实的人生中总难免分离,第三篇《卷耳》描写的是女子与心爱的男人不得已因战争分离,妻望夫归的心情:"采采卷耳,不盈顷筐","嗟我怀人",

"陟彼高冈",言说分离之痛。第四篇《樛木》以樛木和葛藟分喻男女,体现了男女之间相互依存的生活状态。第五篇《螽斯》是对子孙繁盛的祈愿,前文已有介绍。第六篇《桃夭》描绘的则是新婚的气象:

> 桃之夭夭,灼灼其华。之子于归,宜其室家。
> 桃之夭夭,有蕡其实。之子于归,宜其家室。
> 桃之夭夭,其叶蓁蓁。之子于归,宜其家人。

　　"桃之夭夭"以丰富缤纷的象征意蕴开篇,扑面而来的娇艳桃花,一下子就把人的心灵占满了,给人以强烈的色彩感。"灼灼其华",简直可以说是明艳到了极致,诗中虽然没有对出嫁女子的容貌描绘一笔,但那新娘子充满青春活力的美却已经呈现在眼前了。《桃夭》虽然凸显了女子如桃花般的明丽容颜,但更重点强调的是"宜其室家"、"宜其家人",是祝福新娘子结婚后会令夫家合家欢喜、家庭和睦,也祝福婚礼的一切都是适宜的、美好的、幸福的。送给新娘子"宜其室家"的祝福,就是送给她的最珍贵的嫁妆。

　　《召南》共有14首诗:《鹊巢》《采蘩》《草虫》《采蘋》《甘棠》《行露》《羔羊》《殷其雷》《摽有梅》《小星》《江有汜》《野有死麕》《何彼襛矣》《驺虞》。召南是周王朝的直属区域,召南人非常重视礼乐文化,如《采蘩》《采蘋》反映了祭祀之礼,《鹊巢》《何彼襛矣》反映了婚姻之礼,而《甘棠》和《驺虞》则反映了厚德与美贤之礼。我们来看《甘棠》:

蔽芾甘棠,勿翦勿伐,召伯所茇。
蔽芾甘棠,勿翦勿败,召伯所憩。
蔽芾甘棠,勿翦勿拜,召伯所说。

召伯何许人也?一说是周宣王的伯爵姬虎,封地为召;一说是周武王时期的召公奭,为周文王庶子,西周的开国元勋。无论哪一位召伯,都是贤德的政治家,深受百姓爱戴。诗中首先告诫人们不要损伤甘棠树的一枝一叶,从不要砍伐、不要毁坏到不要折枝,反复咏叹,可谓爱之有加。继而再说明其中原因,这棵树下是召公憩息的地方,这棵树受到召公的喜爱,由此体现出,对树的爱源于对召公德政教化的衷心感激。笔意曲折,足见诗人措辞之妙!全诗由睹物到思人,由思人到爱物,人、物交融为一。诗的三章语句重复,只变换了个别字,却可以看见一层深于一层的祷祝。在召南之地的人们心里,这甘棠树是召伯的灵魂所系,他生前在这里休息过,他的车马在这里停留过。这棵甘棠树是如此繁茂,看见了树,也就看见了人,爱树就是爱人!

与《诗经》中的其他风诗相比,二《南》诗歌具有特殊的地位,远高出十五《国风》中其他诸侯国的诗歌,主要体现在两个方面:

(1)二《南》虽属于《国风》,均是一地诗歌,但流传的范围却比其他十三《国风》更加广泛,受众更多。从古代礼书中可以看到,二《南》中的一些乐歌广泛地运用于射礼、乡饮酒礼、燕礼,具有雅诗的性质。《诗经》学传统中"风雅正变"说更是将之归入了"正风"的范畴。

（2）二《南》在儒家教育体系中占有重要的地位,被孔子特别重视,孔子曾教导自己的儿子孔鲤说:"女为《周南》《召南》矣乎？人而不为《周南》《召南》,其犹正墙面而立也与?"（《论语·阳货》)类似观点《论语》中多有反映,体现出孔子对恢复周礼的渴望。

传世的《诗经》版本中,《国风》排在雅、颂之前,二《南》又为《国风》之首,在中国文学史、文化史上,这25篇诗歌一直有着非常重要的作用,其诗歌主旨,也被历朝历代的学者们多方面阐释、解读。从现代研究诗歌的眼光来看,二《南》25篇诗多与婚恋有关。《周南》开篇的六首诗更凸显了这一点。二《南》为《诗经》"正风",代表了自上化下的文王教化。其主旨意在以夫妻视角倾诉家国情怀,以家事喻王事,以婚姻比政教,凸显了齐家治国的理念。所以,二《南》才是周代必不可少的礼仪性乐歌,这是二《南》在《国风》中占有独特地位的重要原因。

2. 意蕴丰富的"三卫"

邶、鄘、卫都是卫风,《邶风》19篇,《鄘风》10篇,《卫风》10篇,共39篇,谈的都是卫地之事,所以从春秋时代开始,就把《邶》《鄘》《卫》三风并称为"三卫"。"邶、鄘、卫三风＝卫风",这一观点,自古没有异议,可见对其共同的文化背景,历代学者均有认同。

卫地原来是殷商的故地,武王灭殷,占领殷都朝歌一带地方,三分其地——朝歌北面是邶,东边是卫,南面是鄘。卫国在西周初封时是一个重要国家,不知何时并得邶、鄘之地。进入东周以后,卫国国势式微。

《邶》《鄘》《卫》三《风》的具体位置,从古代开始,学者们一直有争议,一般认为"三卫"的范围涉及今河北的磁县和河南的安阳、淇县、滑县、汲县、开封、中牟、濮阳等地。淇水并未遍及邶、鄘、卫三地,但在《邶》《鄘》《卫》三《风》中都有反映,在《邶风》中出现一次,《鄘风》中出现三次,《卫风》中出现十三次,这说明邶、鄘、卫实为一体。王国维认为,是因为《卫风》篇目太多,而周太师采诗时虽曾考虑过邶、鄘二地,但终究"有目无诗",遂分《卫风》诗篇输入《邶》《鄘》目下。(王国维《观堂集林》,中华书局 1959 年版,第 885—886 页)清代著名的经史学家、训诂大师孙诒让在《邶鄘卫考》中也指出:"周公以武庚故地封康叔,实尽得三卫全境……故采诗者于三卫不复析别。"就是说周公将原来武庚所在的朝歌封给康叔作卫国的都城,而卫国其实包含原来的邶、鄘、卫的全境,所以采编《诗经》的时候,邶、鄘、卫三地的诗就没有严格的界限和区别。

"三卫"的编排紧随二《南》之后,可见它们在《国风》中的重要位置。这首先是由于这一广大地区在当时具有重要的政治、经济和文化上的地位。"三卫"所在,是殷商的王畿之地。这里千里沃野,西倚太行,东连冀州和齐鲁大平原,南跨黄河,北接幽燕,是汉民族最早开发的农业区,物产丰富、文化发达。当周族还是西部的一个小邦,楚、吴、越还是蛮夷的时候,此地已是天下政治、文化的中心。从《尚书·商书》和出土的大量商代文物看,殷商文化是极其辉煌灿烂的。

卫国初封,有殷民七族,且其所居之地为商代文化中心,故其风气必有所谓"纣之淫风";卫国都城是个商业发达的大城市，为商人必经之路。《汉书·地理志》说："卫地有桑间濮上之阻，男女亦亟聚会，声色生焉，故俗称郑卫之音。"说这里的地形复杂，便于男女偷情约会，因此这里产生的诗歌多为男女情爱的描写。这些都给"三卫"以较大的影响，使得"三卫"的意蕴极为丰富。如，《卫风·芄兰》刻画人物就特别形象生动：

> 芄兰之支，童子佩觿。虽则佩觿，能不我知？容兮遂兮，垂带悸兮。
> 芄兰之叶，童子佩韘。虽则佩韘，能不我甲？容兮遂兮，垂带悸兮。

芄兰是多年蔓生草本植物，开有紫色斑点的白色花。诗用芄兰起兴，以芄兰的嫩枝叶比喻刚行了成年冠礼的少年。他虽然行了成年冠礼，穿上了成年男子的服饰，但身材还是太单薄，外表上的庄重却掩饰不住内心幼稚，走路都摇摆不稳重，"垂带悸兮"，颤动的垂带就透视了全部的本质，使得他看起来有些不伦不类。《芄兰》一诗可以说是一幅简笔的人物素描，只寥寥几笔，即入木三分地刻画出了年轻人成长的尴尬瞬间。

卫懿公是中国历史上最著名的昏君之一，在他的昏庸统治下，卫国被北方少数民族狄族所灭。中国第一个女诗人许穆夫人在国家危难之际，创作了《载驰》一诗：

> 载驰载驱，归唁卫侯。驱马悠悠，言至于漕。大夫跋

涉,我心则忧。

　　既不我嘉,不能旋反。视尔不臧,我思不远。既不我
嘉,不能旋济。视尔不臧,我思不閟。

　　陟彼阿丘,言采其蝱。女子善怀,亦各有行。许人尤
之,众稚且狂。

　　我行其野,芃芃其麦。控于大邦,谁因谁极?大夫君
子,无我有尤。百尔所思,不如我所之。

　　许穆夫人是卫国人,嫁给许穆公为妻。她听到祖国国破君
亡的噩耗之后,痛彻心扉,恨不能插翅飞回家乡。她去请求自己
的丈夫帮忙,许穆公却怕引火烧身,不敢出兵。许穆夫人气恨交
加,毅然决定快马加鞭赶赴漕邑。许国的大臣纷纷去拦阻她,这
些大臣对许穆夫人大加抱怨,有的责怪她考虑不慎,有的嘲笑她
徒劳无益,有的指责她抛头露面有失体统。许穆夫人坚信自己
的决定是无可指责的,她决不反悔,并铿锵有力地写下了千古名
篇《载驰》,表明了自己的爱国之心。许穆夫人回到卫国后,先卸
下车上的物品救济难民,接着与卫国君臣商议复国之策。不久,
他们招来百姓四千余人,一边安家谋生,一边整军习武,进行训
练。同时,许穆夫人还建议向齐国求援,抗击狄人。从这一点
看,许穆夫人不只有美貌,有辞彩,还有政治头脑,有很强的能
力。《载驰》一诗既赋且歌且论,毫无脂粉气,而更多英雄的荡气
回肠,在历史上一直被赞叹着。

　　按照传统《诗经》学的"风雅正变"说,《周南》《召南》25篇
诗为"正风",《邶风》以下至《豳风》共135篇诗为"变风"。"三

卫"属于"变风",内容上比二《南》少了颂赞之辞,而更多刺诗,更多自由、率性的表达,如《邶风·北门》就是一首典型的刺诗。"三卫"的39首诗,内容涵盖了卫地生活的方方面面,其主旨多元、丰富,其中比较突出的有这样两类诗篇:

(1)记录祭祀、卜筮习俗的诗

邶鄘卫地区是殷商王畿故地,商文化中最突出的就是祭祀降神与图腾崇拜,这在《邶》《鄘》《卫》三《风》中有鲜明体现,如《邶风·简兮》:

> 简兮简兮,方将《万舞》。日之方中,在前上处。
> 硕人俣俣,公庭《万舞》。有力如虎,执辔如组。
> 左手执龠,右手秉翟。赫如渥赭,公言锡爵。
> 山有榛,隰有苓。云谁之思?西方美人。彼美人兮,西方之人兮。

这首诗写的是一名舞师在祭祀的时候表演万舞,一个女子对舞师产生了爱慕之情。全诗的艺术魅力来自女子以旁观者身份的描述,她以赞赏的目光欣赏男性舞师的英姿,发出了由衷的赞叹——第一章写宫廷举行大型舞蹈,交代了舞名、跳舞的时间和地点,以及领舞者的位置;第二章写领舞的男性舞师武舞时的雄壮勇猛,突出他高大魁梧的身躯和威武健美的舞姿;第三章写他跳文舞时的雍容优雅、风度翩翩;第四章倾诉了这个女子对舞师的倾慕。在上古时期,人们认为音乐是一种神赐的神秘力量,通过乐音,他们可以与神通话、交流。因而在祭祀之时,需配乐舞蹈,《诗经》中相当多的祭祀诗、酒宴诗,都配有各种仪式和舞蹈,因此有“约軧错衡,八鸾鸧鸧”(《商颂·烈祖》)那样的场面,也有“籥舞笙鼓,乐既和奏”(《小雅·宾之初筵》),“式歌且舞”(《小雅·车舝》)的综合艺术呈现形式。《邶风·简兮》描画的正是在庄严肃穆的祭祀场合,表演着撼人心魄的万舞,一位多情的女子,被那气势宏大的场面震撼,被领舞者吸引,舞师的多才多艺使得这位女子赞美有加,心生爱慕!

早在殷商时期开始,那时人们就迷信天命,想要通过“卜筮”的方法来向祖先神灵寻求庇护与帮助。《鄘风·定之方中》记录了春秋时期的卫国因为内乱被少数民族狄人灭国后,饱经坎坷艰难,又在楚丘翻开了新的一页。受命于危难之间,担当卫国都城重建任务的,就是卫文公。诗以纪实的手法叙述了卫文公勤于政事、励精图治的贤君形象。在确定都城选址时,诗中提到了“卜云其吉,终焉允臧”,卫文公在兴邦复国时,就通过占卜来确认国都的位置是否吉祥。《卫风·氓》中的男女主人公在走进婚姻之前,也进行了占卜,“尔卜尔筮,体无咎言”之后,才决定约为婚姻。

(2) 描写婚恋自由大胆的诗

邶鄘卫地区的文化习俗,另外一个显著特点就是婚恋比较自由。生活在殷商故地的男女,交流自在随心,受到的束缚相对较少。周统治者对邶、鄘、卫三地采取入乡随俗的政策,使得殷商淳朴开放的婚恋传统能够得以保存。邶、鄘、卫三地的风诗从不同角度和侧面反映了男女恋爱中复杂细腻的感情,其中的情诗,展现出原始先民尽情任性、舒展旺盛的情感世界。如《卫风·木瓜》：

> 投我以木瓜，报之以琼琚。匪报也，永以为好也！
> 投我以木桃，报之以琼瑶。匪报也，永以为好也！
> 投我以木李，报之以琼玖。匪报也，永以为好也！

诗中体现的恋爱风俗是热烈而大胆直接的：在男女集会舞蹈的人群中，女子如果有了心仪的男子就向他投果，而如果那个男子解下身上的玉佩赠送给她，就表示要和这女子永结同心。物的贵贱并不重要，重要的是，双方都期盼着"永以为好"的爱。"匪报也"，也就不在乎回报的是否等价了。诗中的"投"字和"报"字，让人爱煞！这是爱的果实和欣喜的花，是相遇时知心的笑。手里接到木瓜的人是无比幸福的。

又如《鄘风·桑中》：

> 爰采唐矣？沫之乡矣。云谁之思？美孟姜矣。期我乎桑中，要我乎上宫，送我乎淇之上矣。
> 爰采麦矣？沫之北矣。云谁之思？美孟弋矣。期我乎桑中，要我乎上宫，送我乎淇之上矣。
> 爰采葑矣？沫之东矣。云谁之思？美孟庸矣。期我乎桑中，要我乎上宫，送我乎淇之上矣。

采桑养蚕是女性主要的生产活动，《桑中》必是和美女有关的诗。《桑中》一诗反复咏唱了相恋的两人在"桑中"、"上宫"里的销魂时刻,以及相送淇水的缠绵。《鄘风》所记是卫国的事,淇水岸边,春意阑珊,野外的桑林沐浴在金色的阳光里,年轻的采桑女玉手纤纤,身姿婀娜,引发了一个又一个浪漫缠绵的爱情故事。在《诗经》时代,桑林已成为男女欢爱的嘉年华场所了。《桑中》的艺术特色之一是采用有问有答的"设问"表现手法:"爰采唐矣?沬之乡矣。云谁之思?美孟姜矣。"这样的明知故问比直接的叙述显得更加宛转而有情致,令读者的印象更加深刻。

3. 苍凉悲怆的《王风》

《王风》共十篇作品,《黍离》《君子于役》《君子阳阳》《扬之水》《中谷有蓷》《兔爰》《葛藟》《采葛》《大车》《丘中有麻》。王,是"王畿"的简称,即东周王朝的直接统治区,《汉书·地理志》云:

> 河南,故郏、鄏地。周武王迁九鼎,周公致太平,营以为都,是为王城,至平王居之。

大致包括今天河南的洛阳、偃师、巩义市、温县、沁阳、济源、孟津一带地方。"王风"就是这个区域的诗。

那么,《王风》既有王者之尊,为何却不居于《国风》之首呢?

关于《王风》的得名,历代学者多有说法:

(1)贬周说。最先提出这种观点的是郑玄,《诗谱·王城谱》云:"晋文侯、郑武公迎宜咎于申而立之,是为平王。以乱故,徙居东都王城。于是王室之尊与诸侯无异,其诗不能复雅,故贬之,谓之王国之变风。"《毛诗郑笺》云:"宗周,镐京也,谓之西周。周,王城也,谓之东周。幽王之乱而宗周灭,平王东迁,政遂微弱,下列于诸侯,其诗不能复雅而同于《国风》焉。"认为周平王东迁洛邑,王室衰微,无力驾驭诸侯,其地位等于列国。王都一带的乐歌,不能像西周镐京的诗那样被尊为《雅》乐,而列入《风》诗,所以称为《王风》,以示周天子地位的衰落。

（2）尊周说。裴骃《史记·吴太伯世家·集解》云:"服虔曰:王室当在雅,衰微而列在风,故国人犹尊之,故称'王',犹《春秋》之'王人'也。"裴氏所引服虔说,认为称"王"是为了尊王室,区别王与诸侯。

（3）地域说。顾炎武说:"列国之名,其始于成康之世乎?太师陈诗以观民间,采于商之故都者,则系之邶、鄘、卫,采于东都者,则系之王。"认为称为《王风》,是以地域而言的,"王"指王城及其周围的地区。

平王东迁后,形势十分混乱,周王室丧失了对诸侯国的约束能力。东迁后,周王室仅有洛阳周围数百里之地,相当于一个小国,接连发生了"周郑交质"、"射王中肩"等一系列事件,令天子的威信扫地。王室无力统驭天下,大诸侯国相继而起。崔述在《读风偶识》中说:"幽王昏暴,戎狄侵陵,平王播迁,室家飘荡。"（[清]崔述撰著,顾颉刚编订《崔东壁遗书》,上海古籍出版社1983年版,第553页）这正是《王风》的历史背景。十五《国风》的排序"二南"在先,"三卫"其次,《王风》又次之。东周王室衰败已甚,而且诗篇不多,所以位置反在"三卫"之后了。《王风》描述的多是悲凉、失落、伤感或者哀叹的情怀,反映了当时王室衰落后的社会风貌、世态人情。《黍离》《扬之水》《兔爰》

《葛藟》《君子于役》等，多带有乱离悲凉的气氛。《王风·兔爰》就是一首伤时感事的诗：

> 有兔爰爰，雉离于罗。我生之初，尚无为；我生之后，逢此百罹。尚寐无吪！
> 有兔爰爰，雉离于罦。我生之初，尚无造；我生之后，逢此百忧。尚寐无觉！
> 有兔爰爰，雉离于罿。我生之初，尚无庸；我生之后，逢此百凶。尚寐无聪！

《兔爰》诗以自由的兔子与陷入罗网的山鸡做了鲜明的对比。朱熹《诗集传》阐释这一对比说："言张罗本以取兔，今兔狡得脱，而雉以耿介，反离于罗。以比小人致乱，而以巧计幸免；君子无辜，而以忠直受祸也。"这一形象而贴切的比喻，揭示出当时社会的黑暗。诗中再以"我生之初"与"我生之后"做对比，表现出对过去的怀恋和对现在的厌恶：在过去，没有徭役、没有劳役、没有兵役，我可以自由自在地生活；而现在，遇到各种灾凶，让人烦忧。从这一对比中可以体会出时代变迁中人民的深重苦难。这一句式后来在传为东汉蔡文姬所作的著名长篇骚体诗《胡笳十八拍》中被沿用，"我生之初尚无为，我生之后汉祚衰"，那悲怆的诗句，就是脱胎于《兔爰》一诗。诗人发出沉重的哀叹：生活在这样的年代里，不如长睡不醒！愤慨之情溢于言表。

《黍离》一诗因思想高度无与伦比，被置于王风之首。周大夫东游故都，触景生情：昔日的巍峨宫殿变成今日的离离禾黍，忧心如焚唱出乱世之音。后将"亡国之痛,兴亡之感"称为"黍离之悲"。"黍离之悲"在中国文化中成了一种深沉的民族心理沉淀,成为亡国遗民借以抒发爱国情愫的一种典型意象:

> 彼黍离离,彼稷之苗。行迈靡靡,中心摇摇。知我者,谓我心忧;不知我者,谓我何求。悠悠苍天,此何人哉!
>
> 彼黍离离,彼稷之穗。行迈靡靡,中心如醉。知我者,谓我心忧;不知我者,谓我何求。悠悠苍天,此何人哉!
>
> 彼黍离离,彼稷之实。行迈靡靡,中心如噎。知我者,谓我心忧;不知我者,谓我何求。悠悠苍天,此何人哉!

《诗序》说:"《黍离》,闵宗周也。周大夫行役,至于宗周,过故宗庙宫室,尽为禾黍。闵周室之颠覆,彷徨不忍去,而作是诗也。"古今注者,多无疑说。诗的一开头写出了一幅欣欣向荣的景象:"彼黍离离,彼稷之苗","黍"是今天说的黄米;"稷",有说是小米,有说是高粱,反正是常见的农作物。"离离"是茂盛的意思,也暗含形容庄稼一行行十分整齐。庄稼长势喜人啊! 这景象一般人看了会欢喜无比,但诗人感受到的却是"行迈靡靡,中心摇摇"。因为内心的强烈冲击,他的腿软到迈不动步,越走越慢——昔日都城的繁盛荣华都已消失,昔日宫阙皆成废墟,废墟上只有一片郁茂的黍稷尽情地生长。愈是春意盎然,愈是见出作者心中之冷,此情此景,怎能不心痛? 那么,导致这种巨变的原因是什么呢? 诗人心里马上被唤回到当年那个烽火戏诸侯的年代。君王昏庸,导致山河破碎,百姓苦难,失国之恨,耿耿难消！元代张养浩有著名的《山坡羊》云："宫阙万间都做了土。兴,百姓苦。亡,百姓苦。"亦是从《黍离》生发而来。作者接着感叹："知我者,谓我心忧;不知我者,谓我何求。"我忧什么呢？思往事,忧今朝。只不过别人不理解我这种忧愁,还以为我别有所求。可以想象朝中当权者不求兴复,仍沉醉在争权夺势、打压异己之中,使有志报国之人不得伸展。"悠悠苍天,此何人哉!"他不由仰头问苍天：我是谁？要承受如此这般痛苦？世人皆醉我独醒啊!

此诗怀古伤今,故都城阙、宫殿已完全被禾黍所取代,愈是绿色离离,愈见出昔日繁华的瓦裂。古人早就读出了《王风》10篇诗的悲凉之叹,李白就说过："王风委蔓草,战国多荆榛。"特别是《黍离》一诗,历来被视为是悲悼故国的代表作。关于《黍离》,似乎不必再说太多的话,停留在诗人心弦上的哀伤早已作为一个经典象征而成为永恒悲怆的代名词。

4. 率性自然的《郑风》

在《诗经·国风》当中,卫国的诗歌作品保存最多,《邶风》《鄘风》《卫风》三者相加,共存诗 39 首。但是,若按十五《国风》的分类来计,《郑风》是其中存诗最多的一类,共有作品 21 首,这是和郑国特殊的地理、政治、经济分不开的。

（1）郑国交通便利,经济发达,促进了文化的交流与传播。

据《史记·郑世家》记载：

> 郑桓公友者,周厉王少子而周宣王庶弟也。宣王立二十二年,友初封于郑。

又据《汉书·地理志》：

> 郑国,今河南之新郑,本高辛氏火正祝融之虚也。及成
> 皋、荣阳,颍川之崇高、阳城,皆郑分也。本周宣王弟友为周
> 司徒,食采于宗周畿内,是为郑。

郑为姬姓国,建国于西周末年宣王当政晚期,最初在今陕西华县一带。公元前771年,犬戎弑周幽王于骊山,并杀桓公,次年郑桓公之子郑武公随周平王迁于东都畿内,地近虢、桧。郑武公后灭虢、桧,建立郑国,都于新郑(今河南省新郑市),日后渐渐吞并郐和东虢而尽有其地,所以郑诗即今河南省中部的乐歌。据此可知,《郑风》的产生上限不会超过郑之建国,而春秋中期《诗经》已经结集。可见,《郑风》都是春秋时期的产物。

郑国处洛、济、黄(河)、颍四水之间,都城有溱、洧环绕,西有高山之险,北有黄河之阻和莆田之泽,东南相对宽阔,自然地理环境非常优越。郑国西靠东周国都雒邑(即今河南洛阳),南与楚接,东邻宋、陈,东北与鲁、齐相望,北部及西北部是卫国和晋国,处于交通枢纽的地理位置。《左传》记载春秋时期各国城门以郑国最多,如渠门、纯门、时门、闺门、仓门、皇门等,城门之多反映了郑国都城四通八达的交通。发达的交通不但促进了商业经济的发展,而且加强了文化的传播和交流。

(2)郑地历史文化悠久。

新郑在西周前曾隶属于商,近年来发现了许多商朝早期的遗址。因此,就文化的传承渊源来说,郑地是比西周故土要久

远、深厚的。周灭商以后,商代文化在这里仍传承不衰。郑国的重淫祀、好歌舞和祓禊之风盛行,也是殷商风俗的延续和继承。这种古老的文化风俗活动,带有很强的娱乐性质,是产生情歌的广泛的社会基础。《溱洧》《褰裳》《出其东门》《野有蔓草》等诗,皆与这种殷商遗俗有关。

(3) 郑国文化艺术水平高超。

在春秋时代,郑国的文化和艺术都有一定的代表性。20 世纪在新郑有多次重大的考古发现,包括大量窖藏青铜器(文物出版社编《新中国考古五十年》,文物出版社 1999 年版,第 256 页)。郑地本不产铜,竟有如此多的铜器出土,用铜量如此巨大,除了说明郑君的奢侈外,也客观证实了郑国当时商业的繁荣与生产水平之高。其中像莲鹤方壶那样的艺术品,更可看作是春秋之际造型艺术的代表。郭沫若在《新郑古器之一二考核》文中称它是"时代精神一象征也。此鹤初突破上古时代之鸿蒙,正踌躇满志,睥睨一切,践踏传统于其脚下,而欲作更高更远之飞翔。此正春秋初年由殷周半神话时代脱出时,一切社会情形及精神文化之一如实表现"(郭沫若《新郑古器之一二考核》,《殷周青铜器铭文研究》,《郭沫若全集·考古编》,科学出版社 2002 年版,第 4 册,第 118 页)。被评为"1997 年十大考古发现"之一的"新郑郑韩故城郑国祭祀遗址"中发现了 348 件郑国公室青铜礼乐器,其中包括 206 件编钟。这些礼乐器大都保存完好,件套完整,为实用乐器,说明了郑地乐舞的发达(考古杂志社编著《20 世纪中国百项考古大发现》,中国社会科学出版社 2002 年版,第 218 页—219 页)。在十五《国风》中,之所以《郑风》入选最多,与郑地文艺的繁荣、乐舞的发达是分不开的。

先秦两汉古籍中有许多关于郑国音乐歌舞的记载，郑声是当时新乐的代名词。在《论语·卫灵公》篇中，孔子曾说："放郑声，远佞人。郑声淫，佞人殆。"在《阳货》篇中又说："恶郑声之乱雅乐也。"可以肯定，"郑声淫"是春秋末至战国时期一个公认的事实。那么，这个"淫"字到底是什么意思呢？是淫乱、淫亵吗？孔子还曾说过："《诗》三百篇，一言以蔽之，曰：'思无邪。'"（《论语·为政》）孔夫子对《诗经》进行过整理加工已是一件肯定的事，而且据《史记》记载："三百五篇，孔子皆弦歌之。"一方面指责"郑声淫"，主张"放郑声"；一方面又"弦歌之"，认为它是符合"思无邪"的标准的。孔夫子岂不是自相矛盾吗？

所谓"淫"，依许慎《说文解字》："浸淫随理也……一曰久雨曰淫。"清代段玉裁注曰："浸淫者以渐而入也。"孔子所说的"郑声淫"，是从音乐的角度来定义的，是说当时郑诗在配乐的演奏上往往不合乎古之礼法制度。孔子把"郑声"与"雅乐"对举，雅乐是一种舒缓质朴而配以诗辞之乐，而"郑声"在音乐形式上突破了雅乐的种种限制，情感上不再像西周时期那样平和，音调上打破了旧的谐调而变换多调，其歌诗则表现出自由、大胆和无所顾忌的浪漫。在《论语》中，孔子对郑诗，并无很明显的好恶言论。

《郑风》与郑声，一个是经过改造加工的音乐，一个是郑地的天然曲调。选入今本《诗经·郑风》的一定只是"郑声"中非常小的一部分，并且是郑声中最符合礼乐文明的诗篇。但就是这样 21 首诗，也让我们领略到了春秋时代的郑国风情。《郑风》中的情诗是《国风》中最多的,而且最活泼大胆、无拘无束,形成了自己独特的魅力。特别是诗中众多的女子形象,她们美丽直率,健康活泼,敢于表达自己的情感,敢于追求自己的爱情。如《子衿》:

> 青青子衿,悠悠我心。纵我不往,子宁不嗣音?
> 青青子佩,悠悠我思。纵我不往,子宁不来?
> 挑兮达兮,在城阙兮。一日不见,如三月兮。

此诗生动地表达了一个女子因所爱不能如约而来的焦躁不安心情。"衿"是衣领,"子"是古代对男子的尊称。《毛诗训诂传》中注:"青衿,青领也,学子之所服。""青青子衿"描画了一个衣领是青色的年轻学子。"佩"是系佩玉的绶带,"青青子佩"是说那男子的绶带也是青色的。这是用那男子身上的衣饰,对他进行的指代。"悠悠我心",显见得是为那男子心旌摇荡。"纵我不往,子宁不嗣音""纵我不往,子宁不来",说我一个女人家,不好意思去见你,你怎么不找个借口来看我,或是给我捎个信儿呐?"挑兮达兮,在城阙兮"这女孩在城门楼边搔首踯躅。这给了我们一个印象,似乎她和情人已经分开很久了。是那男子负了她?诗的最后一句揭秘却出人意料,原来,"一日不见,如三月兮!"——虽然我们才一天没见面,感觉却像过了好几个月。这里没有一句直接陈述的你情我爱,却将思念与娇嗔表达得淋漓尽致。

再如《郑风·叔于田》:

叔于田，巷无居人。岂无居人？不如叔也。洵美且仁。

叔于狩，巷无饮酒。岂无饮酒？不如叔也。洵美且好。

叔适野，巷无服马。岂无服马？不如叔也。洵美且武。

"田"在古汉语中是打猎的意思。古人以伯、仲、叔、季排行，《诗经》中亦常以这几个字眼来指称男子，如前文曾分析过的《卫风·伯兮》"自伯之东"就是一例。"叔于田"描述"叔"出外打猎，"巷无居人"了。这诗的开篇就设下悬念，叔去打猎，巷子里就没有人了，怎么回事？种种悬疑，吸引你看下去，"岂无居人？不如叔也。"哦，原来是有人的，只不过和叔一比，都不值一提！二、三节继续渲染了自己的心情，"叔"去野外打猎了，巷中饮酒之人、骑马之人也不存在了！为什么其他人都比不上"叔"，简直像不存在一样呢？文中反复夸耀，把"美且仁"、"美且好"、"美且武"三个光环加在"叔"的身上，"叔"不但相貌俊朗，心地仁厚，兼且酒量无双，还勇敢英武。作者对叔的夸奖，虽然有些煽情，却显得真挚，让人感觉到发自内心的爱慕。

《郑风·褰裳》的女主人公面对爱情也是率真可爱的：

子惠思我，褰裳涉溱。子不我思，岂无他人？狂童之狂也且！

子惠思我，褰裳涉洧。子不我思，岂无他士。狂童之狂也且！

翻译成现代汉语，大意是——你如果爱我想着我，那就提起你的衣裳渡过溱水和洧水来和我相会！你若不爱我，难道就没有别人爱我？你这厮别太骄傲了！

简单几行字，一个既开朗豪爽又心思缜密，既俏皮泼辣又深情曲致，既单纯坦率又坚强勇敢的年轻少女好像活生生地站在了我们眼前。

从诗歌形式来讲，《诗经》以整齐的四言为主，但《郑风》形式灵活多变，21首诗几乎都不雷同，每首诗都有自己独特的格式，形成了独特的语言魅力：

（1）多言混用，形式参差错落。

每首章数不定，每章句数、每句字数也不定，呈现出一种试图挣脱四言这种固定格式而向新的方向发展的历史趋向。如《缁衣》杂用了一言、五言、六言；《叔于田》《大叔于田》《溱洧》则使用了三言和四言；《女曰鸡鸣》《丰》运用了四言和五言；《遵大路》使用了四言和六言；《蘀兮》运用了一言、三言、四言；《扬之水》则使用了三言、四言和五言。这样大量地长短句交错搭配，使诗的节奏趋向繁复多变，既增加了语言的感情色彩，又丰富了诗歌的表现力，给人耳目一新的感觉。

（2）大量使用对话体，使诗歌通俗亲切、浅近活泼。

诗中大量使用人物对话形式，如《溱洧》《女曰鸡鸣》《褰裳》《山有扶苏》《遵大路》《蘀兮》《将仲子》，使诗歌活泼生动，富于浓郁的生活气息。特别是，《山有扶苏》《褰裳》中用语大胆奔放，女子与情人的戏谑之语，在戏谑调笑中使诗的情调表现出一种幽默来，形成一种独特的喜剧形态。《女曰鸡鸣》就描写了一对夫妻"琴瑟合鸣"，相亲相爱、饶有情趣的生活场景：

女曰鸡鸣,士曰昧旦。子兴视夜,明星有烂。将翱将翔,弋凫与雁。

弋言加之,与子宜之。宜言饮酒,与子偕老。琴瑟在御,莫不静好。

知子之来之,杂佩以赠之。知子之顺之,杂佩以问之。知子之好之,杂佩以报之。

妻子说:"鸡叫了。"丈夫却还想赖床,说:"天还没亮呢。"尽管睡意满满、爱恋正浓,可生活还得如常继续。所以诗中的女子又催促丈夫:"子兴视夜,明星有烂。将翱将翔,弋凫与雁。"你起来看看夜色吧,启明星已经发光。快去射猎野鸭和大雁,不然天亮它们该飞走了。接下来是丈夫对妻子说:"弋言加之,与子宜之。宜言饮酒,与子偕老。"射来野鸭和大雁,我们一起烹调分享。共饮醇香的美酒,与你一起白头偕老。这样的生活,真是"琴瑟在御,莫不静好","在御"就是弹奏着的意思,是说我们一起弹琴又鼓瑟,人生是多么甜美、宁静又幸福啊。此诗只用简简单单的几句对话,就把夫妻间的深挚情感表现出来了。

《郑风》不但展现了春秋时代的社会风貌,也以其独特的风格有别于后世所有的爱情篇章,以活泼健康的生活、真挚感人的情绪、欢快自由的情调、热情奔放的风格,给后人以一种独特的艺术享受。因其言情率真坦荡,在很长的历史阶段,《郑风》还受到了不公正的对待,甚而被道学家贴上"淫诗"的标签。在新的时代,拂去蒙着它的蛛网尘埃,让我们重新感受到了两千多年前溱洧河边多情儿女对炽烈情感的热情歌唱。

5. 齐地风俗与《齐风》

《齐风》11篇:《南山》《敝笱》《载驱》《猗嗟》《鸡鸣》《著》《东方之日》《东方未明》《甫田》《还》《卢令》,多与渔猎、婚恋有关,其中的《南山》《敝笱》《载驱》《猗嗟》四首诗,在传统的《诗经》学研究中,认为是关于齐襄公与其同父异母妹文姜淫乱的诗,与《左传·桓公十八年》记载的史事相合。

据史载,"武王已平商而王天下,封师尚父于齐营丘"(《史记·齐太公世家》)。尚父,即吕尚,《史记·齐太公世家》:"太公望吕尚者,东海上人。其先祖尝为四岳,佐禹平水土甚有功。虞夏之际封于吕,或封于申,姓姜氏。夏商之时,申、吕或封枝庶子孙,或为庶人,尚其后苗裔也。本姓姜氏,从其封姓,故曰吕尚。"是为齐太公。太公姜尚因辅佐武王灭殷有功,周公时封于齐地,始建都于临淄(今山东淄博市东北),踞今山东北部,依山临海,通工商之业,便渔盐之利,尚田猎之风。齐本为大国,到春秋齐桓公时,发展成五霸之一。

春秋时齐国的疆域,《管子·小匡》篇有记载,其地"南至于岱阴,西至于济,北至于海,东至于纪随,地方三百六十里"。《汉书·地理志》的记载更为详细:"齐地,虚、危之分野也。东有甾川、东莱、琅邪、高密、胶东,南有泰山、城阳,北有千乘,清河以南、勃海之高乐、高城、重合、阳信,西有济南、平原,皆齐分也。"其大体方位,南至泰山之北,北至渤海湾,东至临淄以东,西至济水,方圆数百里。这也就是《齐风》的产生地。

齐地诗歌的风采,早在春秋时期,就被高度赞美。《左传·襄公二十九年》记载,春秋后期,吴国公子季札至鲁,鲁国乐师歌

《诗》给季札欣赏，当到《齐风》时，季札称赞道：

> 美哉，泱泱乎！大风也哉！表东海者，其太公乎？国未可量也。

在这里，季札首先用"美哉"对《齐风》进行总的概括评价，主要是赞其音乐和声调之美。随后道出齐国诗乐的基调，如泱泱之水，雄浑、宏大、深厚、广远，体现出滨海大国的音乐气势和特点。齐地深厚的乐舞传统是《齐风》赖以产生的基础。齐文化中与音乐有关的典故也很多，《论语·述而》中记录了"子在齐闻《韶》，三月不知肉味"，可见齐地音乐的发达。季札还认为，《齐风》中所表现的那种磅礴的气势，正代表了齐国自太公创始以来的本质精神，并将为东海诸国之表率，前途无量。

《齐风》的精彩，与齐文化是密切相关的，其中最突出的就是尚武精神，这在《还》和《卢令》两首描写齐人狩猎活动的诗篇中，生动地反映出来。《还》诗一开始即展现出一幅动人的狩猎场面：

> 子之还兮，遭我乎猺之间兮。并驱从两肩兮，揖我谓我儇兮。
>
> 子之茂兮，遭我乎猺之道兮。并驱从两牡兮，揖我谓我好兮。
>
> 子之昌兮，遭我乎猺之阳兮。并驱从两狼兮，揖我谓我臧兮。

《毛传》:"还,便捷之貌。""儇,利也。"两位矫健的猎手,跨马驰骋,相遇在山间小路上。他们相互夸赞,欣然相约一起去追捕野兽,猎获甚丰,又互相道喜,彬彬有礼。三章叠唱,意思并列,每章只换四个字,但却很重要,起到了文义互补的作用:首章互相称誉敏捷,次章互相颂扬善猎,末章互相夸赞健壮。诗句字里行间充溢着对山间狩猎的神往和喜悦,对矫健善射的赞叹和思慕。这首诗的特点是不用比、兴,而用"赋"法简单叙事,以猎人自叙的口吻,真切地抒发了他猎后暗自得意的情怀,既夸赞了同行,也赞美了自己。

《卢令》为《诗经》中最短之诗,二十四个字,却对一位携犬出猎的猎人进行了最充分的刻画和颂扬,尚武之情溢于言表:

> 卢令令,其人美且仁。
> 卢重环,其人美且鬈。
> 卢重鋂,其人美且偲。

"卢"是指猎犬。全诗各句,上写犬,下写人。写犬,重在铃声、套环,状猎犬之迅捷、灵便;写人,各用一美字,突现其英俊,再用仁、鬈、偲三字极赞猎人的心灵之美、勇壮和威仪。由犬及人,以犬衬人,以人带犬,共同构成独特的典型形象,声情并茂,表达出齐人的尚武风习,以及对英勇猎手的尊崇。

自太公以来,经济富有、文化多元、乐舞发达、崇尚武力的社会现实和习俗,潜移默化地形成了齐地民众开阔、豁达的性情,对音乐及诗歌都产生了重要影响:

（1）《齐风》11首，有6首杂言诗，其中有两首是纯杂言诗（无四言句式），占全部国风诗中纯杂言诗的三分之一。《著》和《还》两首诗的字句，分别为6-6-7和4-7-6-6字句排列，是《诗经》中平均句式最长的诗篇之一。在诗歌中，音乐的急缓与句式的长短有直接的关系，句短则音促，句长则乐缓，从诗句句式看音乐风格，《齐风》在音乐上是比较舒缓的，音乐形式也更加层次丰富。

（2）《齐风》在章法上，多用复沓手法（7篇）。这种重复而少变化的咏唱，容易造成回环往复、舒缓迂徐的音乐特点。

（3）《齐风》多用表舒缓、感叹的语气词，《齐风》中5篇共46次出现了语气助词"兮"字，在十五《国风》中成为特出。如《还》一诗，就每一句的结尾，都使用"兮"字，不仅在句尾起到感叹的作用，还延长了尾音，与《齐风》多长调直接相关。

6. 以刺为美的《魏风》与《唐风》

魏和唐都是汾河流域的封国，而这一带是中国古文明主要的发源地之一，也是中国农耕文明和游牧文明的冲突地带。因此这里的人民生活比较艰辛，除了饱受剥削，还有沉重的兵役负担。魏、唐二风产生的时间，也比较接近。魏国西邻强秦，北接于晋。国人对政局充满忧虑、对自己的命运感慨不已；晋唐北邻戎狄，亦屡受攻伐，战事频仍。尤其晋献公晚年骊姬干政，朝政浑浊，他在位二十三年，共作战十一次。魏、唐二风，共19首，因地域相接，历史发展近似，其艺术风格亦颇多共同之处。

（1）唐地与《唐风》

唐国是晋国前身。周代以前，就有唐国，传为帝尧旧都。周

武王死后,成王即位,唐国发生战乱,周公便灭了唐国。关于周代唐国的建立,《史记·晋世家》云:

> 成王与叔虞戏,削桐叶为圭,以与叔虞,曰:"以此封若",史佚因请择日立叔虞。成王曰:"吾与之戏耳。"史佚曰:"天子无戏言。言则史书之,礼成之,乐歌之。"于是遂封叔虞于唐。唐在河、汾之东,方百里。

据《史记》记载,成王封叔虞为唐侯,南有晋水。到了叔虞的儿子燮时,改国号为晋。《诗经》中不称《晋风》,而曰《唐风》,正是因袭了其最初的封号。由此可知,《诗经》中的《唐风》实即"晋风"之别称。唐国的具体地点,《汉书·地理志》有明确记载:

> 河东土地平易,有盐铁之饶,本唐尧所居,《诗·风》唐、魏之国也。

故唐地当在黄河、汾水以东,太行山以西,今山西翼城附近。

晋国作为西周初年周公所分封的主要诸侯国之一,在西周时曾与周天子的王师一起攻打诸戎部落,阻止戎族蚕食中原地区,捍卫了周王室的安全;东周初期,又用武力铲平企图制造分裂的政权,确立了周平王的统治,成为东周王室的重要支柱。《左传》载,吴公子季札在鲁国见歌"唐",曰:"思深哉!其有陶唐氏之遗民乎?不然,何其忧之深也。"朱熹《诗集传》云:"其地土瘠民贫,勤俭质朴,忧深思远,有尧之遗风。其诗不谓之晋而谓之唐,盖仍其始封之旧号耳。"《唐风》的深沉悲凉情调渗透到12首诗中:《蟋蟀》《山有枢》《扬之水》《椒聊》《绸缪》《杕杜》《羔裘》《鸨羽》《无衣》《有杕之杜》《葛生》《采苓》。其中如《鸨羽》描写了一个在外苦于行役的人,不是悲叹自己的处境,而是对无依无靠的父母非常担忧。又如《山有枢》,则充满了对现实生活的危机感和对时间流逝的恐惧:

> 山有枢,隰有榆。子有衣裳,弗曳弗娄;子有车马,弗驰弗驱。宛其死矣,他人是愉。
>
> 山有栲,隰有杻。子有廷内,弗洒弗扫;子有钟鼓,弗鼓弗考。宛其死矣,他人是保。
>
> 山有漆,隰有栗。子有酒食,何不日鼓瑟?且以喜乐,且以永日。宛其死矣,他人入室。

钱财对人来说是身外之物,生不带来,死不带走。然而,《山有枢》中的"子"偏偏想不开这个极其明显的理儿,一头扎进财货中,做钱物的奴仆。清陈继揆《读诗臆补》评此诗为"危言苦语,骨竦神惊",诗人有意警醒世人,在有限的生命时间内,有衣就穿,有酒就喝,有车就乘,有马就骑,有钟就敲,有鼓就捶,如果有一天你死了,徒让他人来占有。诗中宣扬的是一种及时行乐的思想。

《唐风》中最悲情的诗是《葛生》:

> 葛生蒙楚,蔹蔓于野。予美亡此,谁与独处?
> 葛生蒙棘,蔹蔓于域。予美亡此,谁与独息?

角枕粲兮,锦衾烂兮。予美亡此,谁与独旦?

夏之日,冬之夜。百岁之后,归于其居。

冬之夜,夏之日。百岁之后,归于其室。

开头两句,以爬满荆条的葛藤和纠结墓地的蔹草起兴,以蔓生植物的有所依托,比喻自身的孤独。这两句也是对死者长眠之地的景物描写,生长在田野里的蔓生植物是矮小的,这也就更突出了空间的广阔。在心境悲凉的主人公那里,坟地是那么空旷、荒芜、冷落。而坟地的荒凉,使主人公很自然地想到了长眠于此的亲人的孤单,第一、二章即反复咏叹了主人公的这种心理活动。第三章释义不明,角枕和锦衾,既可以指死者用的器物,也可解为夫妇晚上共寝所用的寝具,由此而想到,谁来陪我到天明? 夏季的白天,冬日的夜晚,都是长的。以时间之长,暗示思念之深;第五章将次序对调,又暗示季节的更换。本诗的主人公在伤痛死者孤单的时候,表明自己也要孤单地苦熬今后的漫长岁月。唯有期望"百年之后,归于其居","生为同室亲,死为同穴尘"(白居易《赠内》)。

从《唐风》12 篇诗歌来看,《毛诗序》全部视作政治性讽刺诗,并附会史实,确认《唐风》始于晋僖公、继之于晋昭公及其后五世之乱、最后以晋武公与晋献公归结。把《唐风》视作周、召共和主要是献公一段的晋史。其实,从《蟋蟀》诗的好乐无荒、勉作良士的内涵,及《唐风》沿"唐"名看来,《唐风》的少数诗篇当作于周、召共和之前,多数诗篇其时代无法考证。但从《唐风》诗篇的以习用套语起兴及其与其他风诗的相同用语来看,大体可以推测《唐风》也有一些时期较晚的诗歌,作于西周晚期或东周前期。《唐风·羔裘》用语,如"维子之故"、"岂无他人"与《郑风·狡童》同,郑国建于东周前期;又,《唐风·扬之水》与《郑风·扬之水》《王风·扬之水》同名,《郑风》《王风》的大部分篇章均为东周前期诗歌。故《唐风》的收录诗歌,最晚可能为东周前期所作。

（2）魏国与《魏风》

《魏风》之"魏"是在西周就已受封立国的魏国,姬姓。《左传·桓公三年》杜预注:"魏之初封,不知何人。"《魏风》共七篇:《葛屦》《汾沮洳》《园有桃》《陟岵》《十亩之间》《伐檀》《硕鼠》,分量虽不多,却保存了关于小邦魏国的珍贵史料。《魏风》7篇诗皆无事实可考。推知此七篇诗作的年代,当在公元前661年（晋献公十六年）,晋国灭魏之前。

魏国究竟在哪里呢?《汾沮洳》中所提到的汾水"彼汾一曲"、《伐檀》中提到的河水"寘之河之干兮"之句,说明今天山西省的河汾之域即是《魏风》的产生地。关于魏国与《魏风》,史书记载很少。厚厚的一部《左传》,仅有《襄公二十九年》的一点记录:"虞、虢、焦、滑、霍、扬、韩、魏,皆姬姓也。"

从《魏风》七篇看,魏国的统治者对老百姓非常苛刻,很多暴政,所以,《魏风》多为刺诗,大部分诗篇都写到了下层人民对社会不公的怨愤之心,如开篇的《葛屦》即直言"是以为刺",《伐檀》《硕鼠》等亦是千古名篇。这种艺术风格的产生原因与魏国的社会环境、政治情势有关。

首先,有勤苦节俭的精神。朱熹《诗集传》云:"魏,国名,本舜禹故都……其地狭隘,而民贫俗俭,盖有圣贤之遗风焉。"《魏风》中诸多反映劳动生活的诗篇，就很好地说明了这一点。如《伐檀》中的边笑骂边劳动，《硕鼠》里愤怒呼喊之中还要"适彼乐土"的期盼。《葛屦》是最古老的一篇缝衣曲，寄托了缝衣女的无限惆怅，《诗集传》云："此诗疑即缝衣之女所作。"表达了"为他人作嫁衣裳"的悲愤。

其次，有对社会不公的怨愤和忧虑。《魏风》中大多数诗篇斥责丑恶、充满了郁愤不平的心境。如《陟岵》所描写的行役者之苦，不是像一般征夫诗那样，直接写劳役的痛苦，而是从行役者的想象出发，写亲人想念自己之苦，这就大大增加了诗篇的思想容量。《伐檀》是《诗经》中最为人们熟悉的篇目之一，甚至中学语文课本亦选为教材中：

> 坎坎伐檀兮，置之河之干兮，河水清且涟猗。不稼不穑，胡取禾三百廛兮？不狩不猎，胡瞻尔庭有县貆兮？彼君子兮，不素餐兮！
> 坎坎伐辐兮，置之河之侧兮，河水清且直猗。不稼不穑，胡取禾三百亿兮？不狩不猎，胡瞻尔庭有县特兮？彼君子兮，不素食兮！
> 坎坎伐轮兮，置之河之漘兮，河水清且沦猗。不稼不穑，胡取禾三百囷兮？不狩不猎，胡瞻尔庭有县鹑兮？彼君子兮，不素飧兮！

一群伐木者砍檀树造车时，联想到统治者不种庄稼、不打猎，却占有这些劳动果实，非常愤怒，你一言我一语地发出了责问的呼声。诗中运用对比的手法来反映社会的不平等：一些人辛勤劳动却食不果腹，另一些人不种不猎却过着优裕的生活。全诗直抒胸臆，叙事中饱含愤怒情感，不加任何多余的技巧渲染，却更具真实感与揭露力量。

《园有桃》一诗也是直言：

> 园有桃，其实之肴。心之忧矣，我歌且谣。不知我者，谓我士也骄。彼人是哉，子曰何其？心之忧矣，其谁知之！其谁知之，盖亦勿思！
>
> 园有棘，其实之食。心之忧矣，聊以行国。不知我者，谓我士也罔极。彼人是哉，子曰何其？心之忧矣，其谁知之！其谁知之，盖亦勿思！

《诗序》释曰："《园有桃》，刺时也。大夫忧其君，国小而迫，而俭以啬，不能用其民，而无德教，日以侵削，故作是诗也。"诗以桃子起兴，也是以桃子自比。桃子虽不是山珍海味，但也可以当作美味佳肴，比喻自己这个山野之人也有可贵之处，却无所可用，不能把自己的"才"贡献出来，做一个有用之人。因而引起了诗人心中的郁愤不平，所以一再地说"心之忧矣，我歌且谣"，他无法解脱心中忧闷，只得放声高歌，聊以自慰。可以说，一部《诗经》立体地再现了三千年前的生存环境、世态人情，是当时社会生活的多方位、多角度的反映。

7. 秦地与《秦风》

《秦风》共有 10 首诗：《车邻》《驷驖》《小戎》《蒹葭》《终南》

《黄鸟》《晨风》《无衣》《渭阳》和《权舆》。

秦地本来是周的附庸,相传秦的先祖非子曾侍奉周孝王,以养马有功准许在秦地建邑。《汉书·地理志》说:

> 天水、陇西,山多林木,民以板为室屋。及安定、北地、上郡、西河,皆迫近戎狄,修习战备,高上气力,以射猎为先。故《秦诗》曰:"在其板屋",又曰:"王于兴师,修我甲兵,与子偕行。"及《车邻》《驷驖》《小戎》之篇,皆言车马田狩之事。

周宣王时,秦仲为大夫,伐西戎不克,为西戎所杀。平王东迁,秦仲之孙襄公派兵护送他到洛阳,平王封襄公为诸侯,秦国才成为一个诸侯国,版图逐渐扩大到西周王畿和豳地。秦文公十六年,又以兵伐西戎,西戎败走,秦国方地至岐山。文公之后,秦国传六代至穆公,穆公重用由余,攻伐戎王,终于称霸西戎。

秦国因处西北,其西、北、南三面皆为戎狄所逼,经常受到外来侵犯,非战不足以生存,百姓也深受其害。据史书记载,历史上秦国与西戎等少数民族多次发生战争,多为抵御外族的侵略而兴师,是正义的卫国战争。战争对秦地人民来说司空见惯。所以秦虽据周之旧土,收周之余民,但为生存计,必以骁勇善战的戎狄之俗以变周人之俗。这也是秦最后能灭六国、一统天下的主要原因。秦居西域,自然环境恶劣,环境决定了秦人的生存状态和生存方式,同时也造就了秦人好勇尚武的精神。这种地理环境以及好战的历史也决定了《秦风》的特点——多杀伐之音。

从秦国的历史来看,《秦风》最早的诗应产生在秦襄公时代,当在周幽王之时,都是西周末至春秋时期的作品。《秦风》十首中:《车邻》当为秦公燕宾客之诗;《蒹葭》是对理想中人的追求;《终南》是对君子的赞美;《黄鸟》为悼三良殉葬之作,可见秦国上层贵族保存原始野蛮遗风之深厚;《晨风》为怨语;《渭阳》为送舅氏之作;《权舆》则刺秦君行事不以礼。另有三首《小戎》《无衣》《驷驖》,则代表了《秦风》尚武,慷慨悲壮的风格。特别是《秦风·无衣》,据《左传·定公四年》记载:申包胥"'立依于庭墙而哭,日夜不绝声,勺饮不入口七日',秦哀公为赋《无衣》。九顿首而坐,秦师乃出"。此诗生动地描述了出征战士们修整武器、整装待发的动人场面和团结互助、斗志昂扬的精神风貌,充分表现了秦国人民国难当头之际同仇敌忾的爱国精神:

> 岂曰无衣? 与子同袍。王于兴师,修我戈矛,与子同仇。
>
> 岂曰无衣? 与子同泽。王于兴师,修我矛戟,与子偕作。
>
> 岂曰无衣? 与子同裳。王于兴师,修我甲兵,与子偕行。

《秦风·无衣》是《诗经》中最为著名的爱国主义诗篇。这首战歌,每章的首二句,都以设为问答的句式、豪迈的语气,分别写"同袍"、"同泽"、"同裳",表现战士们克服困难、团结互助的情景和奋起从军、慷慨自助的精神。每章第三、四句,先后写"修我戈矛"、"修我矛戟"、"修我甲兵",表现战士们齐心备战的情景。每章最后一句,写"同仇"、"偕作"、"偕行",表现战士们的爱国感情和大无畏精神。诗在铺陈复唱中,直接表现战士们共同对敌、奔赴战场的高昂情绪,一层更进一层地揭示战士们崇高的内心世界。

《秦风》反映出了秦地之人尚武好战的品格,也表现出了秦人慷慨激昂、勇敢无畏的精神特征。《小戎》是一首女子怀出征上将之诗,笔意铺张,溢出阵阵阳刚之气,与《卫风·伯兮》《王风·君子于役》等女子怀征人之诗在气质上大相径庭:

> 小戎俴收,五楘梁辀。游环胁驱,阴靷鋈续。文茵畅毂,驾我骐馵。言念君子,温其如玉。在其板屋,乱我心曲。
>
> 四牡孔阜,六辔在手。骐骝是中,騧骊是骖。龙盾之合,鋈以觼軜。言念君子,温其在邑。方何为期?胡然我念之。
>
> 俴驷孔群,厹矛鋈镦。蒙伐有苑,虎韔镂膺。交韔二弓,竹闭绲縢。言念君子,载寝载兴。厌厌良人,秩秩德音。

这首《小戎》诗津津乐道于秦国军队的装备精良,先写兵车,继写战马,再写兵器,而反复地渲染其华贵、精美。诗中虽未明言心上人的仪容,但这女子所爱慕的对象却已威仪棣棣,宛然在目。他既英武高贵,又温其如玉,这样一个人物形象带有后世儒将的特征。在盛大的军容和森严的兵阵中,却点缀了这样一句经典的言情之语："言念君子,温其如玉",让肃杀的氛围中增添了一丝红粉的色彩。男人出征在外,"方何为期?"几时才能回家来呢?"胡然我念之",叫我怎能不心焦? 女子思念心上人,想得"载寝载兴",辗转难眠,一忽睡下,一忽起来。但令人奇怪的是,这位女子虽因所爱的男人远在战场而心事纷乱不安,却毫无怨言,其情调与一般中国古典诗词中那些思妇断肠之曲大异其趣,而是洋溢着一种为心上人骄傲、期待他建功立业的蓬勃向上的豪迈之气。诗中虽叙写了思念的深切,但更多的却是对所爱恋男子的赞美,并以此来加深思念的深度。尤其是结尾句"厌厌良人,秩秩德音",凸显了整个社会对她所爱恋男子的高度评价,这女子也以此为慰藉。从如此心态中,我们可以感受到,她虽珍视自己的爱,心中却是以家国天下为重。这种恋情观既表现出了秦地的阳刚之美,又展示了中原的礼乐思想。《秦风·小戎》一方面表现出了秦国军事实力的强盛,描绘秦国男人刚毅顽强的气质,但这些确是通过一个女子的口吻叙述出来,因此在阳刚之中多了几分柔情,刚柔并济的恋情表达可谓是秦地的独创风格,这实际上表现了秦文化的包容并蓄。

8. 婉约神秘的《陈风》

《陈风》10首:《宛丘》《东门之枌》《衡门》《东门之池》《东门之杨》《墓门》《防有鹊巢》《月出》《株林》《泽陂》,篇目不多,却特色鲜明,爱情和宗教内容遍及诗句中,在反映陈国爱好歌舞、崇信鬼神的民风的同时,也体现出神秘而又悱恻的诗歌风格。

陈国的历史和地望,史书中多有记载。

《史记·陈杞世家》：

> 至于周武王克殷纣，乃复求舜后，得妫满，封之于陈，以奉帝舜祀，是为胡公。

《史记·货殖列传》：

> 陈在楚、夏之交，通渔盐之货，其民多贾。

《汉书·地理志》：

> 陈国，今淮阳之地。陈本太昊之虚，周武王封舜后妫满于陈，是为胡公，妻以元女大姬。妇人尊贵，好祭祀，用史巫，故其俗巫鬼。

周武王克尚建国后，封舜的后代妫满于陈。武王还将自己的女儿大姬嫁给妫满。大姬喜好祭祀占卜，因此陈地盛行巫鬼之风。陈即今河南省淮阳县、柘城，以及安徽亳县一带，地处平原，为豫东要冲，疆域广袤，无山水阻隔，交通便利。

陈国自然环境优越，又是上古时期各种政治势力相互交接、争夺的地区，历次朝代更迭、文化演进都对陈地产生巨大的影响。特殊的地理区域，使得陈地文化兼具南北之长，在多方文化的交流、融会中形成了独具特质的地域文化，这在《陈风》中多有体现：

（1）巫风为《陈风》增添了神秘气息

"妇人尊贵，好祭祀"，是陈人古已相传的风俗。陈国的巫鬼风俗本为渊源自有，与东夷部族的传统习俗有关。陈国所属的风姓部落是重要的东夷部落之一，《左传·昭公十七年》中记载："陈，太昊之墟。"杨伯峻注："太昊氏旧居陈。"这都说明陈地就是东夷集团的核心地带。周武王将胡公"封之于陈"。周朝时陈地四周是蛮夷之地，相对来讲属于边远地带，东夷文化中悠久的巫文化在陈地因此得以继承。

《陈风》中描写陈国巫风歌舞的诗，展现出陈国当时歌舞繁盛、巫风盛行的现象，具有浓郁的宗教色彩。《陈风·宛丘》写的是一个男子爱上一个经常跳舞的女巫：

> 子之汤兮，宛丘之上兮。洵有情兮，而无望兮。
> 坎其击鼓，宛丘之下。无冬无夏，值其鹭羽。
> 坎其击缶，宛丘之道。无冬无夏，值其鹭翿。

宛丘是陈国都城外的一块高地，那是陈国人常常去休闲娱乐的地方。在宛丘之上跳舞的是一位美丽的女巫。无论是冬天还是夏天，她一年四季手里都拿着羽毛，在鼓、缶等乐器的伴奏下跳着欢快的舞蹈。那个时代的女巫和后来的巫婆可不能画等号，只有最美、最有乐感、最会跳舞的女人才会成为女巫。在欢腾热闹的鼓声、缶声中，巫女不断地旋舞着，从宛丘山上坡顶舞到山下道口，从寒冬舞到炎夏；空间改变了，时间改变了，她的舞蹈却没有改变，仍是那么神采飞扬，那么热烈奔放，充满难以抑制的野性之美。这女巫是一位大众情人,诗的作者非常爱慕她:"洵有情兮,而无望兮",虽然特别地爱她,却清醒地明白,这种爱是不会有结果的。值得注意的是诗中的四个语气词"兮",看似寻常,却深深流露出诗人不能自禁的爱恋之情和幽怨之意,体现了典型的楚地语言风格。

（2）楚地语言风格增添了《陈风》的魅力

在地理上,陈国正处于中原文化区与东南的江浙文化区和南方的两湖文化区的交汇之地,在文化上便有介于南北二者之间的过渡色彩。而春秋时期,陈国在政治上常为楚国所左右,直至公元前 479 年为楚国所灭。所以,陈国在文化上也不可避免地带有楚地的特点,《陈风》有楚歌的影子,诗篇中常出现其他篇章中绝无提及的文字,疑为陈地的方言,《月出》即是其典型代表:

> 月出皎兮,佼人僚兮。舒窈纠兮,劳心悄兮。
> 月出皓兮,佼人懰兮。舒忧受兮,劳心慅兮。
> 月出照兮,佼人燎兮。舒夭绍兮,劳心惨兮。

用明月比喻心爱姑娘的美丽,在我国文学史上,《月出》可算是最早的一篇了。诗人愈扬女子,则愈抑自己。通过刻画"佼人"的美比照出诗人的痴情,让人觉得情之所发,合乎自然之理。诗中的"劳心"即是忧心,"悄"、"慅"、"惨"虽只三字,但却言有尽而意无穷。这忧思,这愁肠,这纷乱如麻的方寸,都是在前三句的基础上产生,都是由"佼人"月下的倩影诱发的,充满求之不得的怅恨。把《诗经》三百篇放在一起通读,读到《月出》,必会生出诧异,因其用字用韵与其他诗篇大不相似,不似《诗经》,更类《楚辞》。与迷茫的意境和惆怅的情调相适应,《月出》的语言是柔婉缠绵的,通篇各句皆以语气词"兮"收尾,这在《诗经》中并不多见。"兮"的声调纤曲、悠长、深情,连续运用,正与无边的月色、无尽的愁思相协调,使人觉得一唱三叹,余韵无穷。这"兮"字,正是《楚辞》中最常见的抒情字眼。《诗经》中的大部分诗篇都是产生于北方中原地区的,《陈风》却是南方的诗。诗中用来形容体态的窈纠、忧受、夭绍,都是声母或韵母相同的联绵词。读起来有一种朦朦胧胧、缠缠绵绵的特殊美感,产生了回环往复、连绵不绝、牵人情怀的艺术效果。

《陈风》十篇的产生年代,只有《株林》一篇可考:

胡为乎株林? 从夏南。匪适株林,从夏南!
驾我乘马,说于株野。乘我乘驹,朝食于株。

传统《诗经》学多认为《株林》是《诗经》三百篇中产生时间最晚的一首诗。诗以设问方式故意提出疑问,暗中影射陈灵公君臣并不是去寻找夏南,而去寻找夏南的母亲夏姬,意在言外,耐人寻味。陈国的老百姓当然知道他们的丑事,却故作不知地开玩笑:他们到株林干什么去呢? 旁边的人答:是去找夏南了吧。大家一起会心坏笑:他们真的不是去株林,真的是去找夏南了。《株林》一诗虽短,却在笑语中力透纸背! 这样的讽刺笔墨,实在胜于义愤填膺的直揭。它的锋芒,简直能透入这班衣冠禽兽的灵魂！

9. 忧愁忧思的《桧风》和《曹风》

从西周末年开始，王室衰微，社会动荡，各诸侯大国争霸，并不断兼并弱小国家，各小国人民的生活处于风雨飘摇之中，创作的诗篇也充满了忧愁与忧思。《桧风》和《曹风》就是小国人民痛苦生活的代言。

（1）忧思深沉的《桧风》

桧国（又作邶），传为祝融之后，妘姓。据《史记·郑世家》记载，桧地近雒之东土，河济之南，其故都在今河南的密县与新郑之间。由于桧国微小，《诗经·桧风》在春秋时代就不受人重视，后人对《桧风》四首诗的主题解释也往往含糊其辞。可以从史料中推论的是，《史记》《韩非子》和刘向的《说苑》都记载了公元前769年（东周初年），郑桓公灭桧之事，故《桧风》之作不会晚于这个时间节点。但从四首诗中的忧思深沉来看，应该是产生在西周末年，是桧国即将灭亡时期的作品。

虽然《桧风》只有四首诗作，但其内容却将桧国君臣荒淫怠慢，不能精诚治国以及桧国人民悲苦的生活表现得非常深刻。第一篇《羔裘》开篇即言"羔裘逍遥，狐裘以朝"：

> 羔裘逍遥，狐裘以朝。岂不尔思？劳心忉忉。
>
> 羔裘翱翔，狐裘在堂。岂不尔思？我心忧伤。
>
> 羔裘如膏，日出有曜。岂不尔思？中心是悼。

《毛诗小序》说："君不用道，好洁其衣服，逍遥游燕而不能自强于政治",故而"大夫以道去其君也"。桧之大夫,见邻君讲究服饰,逍遥游宴,不理朝政,政治黑暗,因而做诗加以讽谏。

《桧风·隰有苌楚》是一首感伤乱世之作:

> 隰有苌楚,猗傩其枝。夭之沃沃,乐子之无知!
> 隰有苌楚,猗傩其华。夭之沃沃,乐子之无家!
> 隰有苌楚,猗傩其实。夭之沃沃,乐子之无室!

苌楚,是一种野果树,又名羊桃、猕猴桃,蔓生。"猗傩"有柔顺和美盛之义,在这里是形容苌楚枝条柔弱。诗人感慨苌楚无觉无知,没有家室拖累,没有痛苦,而自己生于乱世,备受熬煎,反而不如苌楚了。这首诗采用了拟人的艺术手法,把苌楚当成人同自己的处境对比。诗的三章只相应地替换了两个字,重章叠唱中加重了诗歌抒发情感突现主题的作用,寥寥数语,就把诗人的痛苦和愤恨充分地表露出来。《隰有苌楚》的主人公眼见洼地上苌楚枝叶柔美多姿,随风摇曳,开花结果,生机蓬勃,不觉心有所动,联想到自己的遭际,心情一下子沉重起来。在这里,人与物的界线突然仿佛消失了,诗人羡慕苌楚那样无忧无虑地快乐生长该多好,这样就可以免却尘世的烦恼和生活的忧虑。这首诗表现出郐国民生的艰难,作者所处的现实若不是异常黑暗残酷,他怎么会有如此的感受?联系郐国在东周初年即为郑国所灭的史实,这首诗应是桧国将亡时的作品。

《匪风》也是一篇哀伤国势衰落的感伤诗歌,作者思念西周初期的太平盛世,"顾瞻周道",心中充满了忧伤:

匪风发兮,匪车偈兮。顾瞻周道,中心怛兮。

匪风飘兮,匪车嘌兮。顾瞻周道,中心吊兮。

谁能亨鱼? 溉之釜鬶。谁将西归? 怀之好音。

诗人看到周国的官道上车马疾驰,风起扬尘时,不禁发出"顾瞻周道,中心怛兮"的忧虑。他希望政治清明,社会安定,人民安居乐业,国家文明昌盛,可是看看眼前的国势,衰微幽暗,心中不胜悲悼,更加思念西周初期的太平盛世,于是唱出了这首歌,希望能回到西周的太平盛世去。

(2)悲观伤怀的《曹风》

《曹风》共4篇:《蜉蝣》《候人》《鸤鸠》《下泉》。《汉书·地理志》云:

济阴定陶,《诗·风》曹国也。武王封弟叔振铎于曹,其后稍大,得山阳、陈留,二十余世,为宋所灭。

西周初年,武王封其弟叔铎于曹地,建都陶丘(今山东定陶西北),是为曹国,公元前487年为宋景公所灭。曹国的统治区在今山东省菏泽、定陶、曹县一带。《曹风》就是这一区域的诗。曹诗产生的时代,从内容判断,多为东迁以后,在十五《国风》中,它产生的时代较晚。

曹国的统治阶级生活奢侈腐化,人民感到悲观失望,这是很自然的事。《蜉蝣》一诗正是其代表作:

蜉蝣之羽，衣裳楚楚。心之忧矣，于我归处。

　　　蜉蝣之翼，采采衣服。心之忧矣，于我归息。

　　　蜉蝣掘阅，麻衣如雪。心之忧矣，于我归说。

这是一首乱世之时叹息人生短促、变幻无常的诗。蜉蝣是一种朝生暮死、生命极为短暂的昆虫。诗人由此联想到了人生，诗中接连三章反复咏唱"心之忧矣，于我归处"、"心之忧矣，于我归息"、"心之忧矣，于我归说"，可见焦虑之深。因为诗人已经认识到人生的归宿与蜉蝣的归宿在本质上是同一的，生命不可逃避死亡的规律。在这位感伤的诗人看来，蜉蝣的朝生暮死与人的"生年不满百"一样，都逃不出命运的掌握。

　　《曹风·下泉》则是对一种逝去的社会秩序的怀念和神往。诗云："忾我寤叹，念彼周京"、"忾我寤叹，念彼京周"。诗为曹之"国人"所作。这首诗当出自社会秩序猛烈震荡所波及最重、社会地位变化最剧烈的社会上层。

　　从桧、曹二风看来，春秋时期的小国地位岌岌可危，可以说是在夹缝中求生存。随时有被其他大国吞并的可能。季札观乐时曾说："自郐以下无讥焉。""郐以下"的诗篇为今本的《桧风》、《曹风》和《豳风》，关于《豳风》，季札已评述为："美哉！荡乎！"而言语之中对《桧风》和《曹风》却不甚重视。曹、桧都是小国，桧亡于郑、曹为宋所灭，都是国君无道的弱小国家。我想《诗经》之所以入选这两类《国风》，可能有总结社会历史反面经验教训的意思。

10. 古朴端方的《豳风》

《豳风》共七首：《七月》《鸱鸮》《东山》《破斧》《伐柯》《九罭》《狼跋》。《豳风》在时间上是《国风》中最早的，因为豳地是周朝建立之前周先祖公刘和古公亶父所居之地。

豳同邠，古都邑名，是一块古老的土地。《史记·周本纪》：

> 子公刘立。……公刘卒，子庆节立，国于豳。

《汉书·地理志·右扶风》：

> 栒邑，有豳乡，《诗》豳国，公刘所都。

"豳"在甲骨文中的意思是以火烧野猪，这说明豳地在当时尚未得到充分开发，环境较原始。周人经过多次战斗，赶走了当地游牧的戎狄，在四周游牧部落的包围中定居下来，在此发展农业生产。这在《诗经·大雅·公刘》篇中也有记录。正因为如此，《豳》诗多带有务农的地方色彩，我们在第四讲开头已着重分析过的《七月》正是其代表作。

对《豳风》七首诗的时代，历来有很大争议。《毛诗序》以前两首《七月》《鸱鸮》为周公之作，以另外五首《东山》《破斧》《伐柯》《九罭》《狼跋》为周大夫美周公之作。《豳风》与周公之联系大抵来自以下两条材料：一是《左传·襄公二十九年》所记的吴季札于鲁观乐时，论《豳风》说："美哉，荡乎！乐而不淫，其周公之东乎"；二是《尚书·金縢》："周公居东二年，则罪人斯得。于后,公乃为诗以贻王,名之曰《鸱鸮》。王亦未敢诮公。"《诗序》的作者除据儒家经典的记载之外,又根据诗文中的内证,如《东山》的"我徂东山,……于今三年",和《破斧》的"周公东征"之句,把《豳风》的七首诗与周公的事迹联系起来,当成一组专门歌颂周公的诗。这一观点,现在还缺乏更多的材料作例证。可以确知的是,在周平王东迁后,即整个春秋时代,豳地为秦国所占领,"豳"这个地名就消失了。所以,《豳风》中的诗篇都是西周时的作品,比较古朴,如《破斧》写一个战士出征凯旋归来的心情,洋溢着"周公东征,四国是遒"的自豪感和庆幸生还的喜悦。《豳风·东山》则以十分细腻的笔触刻画了征人在还乡途中复杂的内心感受和他对家乡的怀念、妻子的眷恋,每章前四句以"我徂东山,慆慆不归。我来自东,零雨其濛",造成愁惨悲壮的气氛,突出了厌恶战争、向往和平生活的主旋律,成为千古传诵的名篇:

　　我徂东山,慆慆不归。我来自东,零雨其濛。我东曰归,我心西悲。制彼裳衣,勿士行枚。蜎蜎者蠋,烝在桑野。敦彼独宿,亦在车下。
　　我徂东山,慆慆不归。我来自东,零雨其濛。果臝之实,亦施于宇。伊威在室,蟏蛸在户,町畽鹿场,熠耀宵行。亦可畏也,伊可怀也。
　　我徂东山,慆慆不归。我来自东,零雨其濛。鹳鸣于垤,妇叹于室。洒扫穹窒,我征聿至。有敦瓜苦,烝在栗薪。自我不见,于今三年。

我徂东山,慆慆不归。我来自东,零雨其濛。仓庚于飞,熠耀其羽。之子于归,皇驳其马。亲结其缡,九十其仪。其新孔嘉,其旧如之何?

《东山》写的是一个出征在外的将士对家乡的思念,他在归来的途中,遇到淫雨天气,倍感凄迷,为每章后面几句的叙事准备了一个颇富感染力的背景。诗人首先抓住着装的改变这一细节,写战士复员,解甲归田之喜,反映了人民对战争的厌倦,对和平生活的渴望。其次写归途餐风宿露,夜住晓行的辛苦。他很想自己的妻子,最怀念两人的新婚时光,诗中回忆结婚的细节,说两个人结婚时拉车的马个个漂亮,都是同一种颜色的高头大马,这在当时是非常有派头的。"亲结其缡",诗中的母亲亲手为女儿系上佩巾,祝福女儿将来是个贤妻良母。新婚的仪式是十分烦琐的,"九十其仪",但正因为这烦琐的仪式,在漫长的人生中,当你困苦不顺时,才会有甜蜜的回忆。诗的最后一章,被清代学者姚际恒评为"骀荡之极,直是出人意表。后人作从军诗必描画闺情,全祖之"。战争、离乱、时光,这些真是世上最残酷的东西,全部凝聚在这短短的诗中!此诗的艺术特色之一是丰富的联想,诗中有再现、追忆式的想象,也有幻想、推理式的想象,表现了士兵对家乡的热爱和对亲人的思念。

第六课

正读二《雅》：《雅》诗与贵族精神

"雅"即正,指朝廷正乐,西周王畿的乐调。"雅"分为《大雅》和《小雅》。《大雅》31篇是西周的作品,大部分作于西周初期,小部分作于西周末期;《小雅》共74篇,除少数篇目可能是东周作品外,其余都是西周晚期的作品。

二《雅》除了音乐风格不同,诗篇内容和功用也有很大的差异。《大雅》中的作品,是周代礼乐文化的重要组成部分,被运用于周王朝的重大典礼、讽谏和娱乐,在祭祀、朝会、宴饮等各种场合都被运用,成为统治者实行教化不可或缺的工具,并在政治、外交活动中,发挥了重要作用;《小雅》侧重于描绘当时丰富多彩的社会生活和文化形态。《大雅》的作者,主要是上层贵族;《小雅》的作者,既有上层贵族,也有下层贵族和地位低微者。

二《雅》诗篇是多元而丰富的,既记录了当时人的天命观念的转变,也展示了《诗经》时代的贵族生活。《诗经》的现实精神,在二《雅》中也有突出体现:《大雅》中的周族史诗,真实地再现了周民族的发生发展史;在周道既衰的社会背景下产生的,二《雅》中的怨刺诗,表现出诗人对现实的强烈关注,充满忧患意识和干预政治的热情;宴饮诗强调礼乐的内涵,突出了"雅"的精神实质。

大雅·灵台

经始灵台①，经之营之。庶民攻之②，不日成之。经始勿亟③，庶民子来④。

王在灵囿⑤，麀鹿攸伏⑥。麀鹿濯濯⑦，白鸟翯翯⑧。王在灵沼⑨，於牣鱼跃⑩。

虡业维枞⑪，贲鼓维镛⑫。於论鼓钟⑬，於乐辟廱⑭。

於论鼓钟，於乐辟廱。鼍鼓逢逢⑮。矇瞍奏公⑯。

【注释】

① 经始：开始计划营建。灵台：古台名，故址在今陕西西安西北。相传周文王时所造。《诗·大雅·灵台》就是记录这件事的。

② 攻：建造。

③ 亟(jí)：同"急"，急迫。

④ 子来：像儿子似的一起赶来。

⑤ 灵囿：古代帝王畜养禽兽的园林名。

⑥ 麀(yōu)鹿：母鹿。

⑦ 濯濯(zhuó)：肥壮美好的样子。

⑧ 翯(hè)翯：洁白而肥的样子。

⑨ 灵沼：池沼名。

⑩ 於(wū)：叹美声。牣(rèn)：满。这句诗是说：满池的鱼

欢游又跳跃。

⑪ 虡(jù)：悬钟的木架。业：装在虡上的横板。枞(cōng)：
崇牙，即虡上的载钉，用以悬钟。

⑫ 贲(fén)鼓：大鼓。镛(yōng)：大钟。

⑬ 论：同"伦"，节奏有次序。

⑭ 辟廱(bì yōng)：离宫名，与作学校解的"辟廱"不同，见戴
震《毛郑诗考正》。

⑮ 鼍(tuó)：即扬子鳄，一种爬行动物，其皮制鼓甚佳。逢逢
(péng)：拟声词，鼓声。

⑯ 矇、瞍：古代对盲人的两种称呼，有眼睛而不能视物为矇；
眼睛瞎没有眼珠为瞍。当时乐官乐工常由盲人担任。公：
读为"颂"，歌。一说通"功"，奏功，成功。

这首颂歌唱出了周文王爱民如子，深得百姓拥护的情形。
寓赞颂于具体事实的描绘，是《灵台》这首赞美诗最大的艺术特
点。周文王修建灵台池沼并非本意，而是为迷惑商纣王。当商
纣王听说文王修建灵台池沼，沉迷酒色后，才对文王放心，才委
以文王专事征伐的重任。而当老百姓听说周文王要修建灵台池
沼，不用号召、不用征役，都争先恐后地来参加修建。所以这个
灵台很快便完工了。灵台完工后，文王没有将之据为己有，而是
与老百姓一起在灵台游玩，与民同乐。这首诗没有直接、正面赞
美周文王，但通过老百姓自告奋勇来参与修建，暗示了文王爱民
如子，表达了百姓们对明君的崇敬与爱戴。这种对周民族英雄
祖先的赞颂具有史诗的性质，也因之极具历史文献价值。

一　《大雅》中辉煌的民族史诗

　　《大雅》31篇中,表达祝颂赞美、祭祀燕享的诗篇,占过半数,与《周颂》之内容相近;但篇幅较长,用韵较整齐。《大雅》中的作品,其产生的确切年代虽难考定,但可推知大体上不出西周。它们主要是朝会乐歌,应用于诸侯朝聘、贵族享宴等朝会典礼。大半产生于西周前半期和宣王中兴时期,有的出自史官、太史的手笔,有的有作者署名,可以证明是公卿列士的献诗。其中一部分政治讽谏诗,则产生于西周政治腐败、社会危机的厉、幽两代。

　　《大雅》中最突出的,就是其中的几篇周民族史诗——《生民》《公刘》《绵》《皇矣》《大明》。描绘了从周族始祖后稷开始,历经几代英雄祖先,如何领导周族,一再迁徙,开拓疆土,艰苦创业,发展壮大;直到文王崛起,励精图治;武王伐纣,建立周朝等一系列令人惊心动魄、目不暇接的历史画卷。因而,它们不但具有很高的文学价值,而且具有极大的文献价值:

　　1.《生民》与周族的源起

　　《生民》就是描写周人初生的作品,是对周族始祖后稷的颂歌:

> 厥初生民,时维姜嫄。生民如何?克禋克祀,以弗无子。
> 履帝武敏歆,攸介攸止。载震载夙,载生载育,时维后稷。

周人认为他们最早的祖先是女祖,叫姜嫄;最早的男祖叫后稷,是这位女祖无夫而生的。《生民》这首浸透着神话传说的史诗所记载的姜嫄履帝迹怀孕、无夫生子的奇迹,隐含着母系氏族社会婚姻杂交、原始野合、知其母不知其父的史实。据《史记·周本纪》记载,周人从后稷以后,世世以男系相传。我们从这里可以看出:因为农业的发展使得男性地位有了提高,周人在原始社会时期,在后稷以前是母系氏族社会,从后稷起进入父系氏族社会。周人是姬姓,而后稷母姜嫄是姜姓,姬、姜二姓的通婚透露着先周社会同姓不婚的史实,这也是人类社会迈向文明与进步的信息。

《生民》是取材于神话故事的,任何神话都是借助想象以征服自然力,把自然力加以形象化。例如"'稷'的母亲是'姜嫄',而'稷'是五谷,'姜嫄'是姜地的平原。这显然是'田地生庄稼'这一认识在人们幻想中的虚妄反映"(杨公骥《中国文学》(第一分册),吉林人民出版社 1980 年版,第 58 页),突出的是农耕文化对其所赖以生存的谷物种植的崇拜:

> 诞降嘉种,维秬维秠,维穈维芑。恒之秬秠,是获是亩。恒之穈芑,是任是负。以归肇祀。

农业经济是西周社会生产的主业。由《大雅》中的史诗看来,周族很早就从事农业,同时也暗示着他们是靠着农业而兴盛起来的。《生民》篇中所描写的后稷,名弃,他对周族的巨大贡献和具有开创意义的历史功绩,在于他教会百姓种植庄稼的方法,并发展了农业生产。也正因如此,他又号称后稷,不但被后人尊为祖先神,而且也被称为农神或谷神。《生民》这首诗以始祖诞生传说开始,以农耕生活及农耕礼仪的写实性描写终篇,所叙述的是有关周族之所由来,以及后稷如何创业振兴的故事。

2.《公刘》《绵》与周民族大迁徙

公刘是周人开国历史上的第二个伟大人物,周世系记他是后稷起第四世。《史记·刘敬传》记:"公刘避桀居豳。"据此推算,公刘的时代约在公元前 1700 年左右。据说原来住在邰地的周人受到夏桀的侵略,在公刘率领下渡过渭水北迁豳地(今陕西彬县和永寿县之间)。周人经过多次战斗,赶走了当地游牧的戎狄,在四周游牧部落的包围中定居下来,发展农业生产。《史记·周本纪》记载:

> 公刘虽在戎狄之间,复修后稷之业,务耕种,行地宜,自漆、沮渡渭,取材用,行者有资,居者有畜积,民赖其庆,百姓怀之,多徙而保归焉。周道之兴自此始。故诗人歌乐思其德。

这次迁徙为周民族的发展开辟了一个新的环境,事关重大,福泽深远。《公刘》诗就是对周人历史上这次大移民的描写。它形象地反映了这一重要历史事件,记述了从出发前有组织地安排准备,到在豳地热火朝天地定居,歌颂了深受全族爱戴的领袖公刘形象,呈现了周人迁豳后一片兴旺发达的气象以及当时的一些现实情景:

笃公刘,匪居匪康。乃埸乃疆,乃积乃仓。乃裹糇粮,于橐于囊。思辑用光,弓矢斯张,干戈戚扬,爰方启行。

笃公刘,于胥斯原。既庶既繁,既顺乃宣,而无永叹。陟则在巘,复降在原。何以舟之?维玉及瑶,鞞琫容刀。

笃公刘,逝彼百泉,瞻彼溥原。乃陟南冈,乃觏于京。京师之野,于时处处,于时庐旅,于时言言,于时语语。

笃公刘,于京斯依。跄跄济济,俾筵俾几。既登乃依,乃造其曹,执豕于牢。酌之用匏,食之饮之,君之宗之。

笃公刘,既溥既长,既景乃冈,相其阴阳,观其流泉。其军三单,度其隰原,彻田为粮。度其夕阳,豳居允荒。

笃公刘,于豳斯馆。涉渭为乱,取厉取锻,止基乃理,爰众爰有。夹其皇涧,溯其过涧。止旅乃密,芮鞫之即。

诗中塑造的公刘形象是具体可感的:写勤劳,则"陟则在巘,复降在原";写智慧,则"相其阴阳"、"度其夕阳";写谋略,则"匪居匪康"、"其军三单";写英武,则"维玉及瑶,鞞琫容刀"。诗中描写的迁徙场景也形象生动:写军容,则"弓矢斯张,干戈戚扬";写选中豳地的快乐,则"于时处处,于时庐旅,于时言言,于时语语"。《公刘》言人事而不言鬼神,史迹比《生民》清楚。公刘"乃觏于京",是经过了细密的考察才选中了京这个地方,"京"在甲骨文中是在高地上盖房子。诗中"于豳斯馆"(在豳地修建房舍)同样是建筑房屋的印证。公刘时,已处于氏族社会的晚期,是父系氏族社会向国家过渡的阶段。此时生产技术已有一定的水平,诗中记述,当时的周人既能分清土地的燥湿、丈量土地的圆方、摸清水流的分布，又能利用太阳测定方向，还有"取厉取锻"的手工制作，文明程度和社会形态比后稷时已有较大提高。

公刘之后的八世在历史上是一段空白，直到《大雅·绵》，周人的历史才重新被衔接上。《绵》叙述的是文王的祖父古公亶父率领部落迁居周原（岐下）的史实。自20世纪50年代至今，周原和丰镐遗址的考古发掘已经证明，古公亶父以后的历史，文献记载是信实的（张之恒、周裕兴《夏商周考古》，南京大学出版社1998年版，第204页）。20世纪初发现的殷墟甲骨卜辞记载，公亶父在殷商后期武乙之世，率领居住在豳地的周人迁到岐山之南的周原。据说古公亶父是为了躲避狄人之难和商王的暴虐而迁居于岐的。诗中最集中、最突出的内容是描述规模宏大的营建。《毛诗正义》解此诗说，这是因为"豳近西戎，处在山谷，其俗多复穴而居，故诗人举而言耳"。而到了平原后，要长期定居，不能不以筑房为主。生活习俗的重大变化，在诗中留下了明显的痕迹。诗篇生动地描绘了热烈的劳动场面。《史记·周本纪》道："于是古公乃贬戎狄之俗，而营筑城郭、室屋，而邑别居之，作五官有司。"有城郭、有室居、有五官有司，已具备了国家的雏形。所以《绵·毛诗小序》谓"文王之兴，本由大王也"，周族由此走向繁盛，这标志着周族部落有了新的发展，为文王的兴起奠定了基础。

3. 周朝的建立——《皇矣》《大明》

《皇矣》叙述上帝眷爱西方的周族，古公亶父之子王季因"其德克明"而"王此大邦"。王季，名季历，又称公季。王季之子文王征讨密人，攻打崇墉，扩张了自己的势力，振兴了民族精神，从而成为"万邦之方，下民之王"，形成了威逼殷商之势。诗中浓墨重彩地歌颂了太王受命、兄弟让国和王季超人的德行。传说公亶父有三子，长名太伯、次名虞仲、幼名季历。《史记·周本纪》说："长子太伯、虞仲知古公欲立季历以传昌，乃二人亡如荆蛮，文身断发，以让季历。……季历立，是为公季。公季修古公遗道，笃于行义，诸侯顺之。"诗的另一主要内容是歌颂文王姬昌，文王执政五十年，积极进行灭商的准备。约公元前1077年左右，他脱离商朝独立而自称文王，这就是史传所称颂的"文王受命"。《诗经》中的许多祭祀歌是祭祀文王的，歌颂文王的诗被列为《周颂》和《大雅》的首篇。周人对他像对神明一样崇拜。诗中从文王因"其德靡悔"（他的德行毫无疵点）而上承天命，写到伐密、伐崇的胜利。诗人善于描写场面，把文王讨伐崇侯虎的攻城场面写得有声有色：

> 以尔钩援，以尔临冲，以伐崇墉。
> 临冲闲闲，崇墉言言。执讯连连，攸馘安安。是类是祃，是致是附，四方以无侮。

短短几十个字，就再现了当时的场面和气氛。其中有崇国高耸的城池，有战士肩扛攻城的钩援工具，有一排排攻城的临冲战车，有审讯捉来的俘虏，有正在割掉已死敌人的左耳，有出征前的祭师，有四方诸侯络绎不绝前来归附，等等。《说苑·指武》："（文王）乃伐崇，令毋杀人，毋坏室，毋填井，毋伐树木，毋动六畜。"这就是中国古代史上长期歌颂的"文王之师"。《孟子·梁惠王下》称颂这样的军队"民以为将拯己于水火之中也",人民"箪食壶浆以迎王师",成为历代号称为正义而战的军队所效法的榜样。

武王虽是周朝开国之君,但在《诗经》中所体现的被重视的程度,远远不及文王。由此可见,灭商的事业,实际是文王奠定的。文王死后四年,公元前 1046 年(夏商周断代工程专家祖《夏商周断代工程 1996—2000 年阶段成果报告》,世界图书出版公司 2000 年版,第 49 页),武王姬发继承文王遗志伐商。《大明》诗从文王的父母和文王出生写起,铺叙到牧野之战胜利。它反映了周灭殷这一重大历史事件。《郑笺》解此诗:"二圣相承,其明德日以广大,故曰《大明》。"道出了本诗的主旨。关于武王伐纣,即牧野大战之事,更为周人所津津乐道:

> 殷商之旅,其会如林。矢于牧野,维予侯与!上帝临女,无二尔心!
> 牧野洋洋,檀车煌煌,驷騵彭彭。维师尚父,时为鹰扬,凉彼武王,肆伐大商,会朝清明!

我们从中仿佛看到了纣军指挥失灵,乱作一团;看到了武王誓师时的严肃与兴奋;看到了吕望指挥若定的神气;看到了周军勇猛冲锋陷阵;也看到了殷军全线崩溃。《易·革卦·象传》说:"汤武革命,顺乎天而应乎人。"《孟子·梁惠王下》说:"武王一怒而安天下之民。"这是一场正义对非正义的决战,历来对其评价都很高,认为其具有历史的进步性。

二　二《雅》展现的丰富世界

二《雅》的内容十分广泛丰富,它立足于社会现实生活,不仅描述了周代丰富多彩的社会生活、特殊的文化形态,而且揭示了周人的精神风貌和情感世界,可以说,是中国最早的富于现实精神的诗歌,奠定了中国诗歌面向现实的传统。

1. 政治讽刺诗:

孔子所言"诗可以怨","怨"诗在二《雅》中所占的比重极大。《大雅》中有《民劳》《板》《荡》《桑柔》《瞻卬》;《小雅》则更为突出,有《节南山》《正月》《十月之交》《雨无正》《小旻》《巧言》和《巷伯》等篇目。这些怨刺诗抨击政治弊端、讽刺背德违礼、斥责宵小谗佞,身处乱世的诗人真实地记录下了当时腐朽、黑暗、世衰人怨的社会现实,而其中表现出的忧国忧民的情怀,进一步强化了这些作品反映现实的深度。

据《史记·周本纪》记载,西周第十代君主就是暴虐的厉王,他任用巫人,"使监谤者,以告则杀之。其谤鲜矣,诸侯不朝"。人民被压抑了三年,"乃相与畔,袭厉王。厉王出奔于彘"。这次事件被史学家称为我国历史上第一次农民大起义。以后虽有"宣王中兴",但也不过是回光返照式的繁盛。他的儿子幽王更加昏庸,西周就灭亡在他手里。这样的社会现实,使诗人耳闻目睹身受的不外是衰败、灾难、痛苦,蕴积于心而抒发为歌咏的也就只有愤懑、不平和忧虑。令诗人们痛心疾首的是,王朝正在失

去天意的眷顾,支撑它的一切社会伦理原则全部崩溃了。诗人们不由得情绪激烈地痛斥:

> 无纵诡随,以谨惛恼。式遏寇虐。(《大雅·民劳》)
> 人有土田,女反有之。人有民人,女覆夺之。
> 此宜无罪,女反收之。彼亦有罪,女覆说之!(《瞻卬》)

帝王的荒淫、国家的颓废、此起彼伏的天灾人祸、连绵不断的战争劳役,使得人们已经再也没有心情歌功颂德了,而是开始对现实的暴露与批判。在此时,以讽谏为目的的"变风""变雅"诗作为一种参与时政的战斗武器来说,具有比"美"更为深刻的意义,也达到了比"美"的手法更为久远的社会效果和艺术效果。许多"变雅"诗的作者都明白地写出了诤谏的意图,如:

> 王欲玉女,是用大谏。(《大雅·民劳》)
> 犹之未远,是用大谏。(《大雅·板》)
> 殷鉴不远,在夏后之世。(《大雅·荡》)
> 於乎小子,告尔旧止。听用我谋,庶无大悔。(《大雅·抑》)
> 作此好歌,以极反侧。(《小雅·何人斯》)
> 寺人孟子,作为此诗。凡百君子,敬而听之。(《小雅·巷伯》)
> 家父作诵,以究王讻。(《小雅·节南山》)

郑玄《诗谱序》言："厉也，幽也，政教尤衰，周室大坏……众国纷然，怨刺相寻。"《汉书·艺文志》亦言："周道始缺，怨刺之诗起。""变风""变雅"诗篇的主体是与政治生活息息相关的讽谏诗，这些诗篇思想上具有较强的政治针对性，情感上具有强烈的抒情性，反映出了西周末年贵族士大夫的忧患意识和同情民生疾苦的情愫，成为我国最早具有批判现实传统的诗篇。如《小雅·巷伯》是寺人孟子因谗受刑，向造谣诬陷的谗人发泄愤怒的诗；《小雅·四月》是一位大夫长期行役，抒其悲愤、忧乱心情的诗，诗末直言"君子作歌，维以告哀"。又如上引《小雅·节南山》是幽王之世一位周朝大夫的"家父"所作。幽王重用权臣师尹，采取严厉手段压制人民的言论，使民不堪命：

赫赫师尹，民具尔瞻。忧心如惔，不敢戏谈。
……
忧心如酲，谁秉国成？不自为政，卒劳百姓。

在君主专制条件下，一旦君主受到奸人蒙蔽，百姓、国家就会遭受巨大的苦难；而奸邪之所以能够蒙蔽君主，主要手段之一即是造作谗言。《诗经》中有许多诗作是表达这种忧谗畏讥、郁愤难伸的感情的。如《小雅·巧言》揭露到：

乱之初生，僭始既涵。乱之又生，君子信谗。

所以，一切真正关心周室、热望国家政治清明的有识之士无不小心谨慎，处在欲有所为而不能的矛盾痛苦之中。《小雅·苕之华》：

> 苕之华，芸其黄矣。心之忧矣，维其伤矣！
> 苕之华，其叶青青。知我如此，不如无生！
> 牂羊坟首，三星在罶。人可以食，鲜可以饱！

《苕之华》先以蓬勃生长的凌霄花起兴，以凌霄花的枝叶青翠、花朵灿黄来与人世的惨痛生活形成对比；再以羊和鱼两种动物为喻，通过对它们寥落境况的描写，展现生存环境之惨烈。诗人痛心身处荒年，人们在饥饿中挣扎，九死一生，难有活路。为此，他心里忧伤不已，竟至于觉得最大的遗憾就是降生到这个世界上来。

在周厉王时的诗篇《大雅·荡》中，诗人警告说：

> 人亦有言，颠沛之揭，枝叶未有害，本实先拔。
> 殷鉴不远，在夏后之世。

语意鲜明地指出：王朝在从根本上朽烂，殷商覆灭的灾难正在向周人走来。周初政治家"鉴于有夏"、"鉴于有殷"的小心翼翼，现在重又成为诗人的恐惧。对现实的忧患，促使有见识的大臣们向周王及其当权者陈谏挽救危局的政道原则。《小雅·何草不黄》：

何草不黄？何日不行？何人不将？经营四方。

何草不玄？何人不矜？哀我征夫，独为匪民。

匪兕匪虎，率彼旷野。哀我征夫，朝夕不暇。

有芃者狐，率彼幽草。有栈之车，行彼周道。

诗以草的枯黄和萎死起兴，来言说生活的艰辛和悲苦，自有一种悲不胜悲的凄凉。草本是世上微小卑贱之物，以此来喻指人的卑微，不禁让人生出命贱如草的感慨和任人践踏的感伤。又加上一个"何"和一个"不"字，更有无法逃避、无法摆脱的无奈之感。接着，诗将犀牛、老虎与征夫对比而谈，旷冷的郊野连异常凶猛的猛兽都不再出没，而征夫却还要日夜操劳，独自行走在这茫茫旷野之中，不得休息。诗人以征夫的口吻一句句凄凄惨惨道来，别有一份无奈中的苦楚。

二《雅》中的政治讽刺诗所体现的正是孔子所言的"诗可以怨"，就是说诗歌可以对现实中的不良政治和社会现象进行讽刺和批判。如《小雅》中的《正月》《十月之交》，《大雅》中的《桑柔》《民劳》等，或揭露，或批评，或讽刺，或讽喻，都可以说是"怨刺上政"的作品。这些诗篇对我国后世的文学创作，特别是诗歌创作产生了巨大的影响，开创了我国古典诗歌批判现实的优良传统。后世许多诗人的作品都有批评现实社会不良倾向的内容，杜甫、白居易等人更是在主观或客观上把"诗可以怨"作为自己创作的主要追求目标。而在文学批评史上，"诗可以怨"也成为批评诗歌作品的一个重要标准。

2. 宴饮礼乐诗

在礼乐制度下,《诗》乐是作为雅乐的基本文化载体而存在的,庙堂祭典、宴享乡饮、使聘盟会等活动都会使用《诗》乐。《诗经》中的许多内容,都是周礼规定的具体体现,不仅传达了"郁郁乎文哉"的周代礼乐文化的道德实质,而且活生生地展现了它的外在形式,为我们保留下礼的动态原貌。二《雅》中的宴饮诗就是其中的代表。

宴饮,古时常写作"燕饮",燕即宴,二字是通假字。写宴饮的诗篇在二《雅》中占有很大的比例,三《礼》中对宴饮也有明确细致的规定,礼乐精神渗入了成礼的每一个环节,而宴饮诗又对其做了翔实的记录和表达。宴饮中文质彬彬,秩序井然,言行恰到好处。其仪式之中包含的深层内涵,则是礼乐制度追求的一种和谐共存、各得其所的社会状态。宴饮中的宾主关系,映照的是国事中的君臣等级关系;宴饮的最佳精神状态"和",映照的是西周的最高政治理想——上下一体、君臣和谐、中正和平的政治局面。宴饮诗道出了西周赖以立国的根基——礼乐制度;也在歌之舞之、足之蹈之,其乐融融的过程中达到君臣和谐的状态。礼的精神可以说在宴饮活动中潜移默化,深入人心。

燕礼属于嘉礼的一部分。《周礼·春官·大宗伯》说:"以飨燕之礼,亲四方之宾客。"燕礼最终目的是要通过在燕礼上的交流对话,做到邻邦友好,君臣愉快,既要施恩义犒赏,又要别等级君臣。所以宴饮除了基本职能饮食之外,还具备很多政治上的功用。如《小雅·頍弁》:

有颓者弁,实维伊何? 尔酒既旨,尔肴既嘉。岂伊异人? 兄弟匪他!

茑与女萝,施于松柏。未见君子,忧心奕奕。既见君子,庶几说怿!

《毛诗序》云:"《颓弁》,诸公刺幽王也。暴戾无亲,不能宴乐同姓,亲睦九族,孤危将亡,故作是诗也。"《孔疏》:"僖八年《穀梁传》曰:'弁冕虽旧,必加于首。周室虽衰,必先诸侯。'然则王者之在上位,犹皮弁之在人首,故以为喻也。"陈子展先生《诗经直解》:"诗三言有颓者弁,五言君子,皆以指王。又三言兄弟,当指同姓贵族。"诗中表现的便是对天下大宗的周王所寄予的极大热情。周王是天下所共戴的宗族领袖,诗人将大宗天子比作戴于头上的神圣冠冕,又比作常青挺拔的松柏,将同姓宗族比作攀附于松柏的蔓生植物(茑、女萝)。在诗人心目中,周王应当诚恳和悦地敦睦宗族,以旨酒嘉肴宴乐同姓,同姓诸侯依附天子,天子亲和同姓,这才是和和睦睦的理想境界。

又如《小雅·伐木》:

伐木丁丁,鸟鸣嘤嘤。出自幽谷,迁于乔木。嘤其鸣矣,求其友声。相彼鸟矣,犹求友声。矧伊人矣,不求友生? 神之听之,终和且平。

伐木许许,酾酒有藇。既有肥羜,以速诸父。宁适不来? 微我弗顾。於粲洒埽,陈馈八簋。既有肥牡,以速诸舅。宁适不来? 微我有咎。

伐木于阪，酾酒有衍。笾豆有践，兄弟无远。民之失德，乾糇以愆。有酒湑我，无酒酤我。坎坎鼓我，蹲蹲舞我。迨我暇矣，饮此湑矣。

《毛诗序》说："《伐木》，燕朋友故旧也。自天子至于庶人，未有不须友以成者。亲亲以睦，友贤不弃，不遗故旧，则民德归厚矣。"从诗中的"友生"、"诸父"、"兄弟"看，其中也包含着对兄弟相亲、长幼和谐的由衷期望。

相反，如九族不亲，兄弟朋友都疏远，与小人为伍，则上行下效，后果不堪设想。《小雅·角弓》表达了这样的忧虑：

骍骍角弓，翩其反矣。兄弟昏姻，无胥远矣。
尔之远矣，民胥然矣。尔之教矣，民胥傚矣。
此令兄弟，绰绰有裕。不令兄弟，交相为瘉。……
毋教猱升木，如涂涂附。君子有徽猷，小人与属。……
雨雪浮浮，见晛日流。如蛮如髦，我是用忧。

《毛诗序》云："《角弓》，父兄刺幽王也。不亲九族，而好谗佞，骨肉相怨，故作是诗也。"陈子展先生《诗经直解》："一章，言角弓不可松弛，喻兄弟不可疏远。""二章，言尔之疏远兄弟，民亦相效。""三章，言兄弟有善良，有不善良。""六章（即"毋教猱升木"章），言小人之道不可长，宜已善道人相亲为善。""八章，末以忧伤作结。"九族亲睦是诗人所热切关注的，一旦亲睦出现了问题，诗人们便表现了他们极大的忧伤。宗族亲睦与否，事关王朝的兴衰成败。

《诗经》中的宴饮诗所歌颂的不是花天酒地、纵情享乐的生活，而是谦恭揖让、从容守礼的道德风范以及宾主之间和谐融洽的关系。宴饮诗是按照礼的要求写宴饮，但却更强调和突出德。《小雅·鹿鸣》本为宴群臣嘉宾而作，表现按礼待宾的殷厚情谊。其中特别写到对德的向往和赞美："人之好我，示我周行"、"我有嘉宾，德音孔昭"。反映了好礼从善、以德相勉的社会习尚。《小雅·湛露》写夜饮而突出赞美"令仪"、"令德"，即品德涵养，容止风度之美。《大雅·行苇》写祭毕宴父兄耆老和竞射，诗中流露的安乐祥和气氛，反映出作者对谦恭诚敬之德的肯定。此外还有更多的宴饮诗，如《小雅·伐木》《鱼丽》《南有嘉鱼》《蓼萧》《彤弓》等，或写酒肴丰盛，或写款待盛情，其意皆不在酒肴和酬酢本身，而在表现宾主关系的和谐融洽，其根本着眼点还在于德。可见，这些宴饮诗所歌颂的不仅是宴礼的外在节文仪式，更重要的是人的内在道德风范。《礼记·乐记》："先王之制礼作乐也，非以极耳腹口目之欲也，将以教民平好恶，而反人道之正也。"宴饮诗所突出表现和歌颂的正是这种"人道之正"，即脱离了低层次感性需要的贵族阶级的人伦正道和精神之美。由于抓住了这个核心，使礼乐文化精神得到了新的升华。诗中的人物是那样的温文尔雅，人与人之间的关系是那样的和谐融洽，一切矛盾转化了，一切对立消失了，人的内心与外表，心灵与环境趋于平衡。本来森严的等级早已沉浸在永恒的宁静与和平之中，从而把人际关系和人情味表现得更加富于诗的魅力。

对于纵酒失德和无节制的狂饮，诗多是根据有关的礼仪规定予以揭露和告诫。如在《小雅·宾之初筵》中,诗人对盛大宴会是赞美的,所以说"酒既和旨,饮酒孔偕"。主宾们按照酒礼仪式,在钟鼓交响的奏乐声中"举酬逸逸",一边饮酒,一边射箭,观听歌舞,祭祀祖先。起初客人们都"温温其恭",孰料"百礼既至"之后,却违礼失仪,"不知其秩"了,个个喝得酩酊大醉,丑态百出:

> 宾既醉止,载号载呶。乱我笾豆,屡舞僛僛。
> 是曰既醉,不知其邮。侧弁之俄,屡舞傞傞。

在此,诸公醉后的丑态被揭露得淋漓尽致,作者对于沉醉于享乐而有失体统的现象是持批判态度的。就全诗来说,诗人意在反对纵酒无度,所以诗中还特意提到"既立之监,或佐之史",既设酒监,又添酒史,是为了在宴席间监督,防止饮酒无度。诗中所说"饮酒孔嘉,维其令仪"的写作目的是十分清楚的。

周初分封建邦后,为了保持王族对诸姓的凝聚力和亲和力,所以在宴饮诗中,对君臣大义、宗族人伦,都作了反复吟咏。比如有对兄弟人情的吟咏,《常棣》:"凡今之人,莫如兄弟。""兄弟阋于墙,外御其务。""兄弟既具,和乐且孺。"《毛序》云:"《常棣》,燕兄弟也,闵管蔡之失道,故作《常棣》也。"有对君臣大义的吟咏,如《湛露》中的"厌厌夜饮,在宗载考"、"显允君子,莫不令德"、"岂弟君子,莫不令仪"。《毛序》云:"《湛露》,天子宴诸侯也。"郑玄笺:"诸侯朝觐、会同,天子与之宴,所以示慈惠。"《蓼萧》中有"鞗革冲冲,和鸾雍雍,万福攸同",《毛序》云:"《蓼萧》，泽及四海也。"是为颂扬君王福泽，被及四海。"既见君子，宜兄宜弟"，则有四海之内皆兄弟之义，赞美姬姓和异姓族群之间情同手足。可见，在《诗经》中一再提到的是兄弟、君臣、诸姓之间的和谐共处，君主对臣下示惠德，臣下对君主示诚示忠。这种尚和的精神氛围，就是礼乐文明的精神内涵，是占据当时权威地位的审美理想。可以想见，当时先民在盛大的宴会上，欣赏着悠扬的音乐声，频频举杯，和乐甚湛，最后宾主相宜的美好氛围。宴饮诗中的主人公那种有礼有节的君子风范在此中自然凸现，《诗经》与礼、乐三位一体的共生关系也由之一目了然。

三　二《雅》中的贵族生活

如我们在第五课中已经谈到的，《诗经》对先秦时期的城市生活多有描绘，展现了当时的城市文明。《诗经》中的许多诗篇都记录了城市的发展史。《商颂·玄鸟》说："邦畿千里。"指出了天子所居国都管辖的范围十分辽阔。《商颂·殷武》又载："商邑翼翼，四方之极！"形象地描绘了当年商代都城城墙的雄伟气概。《大雅·绵》诗的行文完全是按照实际建筑的顺序一一展开：先察看地形，占卜决疑，然后划定区域，丈量田界，开沟筑垄，接着建造宫室庙宇，修筑城墙祭坛，展现出对土地的重视及建设新城市的自豪之情。诗中所描写的城市建设规模宏大、场面壮阔，细节描绘具体而清晰，可视为城市建筑史上的宝贵史料。《大雅·文王有声》记载了文王"作邑于丰"，《小雅·斯干》篇亦记录了武王定都镐京的史实。"丰"、"镐"两都的遗存已在今陕西西安西南约 25 公里处的沣河中游被发现。

在城市建设中,也体现了古人的规划意识。从考古发掘材料看,"国"中不仅有宫殿区、居住区,还有手工业区和商业区。《周礼·天官·内宰》说:"凡建国,佐后立市,设其次,置其叙,正其肆,陈其货贿。"周人筑城后即划出一块地方设"市"(市场),城邑市场里的"肆",按惯例以所出卖的物来划分,卖酒的场所自然被称为"酒肆"。《诗经·小雅》一首《伐木》篇写道:"有酒湑我,无酒酤我。"意思是说,有酒就把酒过滤了斟上来,没有酒就去买来。从诗意看,似乎西周时酒随时都可以买到,人们也习惯于到市场上的酒肆买酒。

二《雅》中的贵族生活非常精彩,《诗经》中有相当一些篇章描写了城市贵族的宴饮生活,他们在歌乐宴饮中"钟鼓既设"(《小雅·彤弓》),席间是"清酒百壶"、"炰鳖鲜鱼"(《大雅·韩奕》),加之美轮美奂的宫室,透露出城市生活的繁荣。经济的发展、城市的繁荣带来了服饰文化的兴盛。《诗经》中关于城市中人穿衣打扮的描写也非常突出,《小雅·大东》篇有"西人之子,粲粲衣服"的诗句,鲜亮华贵的衣服衬托出城市生活的富贵典雅。

西周春秋时代是严格的等级制社会,它形成了一系列的等级规范,其中服饰也有严格的等级区分。君王和各级贵族的朝服官服且不必说,在形制、颜色、花样上各有定制,就是日常生活的服装也有等级差别。如《豳风·七月》所说,当时的庶民们穿的都是粗麻褐布,只有贵族"公子"们才能穿锦衣狐裘。经济的发展、城市的进步带来了服饰文化的兴盛,《周礼》《仪礼》中,都把服饰礼仪的记述放在了很重要的地位。

《诗经》305篇中，有63首诗与服饰有关，二《雅》中对服饰礼仪的描写尤为突出。当时社会等级森严，对衣冠有严格制度规定，因此，服饰是身份等级的重要标志。衣服是这样，其他佩饰也有等级差别，最典型的是佩玉，在《诗经》中，我们看到的一个重要现象，就是诗人在赞美一个人的时候往往要提到"玉"。美玉那种圆润光滑、色泽柔和、温凉适中的特有质地，给人的感觉是温馨、宁静、和谐的，因此常被中国古人用来比喻最崇高的品德。《卫风·淇奥》一诗中有"有匪君子，如切如磋，如琢如磨"之句，突出了"君子"的内外兼修之美。切、磋、琢、磨都是美玉从璞中脱出，加工成型所必须经过的程序，诗人既以此代指美玉，更以此指出君子之美来源于切、磋、琢、磨的后天积学修养，来比喻成为君子要多经磨砺，才能具备如玉一般的品性。那，美玉有什么特点，能与"君子"这一崇高的人格联系到一起呢？

西汉末年的刘向给了我们一个解答，他在《说苑》一书中说：

> 玉有六美，君子贵之：望之温润，近之栗理，声近徐而闻远，折而不挠，阙而不荏，廉而不刿，有瑕必示之于外，是以贵之。望之温润者，君子比德焉；近之栗理者，君子比智焉；声近徐而闻远者，君子比义焉；折而不挠，阙而不荏者，君子比勇焉；廉而不刿者，君子比仁焉；有瑕必见之于外者，君子比情焉。

玉有六种美德，所以君子非常喜爱它，并且作为自己的人生启示。

远看它温和滋润,有似君子的品德;近看则纹理严密,象征着君子的智慧;宁可折断也不弯曲,好比君子的勇敢;无论怎样毁坏,它也决不柔弱;它棱角分明,但是却不伤人;有瑕疵也露在外面,让人一目了然。

玉一般的男人,是既温文尔雅又聪慧坚刚的。那是有雍容自若的神采,豁达潇洒的风度,不露锋芒、不事张扬,无偏执激狂,圆润又方正,正是一个成熟男人的风采。所以,《诗经》中但凡提到理想男性的形象,每每以玉为比:"彼其之子,美如玉"(《魏风·汾沮洳》),这在表面上是夸赞某人长得美,深一层的意义则是赞美他有玉一样的高贵品格。之所以如此,是因为古人早就赋予玉以美德的含义。《礼记·聘义》说:

> 夫昔者君子比德于玉焉:温润而泽,仁也;缜密以栗,知也;廉而不刿,义也;垂之如坠,礼也;叩之其声清越以长,其终诎然,乐也;瑕不掩瑜,瑜不掩瑕,忠也;孚尹旁达,信也;气白如虹,天也;精神见于山川,地也;圭璋特达,德也;天下莫不贵者,道也。

如此看来,《诗经》中许多诗在描写人物时重点写玉,所包含的意义就是多重的了。它除了象征贵族身份地位之外,还有象征道德品质的意义。如《大雅·棫朴》就赞美周王和他的群臣是"济济辟王,左右奉璋","奉璋峨峨,髦士攸宜","追琢其章,金玉其相"。

有了合乎等级的衣着,还要有得体的行止威仪,这是表现贵族风度的两个重要方面。若光有好的穿戴而没有好的仪态,就会受到时人的批判。传为卫武公所作的《大雅·抑》,本为劝谏周王之诗,在诗中卫武公一再告诉周王的,就是要让他注意威仪:"抑抑威仪,维德之隅。""敬慎威仪,维民之则。""敬尔威仪,无不柔嘉。"在尹吉甫赞美宣王重臣仲山甫的诗《大雅·烝民》中,诗人同样说:

> 仲山甫之德,柔嘉维则。令仪令色,小心翼翼。古训是式,威仪是力。

在周王祭祖的诗篇中,也一再地说:"朋友攸摄,摄以威仪"(《大雅·既醉》),"威仪孔时,君子有孝子","威仪抑抑,德音秩秩"(《大雅·假乐》),而国家危难则是由于在位者的"不吊不祥,威仪不类"(《大雅·瞻卬》)。

正因为服饰打扮应该和一个人的道德品质相符,因此,对于先秦贵族来说,德行相配,表里如一,由外在之美能见出他的内在之美。这也是城邑中贵族的最佳风度的体现。

四 《雅》诗"正变"与天命观念的嬗变

《诗大序》:"至于王道衰,礼义废,政教失,国异政,家殊俗,而变风变雅作矣。"就是说"变风"、"变雅"是《风》《雅》中周政衰乱时期的作品,与"正风"、"正雅"相对。正变的划分,不是以时间为界,而是以"政教得失"来分的。一般认为"正"是西周王

朝兴盛时期的作品,"变"是西周王朝衰落时期的作品。以《小雅》中的《南有嘉鱼》和《都人士》为例:

> 南有嘉鱼,烝然罩罩。君子有酒,嘉宾式燕以乐。
> 南有嘉鱼,烝然汕汕。君子有酒,嘉宾式燕以衎。
> 南有樛木,甘瓠累之。君子有酒,嘉宾式燕绥之。
> 翩翩者鵻,烝然来思。君子有酒,嘉宾式燕又思。

《南有嘉鱼》属于正雅,是一首写贵族宴请宾客的诗。当时的宴席之上必不可少的就是鱼和酒。诗以嘉鱼起兴,"南有嘉鱼",是说南方河里出产许多味道鲜美的鱼,用鱼、水象征宾主之间融洽的关系;"烝然罩罩",则是说个个捕鱼笼里的鱼都很多,宛转地表达出主人的深情厚意。捕到的鱼多,宴席自然就十分丰盛,再加上美酒,宾客们吃鱼、喝酒,这一顿饭吃得十分开心,使全诗处于和睦、欢愉的气氛中。

而变雅《都人士》则更多的是追忆:

> 彼都人士,狐裘黄黄。其容不改,出言有章。行归于周,万民所望。
>
> 彼都人士,台笠缁撮。彼君子女,绸直如发。我不见兮,我心不说。
>
> 彼都人士,充耳琇实。彼君子女,谓之尹吉。我不见兮,我心苑结。
>
> 彼都人士,垂带而厉。彼君子女,卷发如虿。我不见

兮,言从之迈。

　　匪伊垂之,带则有余。匪伊卷之,发则有旟。我不见
兮,云何盱矣。

此诗全篇皆渲染昔日都城男女的仪容之美:他们穿着毛色光亮
的狐皮大衣,戴着系黑丝带的斗笠或黑色布冠,帽子上装饰的美
玉在阳光下散发着温润的光泽。他们还"垂带而厉",衣服是洒
落的宽袍大袖,长长的腰带在风中飘动起来,真是如仙如画!他
不仅风度潇洒,而且博文知礼、言语雅致,内在的精神气质与外
在的衣饰举止和谐统一。更绝的是,诗中还写到了当时城市的
流行发型:"绸直如发"、"卷发如虿"。无论是动感直发,还是魅
力卷发,都风情无限。诗中那些尹氏、吉氏女孩的各种造型都美
到了极点,发型、服饰、佩件无不精巧绝伦。"行归于周,万民所
望",那城市中人风度潇洒,如此可观可赏,他们生活的宗周令人
心向往之。然而,这一切的繁华都"我不见兮"!都是听人讲述、
看书描绘得来的。国家昔日的繁盛、国都中人曾经的风采,都如
流水、落花,一去不复返了。一句"彼都人士",浸透了物换星移
之叹,一下把对宗周的向往表露无遗。写这诗的人,可见是生活
在东周的。周人失去了宗周,以惋惜之情所刻画的城市就更加
美好了。此诗是以都邑男女服饰之变而感怀世事,寄托哀思。
　　正变之说,还同中国古老的哲学相联系,其间经历了由神的
哲学到人的哲学的转变。中国最早的诗集《诗经》中有三个含
"天"字的诗题:《小雅·天保》《周颂·天作》《周颂·昊天有成
命》;全书中共 205 个"天"字。除指自然存在的"天空"外,更多

的是指被人格化的"天",即"天命"。《诗经》中还有 44 个"帝"字,只有个别是指"君主",大部分与"天"同指。值得注意的是,在十五《国风》中,除《秦风》的《黄鸟》外,一般没有论天的内容。涉及天命的内容都见于《雅》和《颂》。

1. "正雅"中的天、帝

在西周建立以前,宗教神灵观念是社会中占主导地位的思想。《礼记·表记》区分殷人和周人的文化特征说:"殷人尊神,率民以事神,先鬼而后礼……周人尊礼尚施,事鬼敬神而远之,近人而忠焉。"殷人是以宗教立国,周人是以礼教立国。殷人事无大小,皆占卜问天,近代以来大量出土的商代甲骨文即说明了这一点。"天命"是殷人宗教思想的核心,直接关系着王权的正当性。据《尚书·西伯戡黎》记载,商纣王坚信天命,声称"有命在天"。正是凭借"天命"观念,商纣王才有恃无恐地实行暴虐统治,对外侵略方国,对内残害忠良。但由于不修内政,结果"大邦殷"在"小邦周"的打击下,顷刻土崩瓦解。这一事实不能不引起以周公为代表的周初统治者的反思。

"天命"论原是殷人的思想,"德治"本是上古圣王的传统。周公作为伟大的思想家,以"德"诠释"天命",并将"天命"和"德"的思想纳入其无所不包的"礼"的大体系中,对传统的宗教神学做了修正,提出了"敬德保民"和"以德配天"的进步思想,创立了所谓"天人合一"的融宗教、政治、伦理为一体的思想体系。《尚书·周书》的《大诰》《康诰》《酒诰》《梓材》《召诰》《洛诰》《多士》《无逸》《君奭》《多方》《立政》等篇,是可信的周初文献,主要反映了以周公为代表的周初统治者的政治思想。《大雅·大明》等诗在谈到周之灭商时虽然说"肆伐大商,会朝清明",言之甚易;但揆诸史实,其实际情形远非如此。《孟子·梁惠王下》称"文王一怒而安天下之民",只是后人的夸大之辞。武王克商后不久即去世,时成王即位,周公摄政。管叔、蔡叔联合殷商旧贵族叛乱,周公统兵平叛后,一面强制殷商旧族分迁各地,一面将周人的"天命"观念灌输给殷人。如《尚书·多士》告谕殷商顽民说:敬告你们殷商遗民,因为天佑有德,不佑无德,周之所以革殷之命,完全是"天命"如此,正像当初夏桀失德,你们先祖成汤"受命"而革夏之命一样。因此你们要老老实实顺从"天命",顺从"天命",就会得到天的眷顾!周公用以德配命的思想告谕殷顽民,要他们接受现实,转变思想。从这些文献中可以看出,周初统治者对"天命"已有了与殷人不同的认识。他们尽管以历史的发展由"天命"决定为前提,但已经意识到"天命靡常"(《大雅·文王》)。

认识到"天命靡常",则"天命"不可为据。而部族的兴衰、家国之存亡便全系于人。虽然当时人们还不知道"天"的本质,还不敢否定天,但既知天不可信,人事的努力自然会上升到重要位置。如《诗经》中,我们可以看到,周人也多用"上天"、"昊天"、"天"来称谓上天的主宰。昊天大神像万物的父母,照临下方,皇天昭明,赏罚不差。如:

假乐君子,显显令德。宜民宜人,受禄于天。保右命之,自天申之。(《大雅·假乐》)
天保定尔,亦孔之固。……罄无不宜,受天百禄。降尔

遐福,维日不足。(《小雅·天保》)

诗中颂扬周王有美德,上天保佑其福禄。尽管他们还未能摆脱对上帝和鬼神的迷信,但已把眼光从天上下移到人间,更加注重人事。这正是"正雅"中的"天"虽威严却邈远,而先祖人事功业却显要而明朗的主要原因。

从西周初期的历史背景看,"正雅"中这种"天命靡常"、"敬德思艰"思想的产生是有其深刻的历史渊源的。周人长期隶属服事于殷王朝,从逻辑上说,周人并不相信殷人的"天命"观,如真信殷人的王权是上天所赐,周人便不敢"革命"而抗天之威。但在当时宗教思想浸入人心的情势下,周人又不能不利用"天命"观念。周人敬畏"天命",但不像殷人那样迷信并沉溺于"天命",而是把"天命"作为王朝合理存在的依据,虽敬之畏之,但其关注的重心则是文德。周人大肆渲染祖德,把祖先作为人间的英雄、楷模来塑造。《大雅》的《生民》《公刘》《绵》《皇矣》《大明》是近世一直受到关注的一组周族史诗。如果把这组史诗和上述《周颂》的作品配合起来,相互参照,即可看到那种由较为空洞的赞颂到不容人置疑的切实史迹的展示,从而给人一种真实感,让人确信周先祖的功德,也让人看到历史上周族祖先作为人间英雄、道德楷模的一个个伟岸的身影。他们是亲切的人王,而不是殷人那样狞厉威严的祖先神灵,如《大雅·皇矣》:

皇矣上帝,临下有赫。监观四方,求民之莫。维此二国,其政不获。维彼四国,爰究爰度。上帝耆之,憎其式廓。

乃眷西顾,此维与宅。

……帝迁明德,串夷载路。天立厥配,受命既固。

帝省其山,柞棫斯拔,松柏斯兑。帝作邦作对,自大伯王季。维此王季,因心则友。则友其兄,则笃其庆,载锡之光。受禄无丧,奄有四方。

维此王季,帝度其心,貊其德音。其德克明,克明克类,克长克君。王此大邦,克顺克比。比于文王,其德靡悔。既受帝祉,施于孙子。

……王赫斯怒,爰整其旅,以按徂旅,以笃于周祜,以对于天下。

……万邦之方,下民之王。

帝谓文王,予怀明德,不大声以色,不长夏以革;不识不知,顺帝之则。帝谓文王,询尔仇方,同尔弟兄;以尔钩援,与尔临冲,以伐崇墉。

上帝观念与祖先观念的叠合,直接导致了宗教神学与历史传说的融合。《皇矣》中的上帝伟大而威严,居高临下,监视人间。上帝憎恨殷王的暴虐,把它的眷顾转向西方的周邦,保佑太王,使之得以配天享命。上帝为周朝开拓疆土,自太伯、王季开始,都因“明德”而得到上帝的福佑。据《史记·殷本纪》称:周文王原为周方伯,因其国在西,又称“西伯”,曾为纣王的“三公”之一。后被囚羑里,放归后“乃阴修德行善,诸侯多叛纣而往归西伯。西伯滋大,纣由是稍失权重”。《周本纪》又称:“西伯盖即位五十年”,“受命之年称王”,“后十年而崩,谥为‘文王’”。《诗经·

大雅》中就保存了相当多歌颂文王"受命"的篇幅,如:

> 文王在上,於昭于天,周虽旧邦,其命维新。有周不显,帝
> 命不时。文王陟降,在帝左右。……上天之载,无声无臭。仪
> 刑文王,万邦作孚。(《文王》)
>
> 文王受命,有此武功。既伐于崇,作邑于丰。文王烝
> 哉!(《文王有声》)
>
> 有命自天,命此文王。(《大明》)

周初人认为夏王朝的建立是由于接受了天命,后来"既坠厥命",
丧失了天命,夏命移商,所以夏亡商兴。现在殷商又再一次丧失
天命,商命移周,所以殷亡周兴。于是,他们得出了"惟命不于
常"(《尚书·康诰》)的结论,认为天命无常,天命可以转移,上
天不会把人世间的统治权永远赋予一姓王朝。天命无常,但天
命又是有选择的。由于上天是决定人世福禄的主宰,所以人应
畏天敬身。畏天是对上天常怀敬畏之心,敬身是慎行修身,因
此说:

> 维此文王,小心翼翼。昭事上帝,聿怀多福。(《大雅·
> 大明》)

周初统治者认为"天惟时求民主"(《尚书·多方》),上天时
刻都在寻求适合作百姓君主的人;"皇天无亲,惟德是辅"(《左
传·僖公五年》引《周书》),上天只辅助有德之人。夏代的统治

者不懂得保护人民，竞相对人民施行暴虐，所以天命转移，选择成汤"代夏作民主"。而纣只知过度享受，不去考虑办好政务，所以上天降下亡国大祸，将天命转移给周。因此，要想"祈天永命"，就必须"疾敬德"（《尚书·召诰》），加紧推行德政。这种认识虽然理论上是从天命观出发的，但实际上是把现实的人间的政治当作天命转移的根据，强调的还是人事（刘宝才、钱逊、周苏平主编《中国历史》[先秦卷]，高等教育出版社2001年版，第118页）。基于人事决定天命的认识，周初统治者提出了"明德"、"慎罚"、"保民"的治国思想，向统治阶级提出了关于敬天、治国、修身的行为准则，鲜明地体现出周人对自身价值的重视及旧有宗教体系的动摇。承认了"天命"下的人的道德作用，实际上就是承认了人是有条件地掌握自己的命运。这在认识论上是一个巨大的进步，标志着周人的思维取向已渐由尊天事鬼转向重人务实。正是在这一意义上，傅斯年先生才称：《周诰》《大雅》中的"天命靡常"观是中国"人道主义的黎明"（傅斯年《周初之"天命无常"论》，《傅斯年全集》[第二卷]，湖南教育出版社2003年版，第579页）。

这种思想，实际上已经为后代"变雅"诗人们怀疑"天"、否定"天"埋下了伏笔。"变雅"诗人们对"天"之怀疑和否定不是突然出现的，在"正雅"诗中已经显露了一线理性的曙光。

2. "变雅"中"天命"观念的变化

"正雅"中所体现出的"天命靡常"等观念虽比殷人的宗教神灵观念有所进步，但历史的局限使早期周人的思想也未比商代人走出多远。周初人所谓的"民之所欲，天必从之"（《尚书·

泰誓》）、"祈天永命"（《尚书·召诰》），其中虽然也有重民的因素，但天还是主宰，统治者只有祈求天命才能保持王命。充斥于《商书》《周书》中的，不是万能的上帝，就是神灵的祖先，或者半神半人的圣者王臣。雍容典重的《颂》诗，如《毛诗序》所言，也不过是"美盛德之形容，以其成功告于神明者也"。刘大杰先生指出，它们"在艺术的功能上正履行着宗教的使命"（刘大杰《中国文学发展史》上卷，上海古籍出版社 1997 年版，第 42 页）。人真正能够脱离宗教从而拥有自我的独立人格，只有在天命神权连同它赖以生存的经济基础、社会制度一起动摇崩溃的时代，才有可能。到了西周末年，历史的契机造就了这个时代的到来。

据《史记·周本纪》记载，昭王时南征受挫，穆王时征犬夷无功，荒废政事，出现"王道衰微"的局面。这些都不可能不加重平民的负担。到了厉王时，对淮南夷屡屡用兵，消耗国力，王室进一步衰微。厉王为了恢复王室实力，实行违反历史潮流的"专利"政策，把贵族和平民在山林川泽之地开辟的私田予以取缔，重新垄断山林川泽之利。这些政策直接触犯人民利益，闹得"民不堪命"，引起舆论指责。厉王又对舆论采取高压手段，造成"国人莫敢言，道路以目"的恐怖局面，终于引起国人暴动，驱逐了厉王。宣王时的《脞盨》铭文中还提到这次"虐逐厥君师"的国人大暴动，担心类似的事件重演。宣王时代的所谓"中兴"并没有根本消除社会危机。许多诗篇反映的正是这种状况。周族成员从贵族到平民都对现实产生了普遍不满，在那个特定的历史阶段，这种不满便引起了宗教思想的动摇（刘宝才、钱逊、周苏平主编

《中国历史》[先秦卷],高等教育出版社 2001 年版,第118 页)。

西周末年和春秋时代的社会巨变,给思想和文化领域带来了深远的影响。"因此,在这个时期的历史,各个方面都表现了过渡时期的特点,旧的奴隶制的东西在瓦解,但没有退出历史舞台,新的封建制的东西在成长,但没有取得支配的地位。"(任继愈《中国哲学发展史》,人民出版社 1998 年版,第 116 页)在哲学方面,由西周初年对天的怀疑与动摇,到春秋时期对天命观的抛弃,《左传·昭公十八年》记子产语"天道远、人道迩",出现了对天人关系认识的进步思想。在对人的认识方面,是独立的人格逐渐从宗法制度的压抑下解放出来,从而追求自由、追求解放。郭沫若在《中国古代社会研究·〈诗〉〈书〉时代的社会变革与其思想上之反映》中指出:《诗经》的"变风变雅,特别是变雅,差不多全部都是怨天恨人之作",具体表现在"对于天的怨望"、"对于天的责骂"、"彻底的怀疑"、"愤懑的厌世"、"厌世的享乐"、"祖宗崇拜的怀疑"六个方面(《郭沫若全集》历史编[第一卷],人民出版社 1982 年版,第 143—149 页)。诗人们打破了认为上帝和祖先神不可侵犯的传统,提出了尖锐的责难。《大雅·云汉》就是描写人们对祈求天神帮助战胜旱灾而不得的情况下,对天神产生怀疑和不满的诗:

> 天降丧乱,饥馑荐臻。靡神不举,靡爱斯牲。圭璧既卒,宁莫我听?

由于"以德配天"和"天命神权"的思想在此时仍是统治者掌握

政权的理论依据,因此一旦政治失道,人们很自然地就会把造成这种恶果的根源追究到天神,把君主昏庸、政治失道、人民生活艰苦等一系列不满都发泄到天神头上:

> 旻天疾威,敷于下土。谋犹回遹,何日斯沮?(《小雅·小旻》)

任继愈先生也说:"经过西周末年变风、变雅中表现出来的怨天、恨天、骂天思想的冲击,随着春秋时期天子权力进一步的没落,天和天命范畴失去了神圣庄严的性质,逐渐从高不可攀的地位下降为社会的习用语。"(任继愈《中国哲学发展史》,第123页)在这里,上帝虽然没有被完全否定,但却反常变形了,失去了神圣的权威性。这样就为怀疑以致否定上帝的进步思想准备了桥梁。在对天神和现实不满的同时,也使人们对君主专制政治有了深刻的认识。《大雅》的《桑柔》,据《左传》等记载,是厉王时芮良夫所作,其中说:

> 天降丧乱,灭我立王。

"天降丧乱"的说法是西周后期诗中常见的,此诗是通过自然灾害影射政治失道,反映了人们对当时社会动乱的不满。《大雅·板》则进一步体现出人们对君主专制、政治黑暗、人民苦难的清醒认识:"上帝板板,下民卒瘅。出话不然,为犹不远。靡圣管管,不实于亶。"在《荡》中则又进一步把殷商亡国归结于对民权的违抗:"天生烝民,其命匪谌。靡不有初,鲜克有终。"并且用祖先神(文王)劝告的方式表明民权是不可违背的,这无疑是自觉地用民权对抗神权和君权的体现。又如《大雅》的《瞻卬》,诗中讥讽幽王乱政亡国,哀叹民生的不幸:

> 瞻卬昊天,则不我惠。孔填不宁,降此大厉。邦靡有定,士民其瘵。

这是说天降大灾,社会动乱,民生疾苦。诗人似乎在埋怨上天,但接着又说"乱匪降自天,生自妇人",照这个说法,灾祸产生的直接原因还是幽王对褒姒的宠幸。从这几首诗中表露出的思想来看,人类对自身权利的认识和因此而产生的民权意识在当时已进一步增强。用这种认识来观照人生和社会,必然会促使人的进一步觉醒并对政治民主产生要求。正如马克思在《〈黑格尔法哲学批判〉导言》中所说:"宗教批判使人摆脱了幻想,使人能够作为摆脱了幻想、具有理性的人来思想,来行动,来建立自己的现实性。"(马克思《马克思恩格斯选集》[第一卷],人民出版社1966年版,第2页)"变雅"诗与《尚书·君奭》的"天难谌"的精神实质是一致的。值得注意的是,表面上看来,天道反常:

> 浩浩昊天,不骏其德。降丧饥馑,斩伐四国。
> 昊天疾威,弗虑弗图。舍彼有罪,既伏其辜。
> 若此无罪,沦胥以铺。(《小雅·雨无正》)
> 疾威上帝,其命多辟。(《大雅·荡》)

但,诗人的说法还是对周人"皇天无亲,惟德是辅"的重申。天下惶惶不可终日,其原因不是上帝的反常而是朝政的不善。一旦有善政,上帝还是福佑的。幽、厉之时,人们如上述呼喊;宣王之时,则说:

> 崧高维岳,骏极于天。维岳降神,生甫及申。
>
> 维申及甫,维周之翰。四国于蕃,四方于宣。(《大雅·崧高》)
>
> 天生烝民,有物有则。民之秉彝,好是懿德。
>
> 天监有周,昭假于天。保兹天子,生仲山甫。(《大雅·烝民》)
>
> 奕奕梁山,维禹甸之,有倬其道。韩侯受命,王亲命之。(《大雅·韩奕》)

一旦政治有所改观,人们便从"天命"观的角度予以肯定、赞颂。前番对周王用人不贤的批判,进而指出上天之不佑,在这里就转而为对甫侯、申侯、韩侯等辅弼之臣的肯定,对宣王的赞颂,进一步便是对天命——"天生烝民,有物有则"、"天监有周,昭假于天"的重申。可见,对"天命"的态度,周人还是一直保持着周初所奠定的基础,相信上天与德相联,"天命辅德",而不是通过对天命的怀疑,去怀疑周室政权的合理性。

"变雅"诗中对"天"的怀疑是以周人天命观的武器来痛击当朝政治的黑暗,以达到对王朝政治批判、救助的目的。这些作品虽情词激烈、思想深刻,带有浓重的社会悲剧意识,但它们表达的意思都是出自对统治秩序的维护,对王朝行政的校正,对社会法则的申明,并没有对王朝政权的根本否定。因此,这类讽刺、讽喻诗篇,从其出发点上说,还是对王朝的护卫。将其载于《诗经》,反映的实是周代统治者补察时政以为德治的一贯思想。

第七课

煌煌《颂》声：

三《颂》与礼乐文化

对于《颂》的解释，最早见于《毛诗·大序》："颂者，美盛德之形容，以其成功告于神明者也。"《诗经》三《颂》主要是周王和诸侯用于祭祀或其他重大典礼的乐歌，共40篇，包括《周颂》31篇、《鲁颂》4篇、《商颂》5篇，共40篇，合称"三《颂》"，其内容多宣扬天命，赞颂祖先的功德。《周颂》就是颂扬周王功业的歌舞曲，如《昊天有成命》是强调天命、歌颂成王的诗；《鲁颂》是春秋时期鲁国的颂歌，《泮水》《閟宫》就是颂美鲁国先君的诗歌；《商颂》是春秋时期宋国人追述祖业(宋为殷商后裔)之作。

《颂》诗中也有一些反映当时农、牧、渔业生产情况的作品，如《周颂》的《臣工》《噫嘻》《丰年》《载芟》《良耜》等把耕耘、收获、祭事祈福等描述得颇为生动具体；《鲁颂》的《駉》旨在颂美鲁僖公的牧马之盛，同时也说明鲁国畜牧业的发达；《周颂》的《潜》写周王以各种嘉鱼献祭宗庙，反映了当时的渔业生产情况。另外，《周颂》的《有瞽》写了各种古代乐器，《商颂》中的《长发》《玄鸟》保存了关于殷商的神话、史实，是研究中国历史和神话传说的重要资料。

周颂·般①

於皇时周②,陟其高山③。嶞山乔岳④,允犹翕河⑤。敷天之下⑥,裒时之对⑦,时周之命⑧。

【注释】

① 般：乐。此诗写周成王的快乐,故称《般》。

② 於(wū)：叹词。皇：伟大。时：是,此。这句诗是说：啊,美哉这周邦!

③ 陟(zhì)：登上。

④ 嶞(duò)：小山。

⑤ 允：通"沇",沇水为古济水的上游。犹：通"沋",沋水在雍州境内。翕(hé)：通"洽";洽水又作郃水,流经陕西郃阳东注于黄河。河：黄河。

⑥ 敷：普。

⑦ 裒(póu)：聚集。时：世。对：配,配祭。这句诗是说：诸侯聚集此地答扬周王的美德。

⑧ 时：是。周之命：周朝的命令。这句诗是说：诸侯都承受周的命令。

《周颂》的语言以精简为尚,这首《般》就是典型。诗的语言虽然非常简练,但却气象万千。诗中用了"高"、"乔"、"敷"、"裒"等表示空间和容量之大的词汇,来形容山峰河流,描绘周王朝的宏阔版图,具有一种雄浑的气魄。诗中声称普天之下的疆土都归周室所有,是针对叛乱不服者所发,体现了圣王天下一统的恢宏气势。

一 《周颂》与周人农业立国的精神

祭祀是远古时代诸民族共同的仪式行为,借由祭祀活动,向上天、万物或祖先,表达内心欲求,期许生活美好,祈求国家安定。各民族在相同的需求上,进行不同的祭祀活动,整个过程中,祝祷语词、音乐歌舞等,往往表现该族深层的价值判断。因此,祭祀活动不仅是单纯地拜天求神,仪式底层下,也隐藏着不同的文化体现。综观《周颂》,所祭之祖有后稷、文、武、成、康等,参与祭典活动之人,除了国君以外,诸侯、外族也担任助祭工作。祭祀的祝词,以描述先王功德盛美居多。周人祭祀祖先大都于太庙中进行。《周颂·清庙》曰:"於穆清庙,肃雍显相。济济多士,秉文之德,对越在天。骏奔走在庙。"看来作为祭祀场所的太庙与作为祭祀对象的祖先的品行也发生了一定的联系。之所以选择在太庙祭祀祖先,就是因为它是先祖形貌的所在地,可以产生一种睹物思人的祭祀气氛。《周颂》31篇,与《尚书》等史籍中所反映的西周统治者的理性思想是相符的。《周颂》在艺术形式上显示出中国诗歌在形成之初的诸多原始性特征,这与《鲁颂》《商颂》形成了鲜明的对比。《周颂》是西周特定时代之特定文化背景下产生的诗篇,具有突出、鲜明的时代和民族特征:

1. 祭祀颂歌中体现了周人农业立国的特点

《周颂》中除了单纯歌颂祖先功德外，还有一部分于春夏之际向神祈求丰年或秋冬之际酬谢神的乐歌，从中可以看到周人农业立国的特点。《周颂·丰年》：

> 丰年多黍多稌，亦有高廪，万亿及秭。为酒为醴，烝畀祖妣，以洽百礼，降福孔皆。

《丰年》就是遇上好年成举行庆祝祭祀的颂歌：许许多多的粮食谷物（黍、稌），贮藏粮食的高大仓廪，再加上抽象的难以计算的数字（万、亿、秭），汇成了一片壮观的丰收景象。在周王室看来，来之不易的丰收既是人事，更是上天的恩赐，所以诗的后半部分就是感谢上天。因丰收而致谢，以丰收的果实祭祀最为恰当，用丰收的粮食制成酒醴，进献给男女祖先。身处难以驾驭大自然、难以主宰自己命运的时代，人们祈求神灵保佑的愿望尤其强烈，《丰年》既着眼于现在，更着眼于未来。祭享"祖妣"，就是通过先祖之灵实现天人沟通。也由于丰收，祭品丰盛，能够"以洽百礼"，各种礼仪都准备得非常得当，所以"降福孔皆"，神灵赐给周人无限的恩泽。

周民族是以农业兴起的，周代统治者对农业生产极为重视，每年都要按季节举行一些农业祭祀活动。《左传·襄公七年》："夫郊祀后稷，以祈农事也。是故启蛰而郊，郊而后耕。"《周颂·思文》便是这样一首祭祀后稷的乐歌：

思文后稷，克配彼天。立我烝民，莫匪尔极。贻我来
牟，帝命率育，无此疆尔界，陈常于时夏。

后稷为什么能被尊崇、怀念呢？就是因为他"立我烝民"、"贻
我来牟"。后稷以其发展农业、养育万民之功获得了始祖的地位，
受到郊祀而配天的礼遇，这正反映了周人对农业生产的尊崇。

后稷以农开国，农事耕种为国家粮食来源，因此，籍田之礼
总是十分隆重。即《礼记·月令》所说的"天子亲载耒耜……帅
三公、九卿、诸侯、大夫躬耕帝藉"。它不仅具有宗教的性质，更
重要的是还具有实用性质，因为统治者要借这种仪式起到促耕
的作用，使农人及百官勤于农事，不致懈怠。同时，它也能促动
统治者保持"知稼穑之艰难"的传统。这种农田大祭从规模上来
说也是宗庙祭祀所不可比拟的，它是一种全民性的隆重的祭祀
兼农耕并行的活动：

载芟载柞，其耕泽泽。千耦其耘，徂隰徂畛。侯主侯
伯，侯亚侯旅，侯强侯以。有嗿其馌，思媚其妇，有依其士。
有略其耜，俶载南亩。播厥百谷，实函斯活。驿驿其达，有
厌其杰，厌厌其苗，绵绵其麃。载获济济，有实其积，万亿及
秭。为酒为醴，烝畀祖妣，以洽百礼。有飶其香，邦家之光。
有椒其馨，胡考之宁。匪且有且，匪今斯今，振古如兹。
（《载芟》）

春耕时节，"侯主侯伯"们亲临农田，聚族而耕，犁头翻土哗哗响，

除草种苗忙碌碌,老婆孩子都出动,田头送饭热腾腾,真是一派
热火朝天的劳动景象。

《良耜》也详细记录了耕作过程与丰收之喜:

> 畟畟良耜,俶载南亩。播厥百谷,实函斯活。或来瞻
> 女,载筐及筥。其饷伊黍,其笠伊纠,其镈斯赵,以薅荼蓼。
> 荼蓼朽止,黍稷茂止。获之挃挃,积之栗栗。其崇如墉,其
> 比如栉,以开百室。百室盈止,妇子宁止。杀时犉牡,有捄
> 其角。以似以续,续古之人。

诗中呈现一幅农人努力耕作的画面,经过一年的辛勤,秋天时得
到大丰收,国家举行盛大的祭典,将丰收的喜悦上告先祖,祈求
来年农事亦能顺利。按照礼仪的规定,"籍田"所得的收获,要储
于特备的粮仓,以供周王祭祀之用,所以,《载芟》《良耜》在写春
耕之后都提及向祖先报祭的事。对于两千年前的古人来说,丰
收源于神灵的恩赐,这似乎是不容置疑的。

2. 颂美之辞充满理性精神,关注现实

周人固然具有天命意识,但如前所述,他们的天命观并非
狂热崇拜,而是在强调天命的同时,又认为"天命靡常"(《大
雅·文王》),并因此强调、重视人的品行。《周颂》所颂多针对
现实,考查《周颂》诗篇的抒情特征和方式,虽然周人也时有像
"於皇武王,无竞维烈"(《武》)、"不显成康,上帝是皇"(《执
竞》)这种热烈奔放的颂神激情,但更多的却是像"骏惠我文
王,曾孙笃之"(《维天之命》)、"文王既勤止,我应受之"

(《赉》)这种对自身的要求和约束的庄重理智,还有像"有客宿宿,有客信信"、"薄言追之,左右绥之"(《有客》)这样温暖亲和的友情。《载芟》《良耜》等农事诗通篇洋溢着一种乐观、喜悦的情感,这种情感不是指向神灵,而主要指向现实。他们把丰收称作是"邦家之光",眼前"百室盈止,妇子宁止"的景象让他们内心里充溢着喜悦和满足,因而他们真诚地祝愿这种景象"振古如兹"。

《周颂》中作为祭祀对象的,很多是在周民族历史上作出过巨大贡献的英雄祖先。祖先一旦成为祭祀对象,就成为全民族所共同尊奉、仿效的典范,成为维系宗法政治关系、伦理关系的纽带,并且世世代代延续下去。《我将》《执竞》《天作》《维天之命》等几首颂诗就展现了祖先波澜壮阔的宏伟功绩,赞颂祖先为后代带来福音和幸福生活的艰辛,表现了古人对祖先的崇拜与尊敬。比如《我将》:

> 我将我享,维羊维牛,维天其右之。仪式刑文王之典,日靖四方。伊嘏文王,既右飨之。我其夙夜,畏天之威,于时保之。

《诗序》认为此诗"祀文王于明堂也",是一首祭祀上天、配祭文王的乐歌。诗的大意是:我奉祭品祭上苍,有那牛来还有羊,请求上帝把我帮。文王美德是榜样,日思安定定四方。伟大国君周文王,邀他来把祭品享。我要日夜为国忙,害怕上天真威严,于是永保我周邦。当时的国君希望向祖先学习,创下和祖先一样的功绩,同时他希望得到祖先的保佑以求得治国之道。可见其对祖先的敬仰与崇拜。

言辞古奥是《周颂》诗篇的鲜明特征。《周颂》有些诗句古奥乃至晦涩难懂,不仅使《周颂》显得凝重典雅,也给古老的《诗经》增添了一层神秘的色彩。

二　《鲁颂》与周礼的流传

《鲁颂》共 4 篇:《閟宫》、《泮水》、《駉》、《有駜》,内容均为歌颂鲁僖公。鲁僖公是(前 659—前 627 年在位)的,《閟宫》中有"奚斯所作"一句,奚斯亦名公子鱼,与鲁僖公同时人,约生于公元前 650 年左右,由此可见,《鲁颂》4 篇是春秋中期作品,其中《閟宫》和《泮水》的风格似《雅》;《駉》和《有駜》体裁则类《风》。

由于《鲁颂》4 篇的时代较晚,在创作上受到了雅诗的影响,文学技巧上较之《周颂》有了很大的进步,但此时社会风气已不能和周初的繁荣景象相比,诗中所描述的内容,歌功颂德,近于阿谀,有庙堂文学的倾向。今天可以当作反映鲁僖公君臣活动的历史文献,具有重要史料价值。《閟宫》全诗共九章,一百二十句,是《诗经》中最长的一篇。

> 閟宫有恤,实实枚枚。赫赫姜嫄,其德不回。上帝是依,无灾无害。弥月不迟,是生后稷。降之百福,黍稷重穋,

稙稚菽麦。奄有下国,俾民稼穑。有稷有黍,有稻有秬。奄有下土,缵禹之绪。

后稷之孙,实维大王。居岐之阳,实始翦商。至于文武,缵大王之绪。致天之届,于牧之野。无贰无虞,上帝临女。敦商之旅,克咸厥功。王曰:叔父!建尔元子,俾侯于鲁。大启尔宇,为周室辅。

乃命鲁公,俾侯于东。锡之山川,土田附庸。周公之孙,庄公之子。龙旗承祀,六辔耳耳。春秋匪解,享祀不忒。皇皇后帝,皇祖后稷,享以骍牺,是飨是宜,降福既多。周公皇祖,亦其福女。

秋而载尝,夏而楅衡。白牡骍刚,牺尊将将。毛炰胾羹,笾豆大房。万舞洋洋,孝孙有庆。俾尔炽而昌,俾尔寿而臧。保彼东方,鲁邦是常。不亏不崩,不震不腾。三寿作朋,如冈如陵。

公车千乘,朱英绿縢,二矛重弓。公徒三万,贝胄朱綅,烝徒增增。戎狄是膺,荆舒是惩,则莫我敢承。俾尔昌而炽,俾尔寿而富。黄发台背,寿胥与试。俾尔昌而大,俾尔耆而艾。万有千岁,眉寿无有害。

泰山岩岩,鲁邦所詹。奄有龟蒙,遂荒大东。至于海邦,淮夷来同。莫不率从,鲁侯之功。

保有凫绎,遂荒徐宅。至于海邦,淮夷蛮貊。及彼南夷,莫不率从。莫敢不诺,鲁侯是若。

天锡公纯嘏,眉寿保鲁。居常与许,复周公之宇。鲁侯燕喜,令妻寿母。宜大夫庶士,邦国是有。既多受祉,黄发儿齿。

　　徂来之松，新甫之柏，是断是度，是寻是尺。松桷有舄，路寝孔硕。新庙奕奕，奚斯所作。孔曼且硕，万民是若。

诗歌从赞美鲁国远祖"赫赫姜嫄"、后稷、大王、文武、周公的功德业绩写起，以赋为主，兼用比兴，极尽铺张扬厉之能事。第四章开头所说的"周公之孙，庄公之子"，指的就是鲁僖公。诗中详细叙述了鲁僖公出兵淮夷、恢复疆土、修建宫室等功业，全诗以用兵、祭祀二事作为重点描绘，特别突出其"至于海邦，淮夷蛮貊。及彼南夷，莫不率从"的兵伐淮夷之功，并在胜利后依古礼将其战功告祭祖庙。"万舞洋洋，孝孙有庆"，特别创作了这首乐歌，献祭给祖先。从诗歌的字句之间，就可以窥探出本首诗歌的主旨：是以歌颂鲁僖公祭祀、军功为中心的记述鲁国从建国到发展的历史史诗。

　　祭祀礼是周礼乐文化的重要组成部分。鲁作为周的诸侯国，在继承礼乐文化方面可谓是出类拔萃。《左传·鲁昭公二年》晋大夫韩宣子访鲁，观书后赞叹："周礼尽在鲁矣！"《閟宫》中第三、四章节着重对祭品、祭祀形式与场面进行了叙述与描写，祭祀场面壮观，祭品丰厚，我们可以从对于鲁祭祀盛况的铺叙中窥探出"周礼尽在鲁"的缘由。《閟宫》所记祭祀礼仪，与《礼记》中记述的祭祀礼高度吻合，表明了鲁对周礼的继承。尽管诗歌中所言可能是溢美之词，但我们也可以感受到祭祀的宏大场面，诗歌中描写祭祀的文字仍然可以作为周代祭祀礼的重要史料。

诸侯之学,叫"泮宫"。在《鲁颂·泮水》中就曾记载了鲁国的国君在"泮宫"中的一些活动:

思乐泮水,薄采其芹。鲁侯戾止,言观其旂。其旂茷茷,鸾声哕哕。无小无大,从公于迈。

思乐泮水,薄采其藻。鲁侯戾止,其马蹻蹻。其马蹻蹻,其音昭昭。载色载笑,匪怒伊教。

思乐泮水,薄采其茆。鲁侯戾止,在泮饮酒。既饮旨酒,永锡难老。顺彼长道,屈此群丑。

穆穆鲁侯,敬明其德。敬慎威仪,维民之则。允文允武,昭假烈祖。靡有不孝,自求伊祜。

明明鲁侯,克明其德,既作泮宫,淮夷攸服。矫矫虎臣,在泮献馘;淑问如皋陶,在泮献囚。

济济多士,克广德心。桓桓于征,狄彼东南。烝烝皇皇,不吴不扬。不告于讻,在泮献功。

角弓其觩,束矢其搜。戎车孔博,徒御无斁。既克淮夷,孔淑不逆。式固尔犹,淮夷卒获。

翩彼飞鸮,集于泮林。食我桑黮,怀我好音。憬彼淮夷,来献其琛:元龟象齿,大赂南金。

诗中描写了鲁公能继承祖先的事业,整修泮宫、征服淮夷的文治武功。相传孔子常带群弟子"游泮",后世便把读书人入学叫做"入泮"。

鲁僖公,即姬申,是鲁国第十八任君主,在位33年,在世时称釐公,死后谥为僖公。在他统治期间,鲁国出现了历史上的小康时期。鲁僖公是一个较有作为的君主,他任用贤臣季友和臧文仲,鲁国的许多政策都出自此二人之手。鲁僖公注意国防力量的发展,还采取措施克服自然灾害,稳定了人民的生活。《鲁颂·閟宫》谓"公车千乘"、"公徒三万",可见鲁国在春秋初期是一个较强的诸侯国。为加强鲁国军力,鲁僖公大力提倡养马,并表现出对马的钟爱,所以后人在祭祀仪式中纪念鲁僖公时,即大力颂马,以马的繁盛来告慰鲁僖公在天之灵,《駉》:

> 駉駉牡马,在坰之野,薄言駉者:有驈有皇,有骊有黄,以车彭彭。思无疆,思马斯臧!
> 駉駉牡马,在坰之野,薄言駉者:有骓有駓,有骍有骐,以车伾伾。思无期,思马斯才!
> 駉駉牡马,在坰之野,薄言駉者:有驒有骆,有骝有雒,以车绎绎。思无斁,思马斯作!
> 駉駉牡马,在坰之野,薄言駉者:有骃有騢,有驔有鱼,以车祛祛。思无邪,思马斯徂!

全诗四章,赞美了各色各样的"駉駉牡马":"有驈有皇,有骊有黄"、"有骓有駓,有骍有骐"、"有驒有骆,有骝有雒"、"有骃有騢,有驔有鱼",并都善于驾车:"以车彭彭"、"以车伾伾"、"以车绎绎"、"以车祛祛"。《鲁颂·駉》的主旨在于歌颂鲁僖公振兴鲁国军事力量的活动及其成就,赞颂鲁僖公牧马于野,不害农田,以喻乐育贤才。这是春秋时期鲁国复兴"周礼"的重要内容。

《诗经》中何以无"鲁风",而有《鲁颂》呢？周公东征稳定局势后，便把鲁国迁封至奄（今山东曲阜），始封人伯禽是周公的长子，自然会贯彻周公的统治精神，即礼乐治国、重农轻商，这种传统一直延续到春秋时代，晋国的韩宣子还称"周礼尽在鲁矣"（《左传·昭公二年》），可见礼乐传统对鲁国影响之深。因为周公对于周王朝的功绩，所以鲁国作为诸侯而有《颂》诗，备天子之礼乐，这是鲁国的政治特权。《鲁颂》只有 4 篇，都是颂美之诗，用于庙堂祭祀，风格当然是庄重肃穆的，其突出的艺术特点有二：

1. "颂"体之变。《鲁颂》改变了以往"颂诗"内容以颂神颂祖先为主，转为歌颂当朝君主。因此，方玉润在《诗经原始》中评价说："愚谓此诗褒美失实，制作又无关紧要，原不足存。其所以存者，以备体耳。盖《颂》中变格，早开西汉扬、马先声，故知其非全无关系也。"虽然在诗歌中有提到对祖先的赞美和祭拜，但都是在歌颂鲁僖公的前提下产生的。如，《閟宫》第一、二、三章主要讲述兴祖先之业，为颂僖公的背景。第四、五、六、七、八、九章主要称颂鲁僖公的功绩。因此，仅从其内容来看，确实可以称《鲁颂》为颂中的变格。

2. 叙事性强。《颂》诗的内容多为描写神和祖先。通常对想要歌颂的人或神采取直接描写的方式。由于题材较为庄重，因此多采用赋的手法来进行铺叙。《鲁颂》四篇多铺叙场面，如《閟宫》中"鲁侯燕喜，令妻寿母。宜大夫庶士，邦国是有"，即通过叙事性的话语来讲述僖公与家人、臣子的友好相处。这样的叙事使得读者对诗歌所表达的思想更加清晰。

三　《商颂》中的商民族传说

《商颂》原为 12 篇,今传本《诗经》只有 5 篇:《那》《烈祖》《玄鸟》《长发》《殷武》,其他 7 篇何时散佚不可知。

最早谈到这几篇《商颂》来历的,是鲁国有学识的大夫闵马父。闵马父是公元前 6 世纪到公元前 5 世纪初期的人,与季札、晏婴、叔向、师旷、子产等同时。据《国语·鲁语》载,闵马父于鲁哀公八年(公元前 487 年)说道:

> 昔正考父校商之名颂十二篇于周太师,以《那》为首。其辑之乱曰:"自古在昔,先民有作,温恭朝夕,执事有恪。"先圣王之传恭,犹不敢专,称曰:自古,古曰在昔,昔曰先民。

由闵马父的话中可以看出:"以《那》为首"的《商颂》是"商之名颂",是经过长期流传为人所习知的商代著名的颂歌;这些"商之名颂"是先代圣王制作的垂训诗,曾在周幽王、周平王(公元前 8 世纪)时,由殷商后裔宋大夫正考父请周朝司乐太师考校过一遍。这是关于《商颂》最早的可靠的文献记载。在秦以前,没有人怀疑《商颂》是殷商的作品,也没有与《鲁语》记载相抵触的说法和提法。到汉代以后,又出现了否认《商颂》是商代的作品的说法。三家《诗》中鲁、韩诗学派的学者即认为:《商颂》是正考父为赞美宋襄公而制作的,是春秋时的诗歌。自此,《诗经·商颂》的创作年代及其性质就成了《诗经》研究中至今聚讼纷纭的问题。现代学者一般认为：《商颂》前3篇《那》《烈祖》《玄鸟》为祭祀乐歌，不分章，产生的时间较早；后2篇《长发》《殷武》是歌颂宋襄公（前650—前637年在位）伐楚的胜利，皆分章，产生的时间较晚。《商颂》原来的篇章应很多，商亡后，辗转周折，传到殷商后裔宋国贵族手中，经宋大夫正考父加工整理而成，后来收入《诗经》。所以，《商颂》实际是跨时代的产物：既有崇尚暴力、夸耀武功的奴隶制时代的历史特征，又有"不刚不柔，敷政优优"（《商颂·长发》）的文德思想；既保留了殷商文化的图腾崇拜和巫术礼仪，又有符合伦理道德原则和日常经验的理性精神，是综合了不同时代文化精神和审美情趣的产物。

《商颂》的主题是对殷人先王及英雄文治武功的颂美，反映了殷人逐渐发展壮大的历史。从神话学的角度看，《商颂》使历史与神话直接相接，如《玄鸟》写商汤开创基业建立商朝的神话："天命玄鸟，降而生商。宅殷土茫茫"，即有娀氏之女简狄吞玄鸟卵而怀孕生契的神话故事。《长发》叙写和歌颂成汤及历代先王的功德，却从"洪水芒芒，禹敷下土方"及"有娀方将，帝立子生商"的神话故事写起。其中，《玄鸟》追述了殷商民族的始祖和开国君主成汤的功绩，热烈赞颂了殷商高宗武丁复兴殷商，国泰民安，四方来朝的盛况，表现出热烈庄重的祭祀氛围和虔诚的祝愿：

天命玄鸟，降而生商。宅殷土芒芒。古帝命武汤，正域彼四方。方命厥后,奄有九有。商之先后,受命不殆,在武丁孙子。武丁孙子,武王靡不胜。龙旂十乘,大糦是承。邦畿千里,维民所止,肇域彼四海。四海来假,来假祁祁。景员维河,殷受命咸宜,百禄是何。

《玄鸟》以简练的笔墨勾画殷商史事。诗中追叙部分,带有神话传说及史诗性质,可作史料读。关于契及其母有娀氏的传说,在战国时代也继续流传,屈原《天问》:"简狄在台喾何宜?玄鸟致贻女何喜?"吕不韦《吕氏春秋·音初篇》:"有娀氏有二佚女,为之九成之台,饮食必以鼓。帝令燕往视之,鸣若谥隘。二女爱而争搏之,覆以玉筐。少选,发而视之,燕遗二卵,北飞,遂不反。二女作歌一终,曰:'燕燕往飞。'实始作北音。"此后,司马迁《史记·殷本纪》、王充《论衡》及刘向《列女传》均有记载。但最早的首推此诗。

《礼记·表记》曰:"殷人尊神,率民以事神,先鬼而后礼,先罚而后赏,尊而不亲。其民之敝,荡而不静,胜而无耻。"商代遗存的大量甲骨卜辞表明,商王事无巨细事皆要问卜,动辄祭祀,巫鬼思想十分浓厚。商代祭祀的规模十分庞大,不仅陪葬有大量的铜器和玉器,而且用牲量也极为惊人,以人作为牺牲或陪葬的现象非常普遍。《那》就是一首祭祖诗,共二十二句,是一首整齐的四言诗:

> 猗与那与!置我鼗鼓。奏鼓简简,衎我烈祖。汤孙奏假,绥我思成。鼗鼓渊渊,嘒嘒管声。既和且平,依我磬声。

于赫汤孙，穆穆厥声。庸鼓有斁，万舞有奕。我有嘉客，亦不夷怿。自古在昔，先民有作。温恭朝夕，执事有恪。顾予烝尝，汤孙之将。

《毛诗序》和《郑笺》皆认为《那》为祀成汤之作。《那》最突出的特点就是对祭祀礼仪中乐舞活动的铺张描写，全诗除"汤孙奏假，绥我思成"及末尾八句外，其余都是对乐舞活动的直接描写。在这其中，诗篇又极力突出了祭祀的乐"声"："奏鼓简简"、"鞉鼓渊渊，嘒嘒管声。既和且平，依我磬声"、"穆穆厥声"等，这种鲜明的祭祀风格是商文化的特点。从《那》所呈现出来的宗教思想来看，其狂热的宗教精神也符合商文化的特点。开篇"猗与那与"盛美的舞姿和"置我鞉鼓"投入的音乐演奏，一下子将人带入激情的祭祀乐舞中。诗篇乐舞描写的部分始终关注于乐声的煊赫和舞蹈的盛况，自始至终沉浸于狂热的乐舞活动之中。《那》篇所呈现出来的宗教激情和忘我的乐舞表演，唯有尊神尚鬼、巫风浓厚的商代宗教祭祀文化才可能产生。

三《颂》虽同为庙堂祭祀之乐，但是诗风却有很大差异：《周颂》承袭了远古祭祀方式，以舞娱神，文辞简略古拙；《商颂》《鲁颂》受礼乐文化较深，相对词繁夸侈，体现了《诗经》颂诗的演变。

第八课

群经之首：《诗经》不只是诗集

《诗经》究竟是一本什么书？看起来，它只是一本普通的诗集。中国是一个诗歌大国，诗集有很多。《诗经》有什么特别的吗？答案是：有，而且很特别！

　　如果把一部中国文学史比作滔滔不绝的长江之水的话，那么《诗经》就是唐古拉山上那最清澈、甘美的源头。作为中国文学的主要源头之一，《诗经》一直受到历代读书人的尊崇，经历2500多年已经成为一种文化基因，融入了华夏文明的血液。从汉朝开始，人们在对图书进行分类时，就没有把《诗经》归入文学作品类，《汉书·艺文志》将她列入"六艺"，视作"经"，与将《楚辞》划于"诗赋略"的做法完全不同。也就是说，《诗经》在古人的心目中，早已远远超出"诗集"这一概念，是古人所尊奉的神圣经典，被历代士子广泛学习，两千多年来皆如是。从"孔子删诗"到"温柔敦厚""《诗》教"传统的形成，儒家用诗歌这种富于艺术美的表现形式，来传达伦理教化的深意，这也使教育的形式变得温文尔雅。

　　今天的我们学习《诗经》，决不应只将之看作文学作品，而应观照其优美文字背后所传达的深厚的文化意蕴。

卫风·硕人

硕人其颀①,衣锦褧衣②。齐侯之子③,卫侯之妻④,东宫之妹⑤,邢侯之姨⑥,谭公维私⑦。

手如柔荑⑧,肤如凝脂,领如蝤蛴⑨,齿如瓠犀⑩,螓首蛾眉⑪。巧笑倩兮⑫,美目盼兮⑬。

硕人敖敖⑭,说于农郊⑮。四牡有骄⑯,朱幩镳镳⑰,翟茀以朝⑱。大夫夙退⑲,无使君劳。

河水洋洋⑳,北流活活㉑。施罛濊濊㉒,鳣鲔发发㉓,葭菼揭揭㉔。庶姜孽孽㉕,庶士有朅㉖。

【注释】

① 硕人:高大健美的人。《诗经》时代以身材高大为美。颀(qí):修长的样子。

② 第一个"衣"为动词,穿。锦:有花纹的华美衣服。褧(jiǒng):用麻布制成的单罩衣。《诗经》时代,女子出嫁时里面穿着华丽的丝绸衣服,外面披着麻布罩衣。

③ 齐侯:指齐庄公。子:孩子。可以指儿子,也可以指女儿。这里指女儿。

④ 卫侯:指卫庄公。

⑤ 东宫:太子居处,这里指齐太子得臣。这句诗是说:齐国太子的妹妹。表明新娘子与齐国太子同母,是嫡妻所生,凸显身份尊贵。

⑥ 邢：春秋国名，在今山东邢台。姨：这里指妻子的姐妹。

⑦ 谭：春秋国名，在今山东历城。维：为、是。私：女子称其
姊妹之夫为私。谭公维私：意谓谭公是庄姜的姐夫。

⑧ 荑（tí）：白茅初生之芽。

⑨ 领：颈。蝤蛴（qiú qí）：天牛的幼虫，色白身长。这句诗是
说：新娘子的脖颈就像天牛的幼虫样白嫩修长。

⑩ 瓠犀（hù xī）：瓠瓜子儿，色白，排列整齐。这句诗是说：新
娘子的牙齿就像瓠瓜子那样洁白整齐。

⑪ 螓（qín）：似蝉的小虫，额头宽广方正。螓首，形容前额丰
满开阔。蛾眉：蚕蛾触角细长而曲。这里形容眉毛细长
弯曲。

⑫ 巧笑：轻巧地一笑。倩：笑时两腮出现的酒窝。

⑬ 盼：眼睛黑白分明。

⑭ 敖敖：修长高大的样子。

⑮ 说（shuì）：通"税"，停车。农郊：近郊。

⑯ 牡：雄马。四牡：驾车的四匹雄马。有：语气字，无实义。
骄：高大而强壮的样子。这句诗是说，驾车的雄马又高
又壮。

⑰ 朱幩（fén）：用红绸布缠饰的马嚼子。镳镳（biāo）：盛美
的样子。这句诗是说：马嚼子两旁的红绸飘带真好看。

⑱ 翟（dí）：野山鸡。茀（fú）：车篷。翟茀：以野山鸡羽为饰
的车篷。这句诗是说：新娘子乘坐着野山鸡翎装饰的车来
见卫庄公。

⑲ 夙退：早早退朝。

⑳ 河：在先秦古汉语中特指黄河。洋洋：水流浩荡的样子。

㉑ 北流：指黄河在齐、卫间北流入海。活活（guō）：拟声词，
水流声。

㉒ 施：张，设。罛（gū）：大的渔网。濊濊（huò）：拟声词，撒
网入水声。

㉓ 鱣（zhān）：鳇鱼，一说赤鲤。鲔（wěi）：鲟鱼。发发（bō）：
拟声词，鱼尾击水之声。

㉔ 葭（jiā）：初生的芦苇。菼（tǎn）：初生的荻苇。揭揭：长
而高的样子。这句诗是说：河边的芦苇长得高又高。

㉕ 庶：众多。庶姜：指陪嫁的姜姓众女。孽孽：衣饰华美的
样子。

㉖ 士：送嫁的众大夫。有朅（qiè）：雄壮威武的样子。

　　《硕人》是一首赞美新娘子的贺婚诗，我国古代许多文人都
称此诗为"美人图"，全诗通篇运用了铺张手法，吟唱了"硕人"
的方方面面的美。开篇的头一句即言"硕人其颀"，描绘了出嫁
途中的新娘所给人的第一印象，就是高大健美的身材。《诗经》
其他篇章中的靓女、俊男，也都是以"硕"为美——《唐风·椒
聊》所赞美的妇人"硕大且笃"，身材高大而有风度；《陈风·泽
陂》中"有美一人，硕大且卷"，是说诗中女主人公所爱慕的男子
身材魁伟、面貌英俊，而且长着满头卷发，十分俊朗；《小雅·白
华》中有"啸歌伤怀，念彼硕人"句，诗人用歌声表达思慕之情的
对象也是个"硕人"。可见在人类的"先民"时期，喜欢那种高大
丰硕型的美女，其审美观是以健康和生殖崇拜为尚的。是谁家

的女孩儿这么美呢？"齐侯之子，卫侯之妻，东宫之妹，邢侯之姨，谭公维私。"这五句诗罗列强调了新娘的身份，真是位名门闺秀！美人远看身材那么好，近观更美不可言：那纤纤的手指像茅草的嫩芽，肌肤柔滑得像凝结的油脂，脖颈白得像天牛的幼虫，牙齿洁白整齐如葫芦籽，额头方方正正，眉毛弯弯又长长。这描绘好似一幅工笔画，千载之下，犹如亲见其音容笑貌。"巧笑倩兮，美目盼兮"一句最是传神生色，是诗中的经典名句，说庄姜笑起来像花儿一样，一双美目黑白分明。方玉润《诗经原始》即说："千古颂美人者无出此二语，绝唱也。"凸显了新娘的美丽和尊贵之后，诗中还述写了送嫁的规模，诗动态地描绘了这一切：黄河水浩浩荡荡、芦苇花洁白温柔，送亲的队伍就是在这优美的环境中行进的。卫庄公是公元前 750 年左右的人，《硕人》当产生于此时。

　　就是这首颂赞美人的诗，孔门师生在解读的时候，却融入了自己的新见："子夏问曰：'巧笑倩兮，美目盼兮。素以为绚兮，何谓也？'子曰：'绘事后素。'曰：'礼后乎？'子曰：'启予者商也，始可与言《诗》已矣！'"(《论语·八佾》)子夏从这句诗中体会到了"礼"产生在仁义之后，是用类推的方法，通过诗句推测出引申含义，孔子对此不胜赞叹，认为以后可以与子夏对话《诗经》了。从《论语》中孔子教导弟子、儿子学《诗》的言行看，他从未将《诗》视为独立于礼的文学作品，十分强调《诗》的道德伦理功能和政治作用。据《史记·孔子世家》记载，由于孔子"弟子弥众"，而传《诗》又是他教学活动的主要内容之一，加以孔子一直居于"儒之所至"的特殊地位，他对于《诗》所持的态度和评价，遂被弟子以及儒家后学接受下来、传扬开去;《诗》之本身也就逐渐成为儒门"六经"之一。孔子对于三百篇"由《诗》向经"的历史演化,起到了关键性的推动作用。

一　孔子为什么大力推崇《诗经》

孔子生于春秋末期,他对于《诗》的态度,其论《诗》、传《诗》的实践,对《诗经》的传播及其进而为经典都产生了重要作用。先秦文献中屡见孔子引《诗》论人或引《诗》证事的记载。《论语》中引用《诗》中辞句达八处,其中一处"曾子有疾"不涉及孔子,其他七处都与孔子有关。如《八佾》中孔子引《周颂·雍》"相维辟公,天子穆穆",以指责鲁国大夫的"僭越"行为;《子罕》记孔子引《邶风·雄雉》"不忮不求,何用不臧",以肯定一种立身和修养的原则。《左传》中亦有七见:如《昭公十三年》载孔子引《小雅·南山有台》"乐只君子,邦家之基",称颂郑子产堪为国家柱石;《昭公二十年》载孔子引《大雅·民劳》"民亦劳止,汔可小康。惠此中国,以绥四方"、"无从诡随,以谨无良。式遏寇虐,憯不畏明",说明"宽以济猛,猛以济宽,政以是和"的道理等。

称引《诗经》中诗句表述意见,以示对某人某事的臧否评论,是春秋时期习见的社会现象,孔子沿袭了此一传统,不足为怪;值得注意的是,孔子一生还发表过不少正面论《诗》的意见,反映了他对《诗》的认识更趋深化,更多具有理性的成分。在《论语·

为政》篇中,他说:

> 《诗》三百篇,一言以蔽之,曰:思无邪。

"思无邪"取于《鲁颂·駉》篇,"思"为语气词,无实义。原句是为了赞颂马的壮美,在此借指三百篇思想内容的完全纯正,与断章取义的先秦用《诗》风气相合,也完全符合孔子本人的道德规范和行为准则。这是孔子论《诗》的一个重要的纲领性的意见。在《阳货》篇中,孔子又说:"人而不为《周南》《召南》,其犹正墙面而立也与!""二南"表现的"夫妇之道"足以体现人伦关系之正,都是"思无邪"的具体阐释和证明。

孔子十分强调《诗》的道德伦理功能和政治作用,这是其论《诗》最突出的特征。他把三百篇视为体现仁、礼原则的载体,看成指导人们修身、从政的读本,这就很大程度上把《诗》道德伦理化和政治化了,事实上也就把三百篇推向了经典的地位。他没有把《诗经》当作一部文学作品来看待,所以从来不给学生讲解诗的文学特性,而多从伦理道德方面去解说。如《论语·泰伯》篇中,子曰:"兴于《诗》,立于礼,成于乐。"孔子认为,人的成长应始于学《诗》,立身于修礼,而表现其性情于乐中。《学而》章中记载:

> 子贡问曰:"贫而无谄,富而无骄,何如?"子曰:"可也,未若贫而乐,富而好礼者也。"子贡曰:"《诗》云:如切如磋,如琢如磨,其斯之谓与?"子曰:"赐也,始可与言《诗》已矣,

告诸往而知来者！"

又《礼记·大学》记载曾子云：

> 如切如磋者，道学也。如琢如磨者，自修也。

对《卫风·淇奥》诗中的"如切如磋，如琢如磨"，子贡学到了"贫而乐，富而好礼"，曾参则体会到"道学"、"自修"。他们都是孔子的高足。从许多经典中记载的孔子及其弟子引《诗》说《诗》的例证可以看出，他们都不是去训释《诗》的本义，而是从用《诗》的角度去阐发。孔子同子夏、子贡说《诗》如此，引《诗》评人论事亦如此。后儒把《诗经》当作经典来读，从中发抉微言大义，以用于治国安邦，久盛不衰，不能不说与孔子论《诗》的方式有关。

孔子用《诗三百》作为教育弟子的教材，他认为只有学好《诗》，才能更好地培养道德修养，才能知"礼"。孔子说：

> 礼也者，理也。乐也者，节也。君子无理不动，无节不作。不能《诗》，于礼缪；不能乐，于礼素；薄于德，于礼虚。（《礼记·仲尼燕居》）

孔子教学，注重德行、言语、政事、文学四科，对于《诗》的教学，自然也注重这几个方面。《论语》中有关孔子与《诗》的记载，有的是论述"诗乐"的，但更多的是说《诗》义。孔门弟子中，曾参、子贡、子夏、子游都是《诗》学方面的知名人士。其后,孟子、荀子继承孔子的学说,从不同角度发表过一些说《诗》的见解,相传荀子还做过传授《诗经》的工作。总之,孔门《诗》学在当时和以后都起过举足轻重的作用,在中国经学史、文化史上产生了极为深远的影响。

二 汉代解释《诗经》的四家

秦始皇焚书以后,许多典籍尤其是儒家典籍失传,而《诗经》以其口耳相传、易于记诵的特点,得以保存,在汉代广为流传,出现了以汉代当时通用文字隶书写成解释《诗经》的鲁、齐、韩三家《诗》学。《鲁诗》出自鲁人申培公,《齐诗》出自齐人辕固,《韩诗》出自燕人韩婴。"三家诗"在西汉被立为博士,成为官学,兴盛一时。《毛诗》晚出,属于古文诗学。《毛诗》相传为鲁人毛亨和赵人毛苌所传,据称其学出于孔子弟子子夏(宋以后一般认为系伪托)。"毛诗"在西汉虽未被立为学官,但在民间广泛传授,并最终压倒了"三家诗",东汉时始盛行于世。"三家诗"自魏晋以后再无传习者,并最终先后亡佚——"齐诗"亡于三国魏时,"鲁诗"亡于西晋,"韩诗"亡于南宋之后,仅存《韩诗外传》,而毛诗独盛。今本《诗经》,就是"毛诗"。

"三家诗"虽均已散失,但却有若干零星的逸文、遗说,经清代的陈乔枞、魏源、王先谦等人钩稽辑佚,存十一于千百,仍可窥见其一斑。现在我们再看地下出土的考古材料:如马王堆汉帛书中的《五行》篇和郭店楚简中的《五行》篇、《缁衣》篇的引《诗》资料,《上海博物馆藏战国楚竹书》之《孔子诗论》,这些材料引用《诗三百》的文字各自不同;于1977年出土、1984年公布的《阜阳汉简诗经》,又被认为是与"四家诗"都不同的传本。阜阳汉简《诗经》属于汉文帝时期的抄本,是用汉初的隶书写成的,其发现说明汉代《诗经》学并不限于四家,实际情况要丰富得多,可以推想它可能是未被《汉书·艺文志》著录的另外的《诗》学流派,这为研究汉代《诗经》传授提供了新材料。自古以来,各家注解《诗经》有很大的分歧,据此足可了解两汉时期的今古文之争,多是由于各取经文中的不同异字和对经文解释的差异而引起的。

从来学术方向的转变,往往都以政治的需要为背景。汉代建立后,最迫切的世务莫过于总结前代二世而亡的历史教训,于是儒家逐渐在法家的压抑下抬起头来。在儒者看来,秦朝转瞬覆亡的原因莫过于焚书坑儒,背弃了"六艺之教"。汉初陆贾就经常向刘邦称说《诗》《书》,建议"行仁政,法先王","马上得之"的天下不能以"马上"治之(《史记·陆贾列传》)。而儒家的"六艺"、"六经",正是"王教之典籍,先王所以明天道,正人伦,致至治之成法也"(《汉书·儒林传》)。关于《毛诗序》和《三家诗》的关系,过去有一些学者只是片面地强调其不同,有人甚至渲染成似乎水火不能相容的样子。其实,抛开"四家诗"之间注解、传授和对《诗》义生发的不同,站在历史发展的角度来观照汉初各家的诗解,就会发现,汉儒的《诗》解都有一个共同的特征,即从政治伦理的角度来注解《诗经》,强调《诗经》的政治作用。

三 两千多年的学子课本

《诗经》从产生之日起,就是贵族子弟的教材。周代的诗歌教育主要是结合礼乐教育进行的,当时的习礼、习舞、习乐等活动常常与诗歌教育结合在一起。周代的学校,大概分国学和乡学两极。国学即天子之学,是当时的最高学府,以诗、书、礼、乐为主要学习内容。其中"乐"包括音乐、诗歌、舞蹈等各方面。据《周礼》所载,大司乐向国子传授"乐德"、"乐语"、"乐舞"。其中"乐语"之教包括"兴、道、讽、诵、言、语","讽"与"诵"主要讲的是诗歌教学,要求学生能背诵诗歌,创作诗歌。当时,朝廷和民间诗歌十分发达,应用范围也很广泛,祭祀、宴饮等场合都要歌《诗》。《诗经》和礼、乐结合在一起,逐渐成为社会伦理纲常的一部分。《礼记·经解》云:"温柔敦厚,诗教也。"唐代的孔颖达在《礼记正义》中解释"温柔敦厚"说:"温,谓颜色温润;柔,谓情性和柔。《诗》依违讽谏不指切事情,故云'温柔敦厚',是《诗》教也。"这是强调诗歌的社会作用,即运用"温柔敦厚"对社会进行礼义方面的规范。"温柔敦厚"作为儒家的《诗》学理论,对中国古代社会产生了巨大的影响,其文艺思想也相应地以"发乎情,止乎礼义"为上。

中国有确切文字可考的历史中,最早的有意识地以《诗》为教材的人是孔子,如前已述,他把"诗"作为重要的教学内容。孔子在教导自己的儿子孔鲤时就曾说过:"不学《诗》,无以言。"

(《论语·季氏》)孟子继承并发展了孔子的"《诗》教"思想,提出"以意逆志"等诗学主张,对后世产生了很大的影响。"以意逆志"就是说在读诗时,读者要根据自己的切身体会理解作品中作者所表达的思想感情。孟子的弟子咸丘蒙曾问孟子:"《诗》云:'普天之下,莫非王土;率土之滨,莫非王臣。'而舜既为天子矣,敢问瞽瞍之非臣,如何?"孟子答道:"是诗也,非是之谓也。劳于王事,而不得养父母也。曰:'此莫非王事,我独贤劳也。'故说《诗》者,不以文害辞,不以辞害志。以意逆志,是为得之。"(《孟子·万章上》)孟子的意思是说,诗不能简单地理解为绝对真实的具体事件,《小雅·北山》"普天之下,莫非王土"的意思,是说世人都应为王事尽力,而别人做得少,自己做得多,乃至不得奉养父母,主旨不在于"普天之下"云云,不要因为这句话而影响了对于诗人情志(孝道)的认识(不以辞害志)。此后,"以意逆志"一直是我国诗学理论的重要原则。荀子继承孔孟《诗》说,十分重视传统文化教育,把《诗》与《书》《礼》《乐》《春秋》作为主要的教学内容,发扬了儒家的"《诗》教"传统。荀子晚年曾在楚国兰陵传经,对《诗经》的流传做出了重要贡献。

秦王朝统一天下后,秦始皇采取了"书同文"、"禁私学"和"以吏为师"等巩固统一的重大政策和措施。"禁私学"、"以吏为师",实际上是取消教育制度。既禁私学,又不设官学,说明秦朝对学校教育的作用认识不足。再加上"有读《诗》《书》者弃市"(《史记·秦始皇本纪》)这样的文化专制政策,使得《诗经》的传播在秦朝受到了灾难性的打击,这是中华民族文化教育史上的一场历史性的灾难。

在汉代,儒家思想占统治地位,尤其强调诗歌与政治教化的关系,诗歌被视为"经夫妇、成孝敬、厚人伦、美教化、移风俗"(《毛诗·大序》)的工具。董仲舒把孔子所说的"《诗》"奉为"经",此后便称"《诗经》"。汉代人更是把它抬成"五经"之首,设立博士官。汉代学校分为官学和私学两种,其使用的教材有所不同。《诗经》既是官学的主要教材之一,也是私学选学教材。

魏晋南北朝时期虽然政权长期处于分裂状态,但在教育上同样以儒学为先。无论官学还是私学,在教学内容上仍以经学为主,《诗经》依旧是教育的主要内容之一。由于统治者对诗歌的爱好和提倡,所以《诗经》常作为学童阅读的初级教材。

隋唐时期的中央官学已实行分科教学,分《周礼》《仪礼》《礼记》《毛诗》《春秋左氏传》五个专业。唐太宗极为重视文教事业,先后令颜师古校定《五经定本》、孔颖达编纂《五经正义》,作为教材颁行天下。因是唐代"九经"之一,《诗经》是唐人非常熟悉的经典。

宋元时期科考的内容和侧重点不断变化,但经文始终是最重要的内容,《诗经》被确定为"十三经"之一。

明朝建立后,从京师到郡县直至农村地区,建立了遍布全国的学校教育体系,普及程度为唐、宋所不及。科举制度更受重视。学校教育中竭力推崇官方哲学思想程朱理学,把《五经大全》《四书大全》和《性理大全》作为钦定的学校教科书。到了永乐年间,《四书大全》《五经大全》便成了学校教学的主要课本。明中叶以后,科举腐败,官学衰落。一些从事学术研究的士大夫纷纷创建书院,虽曾被禁毁,但还是日益昌盛。在整个《诗经》学史上,以伦理道德说《诗》占据了主流,而明代的《诗经》研究,却最见性情。尽管当时的正统教育,仍把《诗经》作为寓有圣人伦理纲常教义的圣典,然而在更多的凡夫俗子的眼里,它已变成了一部表达古人情怀的"性情"之作。

清朝的官学教育制度基本上是沿袭明制,其学制基本相同,都分为地方和中央两类。中央主要是国子监,地方有府学、州学、县学、书院,此外的义学、社学、私塾等伴随着民间的搜书、藏书和编书的风行也愈来愈昌盛。《诗经》仍然是重要教材之一。明清的统治者除了在思想上钳制士人外,还用科举来诱导知识分子就范。明宪宗成化年间开始盛行的"八股取士"就是典型代表。《诗经》与科举的距离进一步拉大,诗歌更多地成为文人吟风弄月或抒写情志的手段,但传统"《诗》教"的作用仍得到人们重视。明代东林党人高世泰题无锡东林书院丽泽堂楹联"身教莫如礼,言教莫如诗"就说明了这一点。

直到1912年民国临时政府"废止读经",两千多年来,《诗经》一直是儒家的经典教材,历代研究《诗经》的文章汇集起来可谓汗牛充栋。可以说,《诗经》滋润了一代又一代人的心灵,又经过了历史上无数精彩心灵的熔铸而变得更加丰富、博大。

附录：

《诗经》名篇选释

傅斯年说:"我们去研究《诗经》应当有三个态度:一、欣赏他的文辞;二、拿他当一堆极有价值的历史材料去整理;三、拿他当一部极有价值的古代言语学材料书。"前面八堂课,我和大家分享了《诗经》究竟是一部什么样的书,后面我们就开始学习、欣赏《诗经》的文辞。

周　南

葛　覃

葛之覃兮①，施于中谷②，维叶萋萋③。黄鸟于飞④，集于灌木⑤，其鸣喈喈⑥。

葛之覃兮，施于中谷，维叶莫莫⑦。是刈是濩⑧，为絺为绤⑨，服之无斁⑩。

言告师氏⑪，言告言归⑫。薄污我私⑬，薄浣我衣⑭。害浣害否⑮，归宁父母⑯。

【注释】

① 葛：葛藤，一种多年生草本植物，纤维可以用来织布，俗称夏布，其藤蔓亦可制鞋，夏日穿用。覃(tán)：蔓延、延长。② 施(yì)：蔓延。中谷：山谷中。③ 维：语助词，无实义。萋萋：茂盛的样子。④ 黄鸟：一说黄鹂，一说黄雀。于：语气助词，没有实义。这句是说：黄鸟在飞翔。⑤ 集：聚集、群集。⑥ 喈喈(jiē)：拟声词，鸟儿鸣叫的声音。⑦ 莫莫：草木茂盛的样子。⑧ 刈(yì)：斩，割。濩(huò)：煮，此指将葛放在水中煮。⑨ 絺(chī)：细的葛纤维织的布。绤(xì)：粗的葛纤维织的布。

⑩致(yì)：厌。无致：心里不厌弃。⑪言：语助词，无实义。师氏：类似管家奴隶，或指保姆。⑫归：本指出嫁，亦可指回娘家。这里指回自己的娘家。⑬薄：语气助词，无实义。污：洗去污垢。私：贴身内衣。⑭浣：洗涤。衣：上曰衣，下曰裳，这里指外衣。⑮害(hé)：通"曷"，疑问词，什么。否：不。⑯归宁：回家慰安父母，或出嫁以安父母之心。

【评析】

《诗经》里面出现了很多的植物名字，尤其是在诗篇的开头，有无数美丽的植物芬芳绽放，诗人用植物的特点，来铺垫出自己心里想要表达的情感。这就是《诗经》的表现手法之一，"兴"，"先言他物以引起所咏之词也"。葛藤的枝蔓绵长，正象征着出嫁后的女子在心灵上与自己的父母永远血脉相连。

《葛覃》是《诗经》的第二篇。一般的诗词选本，选目顺序通常以时间为序，没有太多的其他考量，但《诗经》不同，在古代中国，这是一部以诗集面目出现的政治哲学教材，所以在篇目的排序上肯定存在着某种深意。历来对《葛覃》的女主角有很多猜测，有说是周文王的妻子太姒，也有说是某位周王的后妃，赞美这位女主角堪称所有后妃的典范，她在娘家的时候专心女功、勤俭节约，嫁了好人家之后不忘父母，还常惦记着回娘家尽孝。但是，当我们细读《葛覃》原文，别说找不到周文王的任何痕迹，就连所谓后妃也找不到丝毫佐证，诗中不过是在说一个女子看到葛藤蔓延、黄鸟鸣叫而思念父母，想回家看看而已。诗中劳作的辛苦,对亲人深深的眷念,全都是真情实感的自然流露。我们看《诗经》,要看的就是这真心真情,其他的,全部抛开吧。

卷　耳

采采卷耳①,不盈顷筐②。嗟我怀人③,寘彼周行④。

陟彼崔嵬⑤,我马虺隤⑥。我姑酌彼金罍⑦,维以不永怀⑧。

陟彼高冈⑨,我马玄黄⑩。我姑酌彼兕觥⑪,维以不永伤⑫。

陟彼砠矣⑬,我马瘏矣⑭!我仆痡矣⑮,云何吁矣⑯。

【注释】

① 采采:不断地采;另一说是茂盛的样子。卷耳:野菜名,又叫苍耳。② 盈:满。顷筐:浅而容易装满的竹筐。③ 嗟:感叹词。怀:怀想,想念。④ 寘(zhì):同"置",放置。周行(háng):大道。⑤ 陟(zhì):登上。崔嵬(cuī wéi):有石头的土山。⑥ 虺隤(huī tuí):疲乏而生病。这句诗是说:我的马累病了。⑦ 姑:姑且。金罍(léi):古代青铜制盛酒器。圆形或方形,小口、深腹、圈足、有盖,肩部有两环耳,腹下有一鼻。⑧ 维:

语助词,无实义。永怀:长久思念。⑨ 冈:山脊。⑩ 玄黄:马因病而改变颜色。⑪ 兕觥(sì gōng):犀牛角做成的酒杯。⑫ 永伤:长久思念。⑬ 砠(jū):有土的石山。⑭ 瘏(tú):马疲劳而生病。⑮ 痡(pū):人生病而不能走路。⑯ 云:语助词,没有实义。何:多么。吁(xū)矣:忧伤。

【评析】

  诗以采卷耳的场景拉开帷幕,几乎让人误以为这是一首田园诗。可是,读了一句之后,气氛就变了。"采采卷耳,不盈顷筐",是说卷耳菜很多,可那女子采了很长时间,却没能采满浅浅的一筐。一下就提出了问题:为什么会如此呢?因为想念我的他!全身的力气都被遥远的他牵走了,那浅浅一筐卷耳菜也拎不动,随手放在了大路旁,用全身心来想象千里之外的他。从第二节开始,诗中的镜头就已经不再聚焦女子,而是她思恋的男子。这想象极具画面感——"陟彼崔嵬,我马虺隤"是想象丈夫爬上崎岖的山,马走得疲惫了;"陟彼高冈,我马玄黄"是她丈夫登上了高高的山冈,马病得毛都枯黄了。骏马已疲,人呢?为了消解日益加深的思念之伤,男人在山顶上斟满金罍、兕觥,借酒浇愁。"这次第,怎一个愁字了得!"

兔　罝

肃肃兔罝①,椓之丁丁②。赳赳武夫③,公侯干城④。

　　肃肃兔罝,施于中逵⑤。赳赳武夫,公侯好仇。

　　肃肃兔罝,施于中林⑥。赳赳武夫,公侯腹心⑦。

【注释】

　　① 肃肃:严密的样子。兔:一说是兔子;一说为"菟"字,老虎。罝(jū):捕兽的网。② 椓(zhuó):击打。丁丁(zhēng):拟声词,敲击木桩的声音。③ 赳赳:雄壮威武的样子。武夫:武士,有勇力的人。④ 干城:本指起防御作用的盾牌、城郭,比喻保卫者。⑤ 逵:四通八达的路口。⑥ 中林:即林中。⑦ 腹心:比喻最可信赖而不可缺少之人。

【评析】

　　《兔罝》一诗是写狩猎的,但并未直接描摹狩猎的场面,写的仅仅是狩猎的准备工作——布网。猎手们所布的"兔罝",结扎得格外紧密,埋下的网桩,也敲打得十分牢固。从诗中所咏看,狩猎战士围驱虎豹的关键场景还没有展开,就跳过了狩猎场景的描述,直接跳跃到对武士精神的赞美。令人血脉贲张的狩猎过程,我们可以由想象来补足,这就是艺术创作上的"留白"。更巧妙的是,诗中用了描摹声音的一个叠词"丁丁",来摹写敲击兔罝的音响。从路口到密林,四处交汇的网桩,令人感觉到这敲击声是那样结实、有力。而在这结实有力的敲击声中,又同时展示着狩猎者振臂举锤的孔武身影。

汉 广

南有乔木①，不可休思②。汉有游女③，不可求思。汉之广矣，不可泳思。江之永矣④，不可方思⑤。

翘翘错薪⑥，言刈其楚⑦。之子于归⑧，言秣其马⑨。汉之广矣，不可泳思。江之永矣，不可方思。

翘翘错薪，言刈其蒌⑩。之子于归，言秣其驹⑪。汉之广矣，不可泳思。江之永矣，不可方思。

【注释】

① 乔木：高大的树木。② 休：停留、休息。思：语助词。这句诗是说：乔木高大没有树荫，不能休息。③ 汉：汉水，长江支流之一。游女：汉水之神，或谓游玩的女子。④ 江：江水，即长江。永：长，这里指长江水流得很远。⑤ 方：桴，筏。此处活用作动词，意谓坐木筏渡江。⑥ 翘翘（qiáo qiáo）：本指鸟尾上的长羽，比喻杂草丛生；一说是高出他物的样子。错薪：丛杂的柴草。古代嫁娶必以燎炬为烛，所以《诗经》嫁娶多以折薪、刈楚为兴。⑦ 刈（yì）：割。楚：灌木名，即牡荆。⑧ 归：嫁也。⑨ 秣（mò）：喂马。⑩ 蒌（lóu）：蒌蒿，也叫白蒿，嫩时可食，老则为薪。⑪ 驹：小马。

【评析】

《诗经》中有很多首诗都写了那种可遇而不可求的情感，如

《关雎》《汉广》《蒹葭》等。不同的是《关雎》热烈直白,《蒹葭》缥缈迷离,而《汉广》则悠长平和。《汉广》是一首有感于爱慕汉水游女而求之不得的恋歌,辽阔无垠的楚天楚地、惊涛拍岸的长江汉水、女子善游的地方风俗,构成了全诗独特的意境,给人以耳目一新之感。诗篇从失望和无望写起,首章八句,四曰"不可",把追求的无望表达得淋漓尽致,不可逆转。不见踪迹的游女与幻美的想象叠加在一起,有着几分飘忽之感。水面的浩瀚与涤荡的情思相交融,也有着几分迷漫的美。男子的浪漫与理性纠葛在一起,还让人生出几分无奈与感慨。但可贵的是,无论是飘忽、迷漫,还是无奈,都是"哀而不伤"的,透露着理性的平和。

召 南

摽 有 梅

摽有梅^①,其实七兮^②。求我庶士^③,迨其吉兮^④。

摽有梅,其实三兮。求我庶士,迨其今兮^⑤。

摽有梅,顷筐塈之^⑥。求我庶士,迨其谓之^⑦。

【注释】

① 摽(biào):一说坠落,一说掷、抛。有:语助词,无实义。② 七:七成。一说非实数,古人以七到十表示多,三以下表示少。③ 庶士:众多未婚男子。④ 迨(dài):及,趁。吉:好日子。⑤ 今:现在。⑥ 顷筐:斜口浅筐。塈(jì):一说拾取,一说抛出。⑦ 谓:说句话,开一开口。

【评析】

重章叠唱是《诗经》中普遍采用的手法,这与《诗经》是配乐的唱辞有关。《摽有梅》一诗在重章叠唱中,生动有力地表现了主人公急于出嫁的心理过程。首章的"迨其吉兮",还有从容相待的意思,要等待吉日良辰;次章"迨其今兮",已见焦急之情,不如就今天吧；等到末章"迨其谓之"，可谓真情毕露，迫不及待了——只要哥哥你开口，干脆现在我就跟你走。

珍惜青春，渴望爱情，是中国诗歌的母题之一。《摽有梅》一诗，形成了中国诗歌中的一种经典抒情模式：以花木盛衰比喻青春流逝，由感慨青春易逝而期盼婚恋及时。诗中的女孩子毫不掩饰自己对爱情的渴求，主动追求男人。可是她的白马王子却迟迟不出现，究竟她姻缘如何？看了一半的故事最容易让人心生惦念，正因为没有结局，这手拿梅子大胆率真的女孩便更牵动人心，她主动求爱的可爱模样，也历经千载，历久弥新。

江　有　汜

江有汜①，之子归②，不我以③。不我以，其后也悔。
江有渚④，之子归，不我与⑤。不我与，其后也处⑥。
江有沱⑦，之子归，不我过⑧。不我过，其啸也歌⑨。

【注释】

① 汜(sì)：由主流分出而复汇合的河水。② 这句诗是说：这个女孩出嫁了。③ 不我以：即不以我，不要我。④ 渚(zhǔ)：水中的小洲。⑤ 不我与：不与我，不要我了。⑥ 处(chǔ)：一说采用《毛诗序》解为安居，一说采用闻一多《诗经新义》解为忧愁。⑦ 沱(tuó)：江水的支流。⑧ 过：至也。不我过：不到我

这里来。⑨ 啸：号哭。啸也歌：边哭边唱。

【评析】

《江有汜》这首诗的歧义很多，有说是一个女子见到丈夫另结新欢，泣血号哭而成的诗；有说是一名痴情男子，见到自己心爱的姑娘出嫁，依然深情眷恋。所谓"《诗》无达诂"，《诗经》时代历史背景的隐去，倒使得我们对诗句有了更多的想象空间。诗以江水支流起兴，比喻变心人无情无义。随着一个美丽女孩远去的花轿，一瞬之间，世界变了模样，心爱的他/她离自己而去，一切挽回的努力都于事无补，苦涩、酸楚、感伤得让人气绝。诗中的主人公由感念而至啸歌，形象而细致地表现了他/她的强烈情感。诗写得有起伏，有变化，也因而感人至深。

野 有 死 麕

野有死麕①，白茅包之②。有女怀春③，吉士诱之④。
林有朴樕⑤，野有死鹿。白茅纯束⑥，有女如玉。
舒而脱脱兮⑦！无感我帨兮⑧！无使尨也吠⑨！

【注释】

① 麕(jūn)：同"麇"，野兽名，獐子。② 白茅：草名，洁白柔软，古人用它包裹肉类。③ 怀春：思春，男女情欲萌动。④ 吉

士：美男子。⑤ 朴樕(sù)：丛生的小树。⑥ 纯束：捆扎，包裹。
⑦ 舒：一说舒缓，一说语助词。脱脱(tuì)：动作又轻又慢，即轻
悄悄的样子。⑧ 无：毋，不要。感(hàn)：通假字，通"撼"，触
动。帨(shuì)：佩巾，古代女子系在腰间，用来擦去不洁之物。
出嫁时母亲要给女子亲手系上一条崭新的佩巾，因此，"帨"是待
嫁女子的象征，不让别人随便动它。⑨ 尨(máng)：多毛的狗。
吠：狗叫。这句诗是女孩嘱咐"吉士"，不要动手动脚，惹起狗
叫，让别人知道。

【评析】

对《野有死麕》的理解，古今文人各有自己的高见：有的说这
诗是远古时代一对男女在野外相遇，一见钟情，并发生激情碰撞的
描写；还有的说这是写一烈女抗暴，是有个男人要强奸她，她抵死
不从。此诗的文字亦是历史上众多文人精研的，因为只有考证了
文字的本义，才能明了那女子是偷情、抗暴，还是正常的谈恋爱。

这首诗虽短，却像一出电影蒙太奇，从追求、思慕到接受、情
热，全诗无多婉曲，如行云流水，一气呵成，用一个个细节，刻画
了爱情绽放时的美丽：有少女怀春，英俊的猎人包着獐子肉、鹿
肉去追求她。美人如玉，令猎人倾慕不已。他不断地追求，最终
打动了少女的芳心。情到深处，必然衍生出性爱的冲动。两个
人希望融化在一起，再重塑一个你、重捏一个我！但这女孩子还
是有娇羞的，最后那三句口语最是可爱：轻一点呦，别扯我衣
服，不要惊动了狗狗啊。如此生动的情景，让人不禁莞尔。

邶 风

燕 燕

燕燕于飞①,差池其羽②。之子于归,远送于野。
瞻望弗及,泣涕如雨。

燕燕于飞,颉之颃之③。之子于归,远于将之④。
瞻望弗及,伫立以泣⑤。

燕燕于飞,下上其音⑥。之子于归,远送于南⑦。
瞻望弗及,实劳我心。

仲氏任只⑧,其心塞渊⑨。终温且惠⑩,淑慎其
身⑪。先君之思⑫,以勖寡人⑬。

【注释】

①燕燕:叠词,燕子。②差池(cī chí):义同"参差"。诗人
所见不止一燕,飞时有先后,或不同方向,其翅不相平行。③颉
(xié):上飞。颃(háng):下飞。这句诗是说,燕子飞上又飞
下。④将(jiāng):送。⑤伫:久立等待。⑥下上其音:言鸟
声或上或下。⑦南:指卫国的南边,一说野外。⑧仲氏:兄弟
或姐妹中排行第二者。任:可以信托的意思。只:语助词。

⑨ 塞(sāi)：诚实。渊：深厚。⑩ 终：既。惠：和顺。这句诗是说：她的性情既温柔可亲又贤惠和蔼。⑪ 淑：善良。慎：谨慎。这句诗是说：她的言行善良又谨慎。⑫ 先君：已故的国君。⑬ 勖(xù)：勉励。寡人：先秦时人对自己的谦称，秦以后专指国君。

【评析】

《燕燕》是中国诗史上最早的送别诗，清初的王士禛将其推举为"万古送别之祖"。但送行的人和被送的人到底是谁，历史上却众说纷纭。其实，我觉得可以抛掉这些纷争，只从送别的心意上去贴近这首诗——古人喜用重言，两个字叠用，更多一重喜爱。"燕燕"，是燕子双飞的意思，诗以"燕燕"起兴，洋溢出一股亲昵的味道。然而，本是风月不关情，却是处处有情寄。翩跹起飞的燕子，传达的却是难以承载的离别苦痛。看那燕子上下双飞、参差舒展翅膀，一会儿贴地飞，一会儿高飞到空中，一会儿又叽叽喳喳地唱和，一派好春光啊！可就在这好春光中，我却要和你告别。在顾影自怜中，诗人心中的伤感自然而然地产生了，"实劳我心"！然而，诗的末章从现实的送别场面一转，想起昔日两相伴的她，为人是那么可靠，心地是那么厚道，她温柔、谨慎，处事是那么周到。全诗抒情深婉而语意沉痛，把送别情境和惜别气氛，写得令人不忍卒读。

凯　风

凯风自南①,吹彼棘心②。棘心夭夭③,母氏劬劳④。
凯风自南,吹彼棘薪⑤。母氏圣善⑥,我无令人⑦。
爰有寒泉⑧?在浚之下⑨。有子七人,母氏劳苦。
睍睆黄鸟⑩,载好其音⑪。有子七人,莫慰母心。

【注释】

　　① 凯风:和风。凯风自南:南风和暖,以养万物,万物喜乐,故曰凯风。② 棘:落叶灌木,即酸枣,枝上多刺,开黄绿色小花,实小,味酸。棘心:指酸枣树初发的嫩芽,其色赤。这句诗是以催发万物的凯风比喻母亲,以棘来比喻孩子。③ 夭夭:茂盛,长得生机勃勃的样子。④ 劬(qú):辛苦。劬劳:操劳。⑤ 棘薪:长到可以当柴烧的酸枣树,喻儿子已长大成人,此处也有以棘薪暗喻儿子没有成大器的意思。⑥ 圣善:明理而有美德。⑦ 令:善。我无令人:在此处是反躬自责的话,意思是儿女中没有人成材。⑧ 爰(yuán):句首语助词,无实义。⑨ 浚:卫国一城邑名。⑩ 睍睆(xiàn huǎn):拟声词,清和宛转的鸟鸣声。黄鸟:黄雀。⑪ 载:语助词,无实义。好其音:即其音好,它的叫声好听。

【评析】

　　这是一首歌颂母爱的诗篇,作者运用了《诗经》中常见的比兴和重章叠唱的手法,使母亲辛劳地养育子女的感人形象深入人心。凯风是夏天滋养万物的风,用来比喻母亲。"凯风自南"诗句的重复,着重强调母爱就像南方吹来的暖风,把酸枣的嫩枝条吹成粗枝条,象征着母亲把子女由幼年抚养到壮年、长大成人。诗中一再重复的"有子七人"一句,意在突显以养育子女之众多来表现母亲的长年辛劳程度,令人读后印象深刻、心灵震撼,更加感悟应该如何做人。"母氏劳苦"、"莫慰母心"这两句诗一方面强调母亲抚养儿子的辛劳,另一方面极言兄弟不成材,反躬以自责。诗以平直的语言传达出孝子婉曲的心意。

<h1 style="text-align:center">北　　门</h1>

出自北门,忧心殷殷^①。终窭且贫^②,莫知我艰。已焉哉^③！天实为之,谓之何哉！

王事适我^④,政事一埤益我^⑤。我入自外,室人交遍谪我^⑥。已焉哉！天实为之,谓之何哉！

王事敦我^⑦,政事一埤遗我^⑧。我入自外,室人交遍摧我^⑨。已焉哉！天实为之,谓之何哉！

【注释】

①殷殷:忧思深沉的样子。②终:既。窭(jù):贫寒,艰窘。③已焉哉:等于说"罢了!"④王事:周王的事。适(zhì):

掷。适我：扔给我。⑤ 政事：公家的事。一：都。埤（pí）益：增加。⑥ 遍：都。谪（zhé）：谴责，责难。⑦ 敦：逼迫。⑧ 遗（wèi）：增加。⑨ 摧：讽刺，嘲讽。

【评析】

　　《诗经》时代的城市，商业区也是繁华所在，都在东门。北门，则是无趣的寥落所在。"出其北门"本身就意味着走的是城市中最边缘又最落寞的道路。本诗描写一个公务繁忙的小官吏，内外交困，事务繁重，还遭受家人的责难，表现出无可奈何的哀伤和忧虑，只好归之于天命。《诗经》体现了"饥者歌其食，劳者歌其事"的现实主义精神，《北门》一诗中所有的话语，都是在走出北门这一行程中产生的联想，仿佛让我们看到一个瑟缩人物正在眼前走过。

鄘 风

定 之 方 中

定之方中^①，作于楚宫^②。揆之以日^③，作于楚室。树之榛栗，椅桐梓漆^④，爰伐琴瑟^⑤。

升彼虚矣^⑥，以望楚矣^⑦。望楚与堂^⑧，景山与京^⑨，降观于桑^⑩。卜云其吉^⑪，终焉允臧^⑫。

灵雨既零^⑬，命彼倌人^⑭。星言夙驾^⑮，说于桑田^⑯。匪直也人^⑰，秉心塞渊^⑱，騋牝三千^⑲。

【注释】

① 定：定星，又叫营室星。方中：正中。十月之交，定星在黄昏时位于天空正中，宜于古人定方位，造宫室。② 作：建造。于：有版本作"为"，作为之意。楚：楚丘，地名，在今河南滑县东、濮阳西。宫：宫室，此处指宗庙，古代礼制，先建宗庙，再建宫室。③ 揆：测度。日：日影。这句诗是说，用日影来测定方位。④ 树：种植。榛、栗、椅、桐、梓、漆：皆树木名。⑤ 爰（yuán）：乃，于是。伐琴瑟：指砍木制造琴瑟等乐器。⑥ 虚：古"墟"字，一说是卫国被狄人毁坏的故城，一说是大的丘陵。⑦ 望：远望。

楚：楚丘。这句诗是说：来遥望楚丘的地势。⑧ 堂：卫国城邑名，在楚丘附近。⑨ 景山：大山。京：高丘。这句诗是说：观察大山和高丘。⑩ 降：从高处下来。桑：桑田。⑪ 卜：占卜。古代用龟甲、蓍草占卜吉凶。吉：吉祥。这句诗是说：占卦说（在楚丘）营建宫室很吉祥。⑫ 臧：好，善。这句诗是说：占卦的结果确实很好。⑬ 灵：好、善。零：落雨。这句诗是说：已经下起了知时节的好雨。⑭ 倌：驾车的小臣。⑮ 星：天晴。夙：早上。驾：驾车。这句诗是说：天晴了就赶早来驾车。⑯ 说（shuì），通"税"，歇息。⑰ 匪：犹"彼"。直：正直。这句诗是说：那是个正直的人君。⑱ 秉心：用心、操心。塞渊：踏实深远。⑲ 骒（lái）：七尺以上的马。牝（pìn）：母马。三千：约数，表示众多。这句诗是说：大马和母马繁殖到三千，意味着国力在贤君的治理下渐渐强盛起来。

【评析】

这首《鄘风·定之方中》记录春秋时期的卫国因为内乱被少数民族狄人灭国后，历经坎坷艰难，又在楚丘翻开了新的一页。受命于危难之间，担当卫国都城重建任务的，就是卫文公。诗以纪实的手法叙述了卫文公兴邦建国、勤于政事、励精图治的贤君形象。

"定"是星宿名，每年夏历十月十五至十一月初的黄昏能用肉眼辨识，在节气上是"小雪"之时。就在此时，卫文公率领卫国臣民开始了重建都城的伟大事业。这正是农闲季节，可见卫文公是个遵循天道、体察民情的君主。建设城市的同时，又种上榛、栗、椅、桐、梓、漆等多种树木,说将来树木长大,可以砍伐做琴瑟！琴和瑟都是礼乐的象征。十年树木,百年树人,立国之初就考虑到了将来能礼乐昌明,可见卫文公是深谋远虑的。他亲自登高望远,勘察楚丘地形,还走到田地中考察采桑养蚕的情况……展现在我们面前的是一个不辞劳苦、用心周全、力图复兴的明主风范。

蝃 蝀

蝃蝀在东①,莫之敢指②。女子有行③,远父母兄弟。
朝隮于西④,崇朝其雨⑤。女子有行,远兄弟父母。
乃如之人也⑥,怀昏姻也⑦。大无信也⑧,不知命也⑨。

【注释】

① 蝃蝀(dì dōng):彩虹的别称。在东:彩虹出在东方。虹出现在东,说明是日将落时分,在古代虹是不祥之兆,也有说是爱情与婚姻的象征。② 莫之敢指:没有人敢指它。③ 有行:指出嫁。④ 隮(jī):升起。这句诗是说,早晨虹在西方出现。⑤ 崇朝:终朝,整个早晨,指从日出到吃早餐的时候。这句诗是说:整个早晨下着雨。⑥ 乃如之人:像这样的人。⑦ 怀:古与“坏”通用,败坏,破坏;一说是怀想意。昏:通“婚”。⑧ 大:太。信:贞信,贞节。⑨ 命:父母之命;一说为知天命。

【评析】

在现代人眼里,彩虹是美的象征,可入诗亦可入画。古人眼里,彩虹的出现却是一种诡异的天相,是不吉祥。这牵涉到古人的自然观:正常的天空是蓝色的,而虹则呈现出七彩光环,这在古人看来是反常的,反常的东西是不吉的。古人因为缺乏自然知识,以为虹的产生是由于阴阳不和,婚姻错乱,因而将它视作淫邪之气。彩虹在东边出现,自然是一件令人忌讳的事,所以大家都"莫之敢指"。"女子有行,远父母兄弟。"联系前面的起兴,诗人无疑是将淫邪的美人虹来象征这个出嫁的女子,讽刺她不安天命,竟敢自己追求婚姻,因而是不贞洁的,显示了上古社会女性婚姻不自由的状况。

相　　鼠

相鼠有皮①,人而无仪②。人而无仪,不死何为③?

相鼠有齿,人而无止④。人而无止,不死何俟⑤?

相鼠有体⑥,人而无礼⑦。人而无礼,胡不遄死⑧?

【注释】

① 相:观察,察看。② 仪:威仪,指人的举止作风大方正派而言,具有尊严的行为外表。③ 何为:为何,为什么。这句诗是说:不去死干什么呢? ④ 止:行止,指守礼法的行为。⑤ 俟:

等待。⑥ 体：肢体。⑦ 礼：礼仪，指知礼仪，或指有教养。⑧ 胡：何，为何，为什么，怎么。遄（chuán）：速，快，赶快。这句诗是说：为什么不快点死呢？

【评析】

老鼠偷粮食还毁坏房屋、传播疾病，无疑是一种极为令人厌恶的动物，然而在世上，还存在着一群比老鼠更为可憎的生灵，即"无仪"、"无止"、"无礼"之人。《相鼠》一诗把最丑的动物同要庄严对待的礼仪相提并论，强烈的反差造成了使人震惊的艺术效果，而且还有一层特殊的幽默色彩，仿佛是告诉人们：你们看，你们看，连鼠辈这么丑陋的东西看上去都像模像样，有胳膊有腿，有鼻子有眼睛，皮毛俱全啊！瞧它！咱可是人！还不如老鼠吗？

于是，老鼠就成了一面镜子，让不讲道德、不守礼仪的人从老鼠身上照见自己。

载　　驰

载驰载驱①，归唁卫侯②。驱马悠悠③，言至于漕④。大夫跋涉⑤，我心则忧。

既不我嘉⑥，不能旋反。视而不臧⑦，我思不远⑧。既不我嘉，不能旋济⑨。视而不臧，我思不閟⑩。

陟彼阿丘，言采其蝱⑪。女子善怀⑫，亦各有行⑬。

许人尤之⑭,众稚且狂⑮。

我行其野,芃芃其麦⑯。控于大邦⑰,谁因谁极⑱?大夫君子,无我有尤。百尔所思,不如我所之⑲。

【注释】

① 载:语助词,且、乃。驰:车马奔跑得很快。驱:用鞭子赶马快跑。② 唁(yàn):向死者家属表示慰问,此处不仅是哀悼卫侯,还有凭吊国家危亡之意。卫侯:指作者之兄,已去世的卫戴公。③ 悠悠:形容道路遥远的样子。④ 漕:地名,卫国城邑。卫国被狄人灭后,在漕邑复国建都。⑤ 大夫:指许国赶来阻止许穆夫人去卫的许国大臣们。跋涉:远道奔波而来(劝阻许穆夫人)。⑥ 嘉:赞同,赞许。⑦ 视:表示比较。臧:好,善。⑧ 思:忧思。远:摆脱。⑨ 济:渡河。不能旋济:我就不能立刻渡河回去。⑩ 閟(bì):同"闭",闭塞不通。⑪ 言:语助词。蝱(máng):贝母草。采蝱治病,喻设法救国。⑫ 怀:多思虑,即多愁善感。⑬ 行:指道理、准则,一说道路。亦各有行:但也自有她的道理。⑭ 许人:许国的人们。尤:责怪。⑮ 众:众人。稚:幼稚。⑯ 芃芃(péng):草茂盛的样子。⑰ 控:往告,赴告。⑱ 因:亲也,依靠。极:至,指来援者的到达。⑲ 之:往,指行动。这句诗是说:你们所考虑的一百样方法,都不如我所选择的路周全。

【评析】

《诗经》305篇,99%的诗篇作者都是无名氏。而《载驰》这篇表达强烈爱国情怀的诗篇,其作者证据确凿地就是春秋时期的许穆夫人,也是我国第一位女诗人。作为一首政治抒情诗,《载驰》写得动人心魄,这不仅在于诗篇所抒发的真挚的爱国情感,而且也得力于许穆夫人那高超的艺术表现技巧。诗人面临的现实,是自己的祖国卫国亡国,自己的兄弟卫君惨死,她决心立刻归国吊唁。诗歌的展开,被设置在许穆夫人排除万难,驱马返回祖国的途中。人在旅途中,是容易沉淀下自己去思考的,因为你已经从日常生活的种种牵绊中走了出来,还未走进另一种牵绊中去。许穆夫人正是在旅途中,对自己、对祖国的现状和遭遇进行了深入的思考,通过与许国大夫冲突的情景描述,来展开自己强烈感情的抒发。许国大夫无理阻挠的矛盾冲突,虽然只出现在诗的一、二章中,但是它所激起的感情波澜,却汹涌澎湃于全诗。正像把一块巨石,投进了本来就不平静的河水。许穆夫人胸中那无可言状的悲哀、愤懑和对祖国命运的关切之情,因此得到了淋漓尽致地表现。而女主人公的远见卓识、与祖国同呼吸共命运的爱国深情、不达目的决不罢休的刚强性格,正是在与许国君臣鼠目寸光、自私懦弱的对照之中,愈加鲜明地凸现了出来。

卫 风

考 槃

考槃在涧①，硕人之宽②。独寐寤言③，永矢弗谖④。

考槃在阿⑤，硕人之薖⑥。独寐寤歌，永矢弗过⑦。

考槃在陆⑧，硕人之轴⑨。独寐寤宿，永矢弗告⑩。

【注释】

① 考：扣，敲。槃（pán）：同"盘"。这句诗是说：在山涧里把盘子当作乐器来敲打。② 硕人：形象高大健美的人。宽：宽宏朴拙。这句诗是说：高大健美的人温厚又淳朴。③ 寤：睡醒。寐：睡着。这句诗是说：独睡独醒独自语。④ 矢：同"誓"，发誓。谖（xuān）：忘却。这句诗是说：发誓永远不忘这样的乐趣。⑤ 阿（ē）：山的转弯处。⑥ 薖（kē）：心胸宽大。⑦ 过：忘记。⑧ 陆：高平之地。⑨ 轴：徘徊往复，此处为自由自在的意思。⑩ 告：哀告，诉苦。

【评析】

《考槃》是我国最早的隐逸诗，诗所歌颂的是一位气质高洁的隐士。无论这位隐士生活在水湄还是山间,他的言辞行动,都显示出畅快自由的精神风貌。诗中的隐士自得其乐,在自我的天地之中,独自一人睡,独自一人醒,独一个人说话,早已是恍然忘世,描绘出一个鲜明生动的隐者形象。全诗每章一韵,使四言一句、四句一章的格式,在整齐中见出变化。诗歌抑扬有度,载着作者浓浓的赞美之情,充盈纸间。

氓

氓之蚩蚩①,抱布贸丝②。匪来贸丝,来即我谋③。送子涉淇,至于顿丘④。匪我愆期,子无良媒⑤。将子无怒⑥,秋以为期⑦。

乘彼垝垣⑧,以望复关⑨。不见复关,泣涕涟涟⑩。既见复关,载笑载言⑪。尔卜尔筮⑫,体无咎言⑬。以尔车来,以我贿迁⑭。

桑之未落,其叶沃若⑮。于嗟鸠兮⑯,无食桑葚!于嗟女兮,无与士耽⑰!士之耽兮,犹可说也⑱。女之耽兮,不可说也。

桑之落矣,其黄而陨⑲。自我徂尔⑳,三岁食贫㉑。淇水汤汤㉒,渐车帷裳㉓。女也不爽㉔,士贰其行㉕。士也罔极㉖,二三其德㉗。

三岁为妇，靡室劳矣㉘。夙兴夜寐㉙，靡有朝矣㉚。言既遂矣㉛，至于暴矣㉜。兄弟不知，咥其笑矣㉝。静言思之㉞，躬自悼矣㉟。

　　及尔偕老㊱，老使我怨㊲。淇则有岸，隰则有泮㊳。总角之宴㊴，言笑晏晏㊵。信誓旦旦㊶，不思其反㊷。反是不思㊸，亦已焉哉㊹！

【注释】

　　① 氓（méng）：本义为外来的百姓，这里是男子之代称。蚩蚩（chī）：憨厚、老实的样子。② 布：货币。一说布匹。贸：交易。抱布贸丝是以物易物。③ 即：就，靠近。谋：商量。"匪来"二句是说那人并非真来买丝，是找我商量结婚。④ 淇：水名，今河南淇河。顿丘：地名，今河南清丰。这句诗是说：送你渡过了淇水，一直送到了顿丘。⑤ 愆（qiān）：过，误。这句诗是说：并非我要拖延约定的婚期而不肯嫁，是因为你没有找好媒人。⑥ 将（qiāng）：愿，请。这句诗是说：请哥哥你不要生气。⑦ 秋以为期：即"以秋为期"，秋天就是我们的婚期。⑧ 乘：登上。垝（guǐ）：倒塌；倒塌的。垣（yuán）：墙。⑨ 复关：一说是卫国的一个地名；一说是女望男到期来会，他来时一定要经过的关门。⑩ 泣：无声之哭。涕：泪。涟涟：流泪的样子。⑪ 载：语助词。载笑载言：（因为高兴而）又说又笑。⑫ 卜：烧灼龟甲的裂纹以判吉凶，叫做"卜"。筮（shì）：用蓍（shī）草占卦。⑬ 体：卦体，即卜筮的结果。咎（jiù）：灾祸。无咎言：就是无

凶卦。⑭ 贿：财物，指妆奁（lián）。这句是说：（只要卜筮的结果好）你就把我的嫁妆拉过去吧。⑮ 沃若：犹"沃然"，像水浸润过一样有光泽，这是以桑的茂盛时期比自己青春貌美，恋爱满足，生活美好的时期。⑯ 于：通"吁"（xū）。于嗟：感叹词，本义为表示惊怪、不然、感慨等，此处表感慨。鸠：斑鸠，传说斑鸠吃桑葚过多会醉。⑰ 耽（dān）：沉溺，贪乐太甚。⑱ 说：通"脱"，解脱。⑲ 陨（yǔn）：陨落。黄：变黄。⑳ 徂（cú）：往。徂尔：嫁给你。㉑ 食贫：过贫穷的生活。㉒ 汤汤（shāng）：水势浩大的样子。㉓ 渐（jiān）：浸湿。帷（wéi）裳：车旁的布幔。这句是说女子被弃逐后渡淇水而归，车旁的布幔被浸湿。㉔ 爽：差错。㉕ 贰：作动词用，指男子行为前后不一致，即不专一。㉖ 罔：无。极：标准。罔极：没有准则，行为不端。㉗ 二三其德：言行为前后不一致，三心二意。㉘ 靡：无。室：家中之事。劳：劳动。这句诗是说：所有的家庭劳作一身担负。㉙ 夙：早。兴：起。这句诗是说女子嫁到夫家后早起晚睡。㉚ 靡有朝矣：不仅一天是这样，天天如此。㉛ 言：语助词，无实义。既：已经。遂：顺心、满足。这句诗是说，生活既已过得顺心。㉜ 暴：粗暴。这句诗是说，对我粗暴不仁。㉝ 咥（xì）：大笑的样子。这句是说兄弟还不晓得我的遭遇，见面时都讥笑我啊。㉞ 静言思之：冷静地想一想。㉟ 躬：自己，自身。躬自悼矣：真为自己感到悲伤。㊱ 及尔偕老：当初曾相约和你一同过到老。㊲ 老使我怨：现在偕老之说徒然使我怨恨罢了。㊳ 隰（xí）：水名，就是漯河，黄河的支流，流经卫国境内。泮（pàn）：通"畔"，水边，边岸。以上二句承上文，以水流必有畔岸，喻凡事都有边际。言外之意,如果和这样的男人偕老,那就苦海无边了。㊴ 总角:男女未成年时结发成两角,称总角。宴:快乐。㊵ 晏晏:和悦的样子。这句诗是说:说说笑笑多么融洽和乐! ㊶ 旦旦:诚恳的样子。㊷ 反:即"返"字。不思其反:不要再想从前的生活再回来。㊸ 反是不思:是重复上句的意思,变换句法为的是和下句叶韵。㊹ 已:停止。焉、哉:语气词。这句等于说撇开算了罢!

【评析】

《诗经》在当代各种选本中被推荐最多的就是这首诗,可见其艺术魅力。诗是从这女人的回忆开始的:"当初那氓用他的布来换我的丝,其实是借故来向我示爱。"这爱情的发生虽然没有细节描绘,但"匪来贸丝,来即我谋"八个字中却藏了无数曲折故事,有心跳、有脸红、有眼波如流、有肌肤的轻轻触碰。从婚事"秋以为期"来看,两人爱情的发生应是在春天的采桑季。诗中第三节,为全篇的转折点,通过女主人公的议论和抒情,来表达她的感情已由开始的喜悦得意,跌落到了失意绝望的深谷。"桑之未落,其叶沃若",诗人用桑叶的鲜嫩和繁茂来比喻女子的年轻美丽和男女激情相爱的甜蜜。"于嗟鸠兮,无食桑葚",女孩子们,千万别像贪吃的斑鸠,吃多了桑葚醉倒。男人们的情话可要打折听啊,多多提防! 记得当年俩人初相见,"言笑晏晏",说说笑笑真开心。海誓山盟还在耳畔,谁料转眼翻脸变冤家。想到这里,她终于做出了大胆的抉择,"反是不思,亦已焉哉",决定从感情的旋涡中勇敢地走出来。

这诗讲的是个老套的"痴情女子负心汉"的故事,但讲的艺术水准极高,它没有重复《诗经》其他诗篇叠唱的形式,而是把一个一波三折的故事用诗的语言优美精炼地表达出来,可以说是中国最早的叙事诗。

竹　　竿

籊籊竹竿^①,以钓于淇。岂不尔思^②? 远莫致之^③。

泉源在左^④,淇水在右。女子有行,远兄弟父母。

淇水在右,泉源在左。巧笑之瑳^⑤,佩玉之傩^⑥。

淇水滺滺^⑦,桧楫松舟^⑧。驾言出游^⑨,以写我忧^⑩。

【注释】

① 籊籊(tì):光滑貌;或言长而尖削的样子。② 岂:难道。尔思:即"思尔",想念你。这句诗是说:难道我不想念你吗? ③ 莫:不。致:达到。这句诗是说:路远无法回故乡。④ 泉源:卫国水名,流入淇水。⑤ 瑳(cuō):玉色洁白,这里指牙齿洁白如玉。⑥ 傩(nuó):有节奏的样子。这句诗是说:身戴佩玉走动起来有节奏。⑦ 滺滺(yōu):河水荡漾的样子。⑧ 桧、松:树名。楫:船桨。这句诗是说:桧木做的船桨松木做的船。⑨ 驾:驾船。言:语助词,相当于"而"字。⑩ 写:通"泻",排解、宣泄。

【评析】

《竹竿》一诗虽短，却层次丰富地写出了一位远嫁姑娘的纠结情肠。姑娘的回忆开启了诗歌的第一幕："籊籊竹竿，以钓于淇"，姑娘和伙伴们一起到淇水钓鱼游玩，这是多么惬意的事。可惜眼下身在异乡，再也不能回淇水去钓鱼了。想当年，离别父母、兄弟远嫁的情形历历在目，泉水、淇水，父母、兄弟，逐渐远去。姑娘的思乡之情化作热切的想象，想象回乡时，"淇水在右，泉源在左"，上下两句子位置颠倒一下，实际上是用复沓的手法，表示重来旧地的意思。这时候，出嫁女已不再是姑娘家时持竹竿钓鱼那样天真了，而是"巧笑之瑳，佩玉之傩"的成熟优雅女子了。诗歌从回忆与推想两个角度，写一位远嫁的女子思乡怀亲的感情。这种感情虽然不是大悲大痛，但却缠绵往复，深沉地蕴藉于心怀之间，像悠悠的淇水，不断地流过读者的心头。

王 风

君 子 于 役

君子于役①,不知其期,曷至哉②?鸡栖于埘③,日之夕矣,羊牛下来。君子于役,如之何勿思④!

君子于役,不日不月⑤,曷其有佸⑥?鸡栖于桀⑦,日之夕矣,羊牛下括⑧。君子于役,苟无饥渴⑨!

【注释】

① 君子:本文指丈夫。役:服劳役。② 曷(hé):何时。至:归家。③ 埘(shí):鸡舍。④ 如之何:就是"如何",怎么(能)。如之何勿思:怎么能不想念呢? ⑤ 不日不月:没法用日月来计算时间,意思是服役期漫长。⑥ 有佸(huó):相会,来到。⑦ 桀:(鸡栖的)小木桩。⑧ 括:聚集,此指牛羊放牧回来关在一起。⑨ 苟:表推测的语气词,大概,也许。

【评析】

《诗经》写相思常常直言不讳,《君子于役》却不是,甚至通常的"兴"和"比"也都没有,它只用"赋"笔,以不着色泽的、极简极净的文字,就勾画出一幅经典的相思图——落日衔山,暮色苍茫,鸡栖敛翼,牛羊归舍。这诗中并没有写痛苦的思念,思念的痛苦被"鸡栖于埘,日之夕矣,羊牛下来"这种温馨的晚景巧妙地掩盖了,代之而来的则是那种设身处地的牵挂和担心。这里没有浪漫的画面,没有动听的誓言,甚至,没有任何爱的表白,但这一切景致,都被强烈的爱意紧紧包裹了,"君子于役,如之何勿思?"它从一个侧面写出了繁重的徭役给千百个家庭带来的痛苦。

葛 藟

绵绵葛藟①,在河之浒②。终远兄弟③,谓他人父。谓他人父,亦莫我顾④。

绵绵葛藟,在河之涘⑤。终远兄弟,谓他人母。谓他人母,亦莫我有⑥。

绵绵葛藟,在河之漘⑦。终远兄弟,谓他人昆⑧。谓他人昆,亦莫我闻⑨。

【注释】

① 绵绵:连绵不绝的样子。葛:藤本植物,有块根,茎可采纤维,茎和叶可作牧草。藟(lěi):藤,似葛,但比葛粗大。② 浒:水边。③ 终:既已。远:远离。④ 莫我顾:即"莫顾我",不肯

照顾我。⑤ 涘(sì)：水边。⑥ 有(yòu)：通"友"，亲善。这句诗是说：也不肯帮我。⑦ 漘(chún)：河岸，水边。⑧ 昆：兄。⑨ 闻：通"问"，问候，体恤。

【评析】

　　"葛藟"是蔓生的藤本植物，有缠绕、绵长的特点，《葛藟》诗中，正是利用这一点作为起兴的出发点，用葛藟蔓延不离本根，来对比自己与家乡远离、与亲人隔绝，更烘托出诗人思念亲人的心情。诗从眼前的景物写起，诗人见到河边葛藤茂盛，绵绵不断，不禁触景伤情，联系到自己漂泊异乡的身世，感叹人不如物，身不由己，不能自主。诗人直抒情事，语句简单质朴，却很感人，表现了飘零的凄苦和世情的冷漠。这正是《诗经》在当时的社会功能——"《诗》可以怨"，统治者根据老百姓在诗歌中表达的心声调整国家政策，促进社会的良性发展。

<h1 style="text-align:center">采　葛</h1>

　　彼采葛兮①，一日不见，如三月兮。
　　彼采萧兮②，一日不见，如三秋兮③。
　　彼采艾兮④，一日不见，如三岁兮。

【注释】

　　① 葛：一种蔓生植物，块根可食，茎可制纤维。② 萧：植物

名,即香蒿。萧有香气,古人采它供祭祀。③ 三秋:谷熟为秋,谷类多一年一熟,所以通常以一秋为一年。亦有说指三季的。④ 艾:即香艾,菊科植物,烧艾叶可以灸病。

【评析】

"葛"、"萧"、"艾"都是有香味的蒿类植物,采摘这些有用又芬芳植物的女孩,就是那个小伙子热恋的人。相思如此噬骨,伊人在水一方。这感情如此强烈,却又如此清丽。没有你侬我侬的甜言蜜语,没有心比金坚的山盟海誓,没有荡气回肠的复杂情节,有的只是几句"疯话"、"傻话":"一日不见,如三月兮","一日不见,如三秋兮","一日不见,如三岁兮",爱意已表达得通透彻底。

因为彼此深爱,所以不能忍受片刻的分离,即便是分分秒秒,也如年年月月,只希望时时耳鬓厮磨。这诗表达的是一种急切的思念,急切到忘了写上心上人的名字,也忘了说自己是谁。因这"疏忽",这急切的、无名的思念也就被历史上无数热恋中人深记于心,脱口而出,当作了自己的心声。

大　车

大车槛槛①,毳衣如菼②。岂不尔思③?畏子不敢。

大车啍啍④,毳衣如璊⑤。岂不尔思? 畏子不奔⑥。

榖则异室⑦,死则同穴⑧。谓予不信,有如皦日⑨!

　　① 大车：古代用牛拉货的车。槛槛(kǎn)：车轮的响声。
② 毳(cuì)衣：本指兽类细毛，可织成布匹，制衣或缝制车上的
帐篷。此处指用细毛缝制的衣服。菼(tǎn)：芦苇的一种，也叫
荻，茎较细而中间充实，颜色青绿。这句诗是说：驾车男子穿着
细毛织的菼草一般美丽色泽的衣服。③ 尔：你。岂不尔思：即
"岂不思尔"。这句诗是说：怎么能说不想念你？④ 啍啍
(tūn)：重滞徐缓的样子。⑤ 璊(mén)：红色美玉。⑥ 奔：急
走、跑。这句诗是说：怕你不同我私奔。⑦ 穀(gǔ)：生，活着。
这句诗是说：活着不能同房。⑧ 穴：墓穴。⑨ 皦(jiǎo)：同
"皎"，明亮。

【评析】

　　一部中国文学史，情诗如雨后春笋般繁衍，佳作迭出，很多
诗篇都能抵人心窝。但这些情诗大多数都是婉约的，像杨柳那
般柔顺纤细。《大车》一诗说"爱"，却刚烈决断，如春雷震震。
这首诗抒写了一对情人不能终成眷属，不得不离散，在分别送行
的途中，女子表现的矢志不改的决心。这个纯情女子，对天发
誓："穀则异室，死则同穴。"我们赞叹女子的大胆决绝，朴直坚
贞。为了爱，她可以义无反顾，坚守有情人终成眷属的信念。为
了爱，她可以抛弃女子的矜持娇羞，直诉自己的爱情理想。诗以
车写行，以衣写人，以女子的语言，表现性格，那种勇敢和坚决令
人敬佩。可遗憾的是，始终没有听到男子的回答，只有沉默，这
才是悲剧的真正根源吧？

郑 风

丰

子之丰兮①，俟我乎巷兮②。悔予不送兮③。

子之昌兮④，俟我乎堂兮⑤。悔予不将兮⑥。

衣锦褧衣⑦，裳锦褧裳⑧。叔兮伯兮⑨，驾予与行⑩。

裳锦褧裳，衣锦褧衣。叔兮伯兮，驾予与归⑪。

【注释】

①丰：丰满，标致。②俟(sì)：等候。③送：送行。此处的"送"，并非一般的送行之意，而是寓有女子答应婚约的意思。④昌：健康强壮的样子。⑤堂：正房，堂屋。⑥将：送行。⑦第一个"衣"：名词动用作动词，由上衣活用为穿衣。锦：有彩色花纹的丝织品。褧(jiǒng)衣：麻布制成的单罩衣。⑧裳：名词动用作动词，由下裙活用为着下裙。按："锦褧衣"、"锦褧裳"，都是古代女子准备出嫁时穿的衣服。这种衣裳色泽鲜艳，花纹美丽。⑨叔：泛指同辈男子中年龄小者。伯：同辈中，长者为伯。此处"叔、伯"均为昵称，指送亲之人。⑩驾：系马于

车,驾车。予:我。行:指出嫁。与行:同行,指送嫁。⑪ 与:
跟。归:返,回归。先秦时女子出嫁亦曰"归"。与归:即于归,
往归,指女子嫁到夫家。

【评析】

　　《丰》这首诗体现出的心境,是所谓"众里寻他千百度,蓦然
回首,那人却在、灯火阑珊处"。全诗纯以赋法,铺陈其事:前两
章回忆,着重描写姑娘的懊丧之情。读者可以看到,回心转意之
后,姑娘心目中的男子形象,是多么的英俊而又可爱。这两章只
易三字,然而从"丰"到"昌",男子在姑娘心目中的形象愈加美
好;从"送"到"将",不仅表现了姑娘懊丧心情日益加重,而且还
暗示了姑娘对小伙子的爱意在逐渐加深。诗中丰美的男子是否
迎娶了心上人,诗句中没有答案。也正因为结局不得而知,我们
才格外与诗中的女子感同身受。《丰》诗虽然只是简单描写心理
情绪,却一波三折,扣人心弦,暗寓着一个完整的恋爱故事,两位
主人公形象也个性鲜明,富有质感。

风　　雨

风雨凄凄①,鸡鸣喈喈②。既见君子③,云胡不夷④?
风雨潇潇⑤,鸡鸣胶胶⑥。既见君子,云胡不瘳⑦?
风雨如晦⑧,鸡鸣不已。既见君子,云胡不喜?

【注释】

①凄凄：形容寒凉。②喈喈(jiē)：象声词，鸡呼伴的叫声。③既：已经。④云：语助词，表疑问语气。胡：疑问代词，何，为什么。夷：平坦，这里指心情从焦虑到平静。⑤潇潇：形容风急雨骤。⑥胶胶：一作"嘐嘐(jiāo)"，象声词，鸡呼伴的叫声。⑦瘳(chōu)：病愈，此指因思念而起的心病消除了。⑧晦(huì)：昏暗、不明亮，也指夜晚。

【评析】

这是一首怀人的名作。全诗共三章，采用《诗经》中惯用的重章叠句之法，反复咏叹，使主人公的情感抒发层层递进，收到回肠荡气的效果。每章首二句，都以风雨、鸡鸣起兴，这些兼有赋景意味的兴句，重笔描绘出一幅寒冷阴暗、鸡声四起的背景："风雨凄凄"的寒意逼人、"风雨潇潇"的风急雨骤、"风雨如晦"若夜晚一般地昏黑，都使人焦虑、令人心颤。焦虑、心颤中的女子，又听到鸡在慌乱地叫，可以想见，因风雨带来的焦虑又加深了一层。《风雨》一诗正是用外界景物，来渲染、衬托出女子情感的变化，强调了女子的焦虑、担心、孤独与坚持。这首短短的小诗，言情的层次却特别丰富。正在焦虑的时刻，"既见君子"！霎那间，女子的一切忧愁、烦恼，化为乌有。诗人在三章中用了夷、瘳、喜三个字，便把这个思妇一霎那间感情的起伏变化传达出来了。清人方玉润赞《风雨》："此诗人善于言情，又善于即景以抒怀，故为千秋绝调。"(《诗经原始》)实当此之谓。

扬　之　水

扬之水①，不流束楚②。终鲜兄弟③，维予与女④。无信人之言⑤，人实诳女⑥。

扬之水，不流束薪⑦。终鲜兄弟，维予二人。无信人之言，人实不信⑧。

【注释】

①扬：激扬。②束：捆扎。楚：荆条。③鲜（xiǎn）：缺少。④女：同"汝"，你。⑤言：流言。⑥诳（kuáng）：欺骗。⑦薪：柴。⑧信：诚信、可靠。

【评析】

此诗突出的是表述上的杂言：第一句为三言、第五句为五言，这两句杂言诗，与整体上的四言相搭配，节奏感强，又带有口语的韵味，有很强的感染力。《诗经》中提到"束薪"，往往都和婚恋有关，这诗中却又提到了兄弟。让我们不由不好奇：写诗的人和他倾诉的对象是什么关系？诗中的人物都在诗歌的高度凝练表达中隐去了，但作诗的人和当时的人一定都知道是谁。我们今天无法了解到诗的语言背景，自然也无从了解到这首诗到底是写亲情，还是写爱情。但却能从诗中体会到，人与人之间心心相印之难。

野 有 蔓 草

野有蔓草①，零露漙兮②。有美一人，清扬婉兮③。邂逅相遇④，适我愿兮。

野有蔓草，零露瀼瀼⑤。有美一人，婉如清扬。邂逅相遇，与子偕臧⑥。

【注释】

① 蔓（màn）：茂盛。一说为蔓延。② 零：降落。漙（tuán）：形容露水很多。③ 清扬：形容女子眉目漂亮传神。婉：美好。④ 邂逅：不期而遇。⑤ 瀼瀼（ráng）：形容露水浓重的样子。⑥ 臧（zāng）：善也。

【评析】

"兴"多放在一首诗的开头，常常是借对自然界的事物描写，如鸟兽虫鱼、风云雨雪、星辰日月等，先开个头，然后借以联想，引出诗人的内心情感。《野有蔓草》这首诗写情人在郊野"邂逅相遇"，就充分运用了这种艺术手法。野外的草地上长着清新的草，上面滴着点点露珠。清秀妩媚的少女，就像滴着点点露珠的绿草一样清新可爱。而绿意浓浓、生趣盎然的景色，和诗人与美女邂逅相遇的喜悦心情，正好交相辉映。诗以晶莹剔透而无比圆润的露珠起兴，预示了爱情的纯洁和完满。也是因了露的纯净，诗中少了份世俗，多了份唯美。全诗只关乎爱情，没有其他任何的羁绊和枝蔓。

溱　洧

溱与洧①，方涣涣兮②。士与女，方秉蕳兮③。女曰
观乎④？士曰既且⑤。且往观乎⑥？洧之外，洵訏且
乐⑦。维士与女⑧，伊其相谑⑨，赠之以勺药⑩。

溱与洧，浏其清矣⑪。士与女，殷其盈兮⑫。女曰
观乎？士曰既且。且往观乎？洧之外，洵訏且乐。维
士与女，伊其将谑⑬，赠之以勺药。

【注释】

① 溱（zhēn）、洧（wěi）：郑国河流名，在今河南境内。
② 涣涣：冰河解冻，春水满涨的样子。③ 秉：拿。蕳（jiān）：香
草名，生在水边的泽兰。当地当时习俗，以手持兰草，可祓除不
祥。④ 观乎：去看看吧。⑤ 既且：已经去过了。⑥ 且：姑且。
⑦ 訏（xū）：广大无边。⑧ 维：语助词，无意义。⑨ 伊：语助
词。相谑：互相调笑。⑩ 勺药：又名辛夷。这里指的是草芍
药，不是花如牡丹的木芍药，又名"江蓠"，古时候情人在"将离"
时互赠此草，寄托即将离别的情怀。⑪ 浏：水清的样子。
⑫ 殷，众多。盈，满。殷其盈兮：人多，地方都满了。⑬ 将谑：
与"相谑"同。

【评析】

《溱洧》一诗,可以说是郑国的民俗纪录片,诗的开篇是一个全视角的拍摄:哗哗流淌的河水边,是无数手拿兰花的青年男女,他(她)们开朗大方地说着笑着,将初春的空气搅动得欢腾起来。"溱与洧,方涣涣兮。士与女,方秉蕑兮。"简简单单十四个字,就为我们勾勒了一幅欢乐祥和的游春图,传递给我们无数欣喜、兴奋和欢乐的气息!紧接着,镜头一转,圈定在一对青年男女的身上,展现了他们交往的过程。接下去又是一个全视角的放大镜头,是无数的"士与女"互赠芍药,定情嬉笑。诗中有风景、有人物、有场面、有特写,特别突出人物的对话,欢声笑语,香兰扑鼻,芍药动人。诗的高明之处,不仅在于此情此景,更给人无限想象,想象二人将来的情,二人将来相会时的景。读之让人生出对爱情的无限信心!

齐 风

著

俟我于著乎而^①，充耳以素乎而^②，尚之以琼华乎而^③。

俟我于庭乎而，充耳以青乎而，尚之以琼莹乎而。

俟我于堂乎而，充耳以黄乎而，尚之以琼英乎而。

【注释】

① 俟：等待。著：通"宁"。古代富贵人家正门内有屏风，正门与屏风之间叫著。古代婚娶在此处亲迎。乎而：语助词。

② 充耳：饰物，悬在冠之两侧。古代男子冠帽两侧各系一条丝带，在耳边打个圆结，圆结中穿上一块玉饰，丝带称纮（dǎn），饰玉称瑱（tiàn），因纮上圆结与瑱正好垂在两耳边，故称"充耳"。诗之三章中提到的"素"、"青"、"黄"，为各色丝线，代指纮。

③ 尚：加上。琼：赤玉，指系在纮上的瑱。诗之三章中提到的"华"、"莹"、"英"，均形容玉瑱的光彩，因协韵而换字。

【评析】

《著》写了一个新娘的快乐，描述了古代婚礼上迎亲的时候，新娘的心理活动。从走下婚车踏入夫家那一刻,新娘就开始用眼角的余波找新郎。她又紧张又害羞,新郎在哪里等她呢？这诗是以新娘进入新郎家中的空间递进为吟唱的。古代富贵人家大门口都有屏风,大门与屏风之间的地方叫"著"。新郎先在门口迎候,随即到庭院,最后到厅堂迎接自己的新娘。新娘子偷偷瞟自己的新郎,没有看到他的脸,只看到他的衣饰是那样华美!"充耳"是新郎戴的冠上装饰的玉,一直悬到耳边,那玉好漂亮啊。这诗句本是极普通的叙述,但经新娘子反复吟唱,吟唱的对象是新郎,又发生在这特殊的时刻和环境中,便觉得妙趣横生、余味无穷了。

魏　风

汾　沮　洳

彼汾沮洳①,言采其莫②。彼其之子,美无度③。美无度,殊异乎公路④。

彼汾一方,言采其桑。彼其之子,美如英⑤。美如英,殊异乎公行⑥。

彼汾一曲⑦,言采其藚⑧。彼其之子,美如玉。美如玉,殊异乎公族⑨。

【注释】

① 汾:汾水,在今山西省中部地区,西南汇入黄河。沮洳(jù rù):水边低湿的地方。② 莫:野菜名,即酸模,又名羊蹄菜。多年生草本,有酸味。③ 度:衡量。美无度,极言其美无比。④ 殊异:优异出众。公路:官名,掌管诸侯的路车。⑤ 英:花。⑥ 公行(háng):官名。掌管诸侯的兵车。⑦ 曲:河道弯曲之处。⑧ 藚(xù):药用植物,即泽泻草。多年生沼生草本,具地下球茎,可作蔬菜。⑨ 公族:官名。掌管诸侯的属车。

【评析】

《汾沮洳》写一个女子在采桑时陷入了爱情：她所爱的男子"美无度"，没办法用语言来形容他的好。他不仅有如花般纯净又完美的外表，而且有如玉般的品行。这位女子的意中人，不仅长相漂亮、德行突出，而且他的身份地位，连那些"公路"、"公行"、"公族"等达官贵人，也望尘莫及。全诗结束，也没有见到对女子所思之人的正面描写，但通过这种对比、烘托的艺术手法，却把这位未露面的男子描写得如见其人了。

十 亩 之 间

十亩之间兮①，桑者闲闲兮②。行与子还兮③。
十亩之外兮，桑者泄泄兮④。行与子逝兮⑤。

【注释】

① 十亩之间兮：十亩青青的桑田啊。② 桑者：指采桑的人。闲闲：宽闲的样子。③ 行与子还兮：我同你一块回家啊。④ 泄泄(yì)：迟缓的样子，松松散散的样子。⑤ 逝：往，回去。

【评析】

桑的最早记述出现在甲骨文当中，是早期农业的重要种植品种。西周的种桑养蚕业几乎遍及整个黄河流域，所以才会有《十亩之间》"桑者泄泄兮"的描绘。全诗六句，每句后面都用了语气词"兮"字,这就很自然地拖长了语调,表现出一种舒缓而轻松的心情,也包含了面对一天的劳动成果满意而愉快的感叹。这首诗,有人说是写采桑女子劳动之后,结伴同归的情景,表现了劳动的快乐;也有人说,是写一位在官场疲惫失意的男人,见到采桑女的悠闲自得,遂有意归隐山林;还有人说,这是采桑女子召唤自己的情郎一起同行。除了学术研究之外,我们日常阅读、欣赏《诗经》,实不必太拘泥于历史考据,今天的我们从这首诗中看到的,除了田园的美,还有工作中的悠闲。

唐 风

蟋 蟀

蟋蟀在堂,岁聿其莫①。今我不乐,日月其除②。无已大康③,职思其居④。好乐无荒,良士瞿瞿⑤。

蟋蟀在堂,岁聿其逝。今我不乐,日月其迈⑥。无已大康,职思其外。好乐无荒,良士蹶蹶⑦。

蟋蟀在堂,役车其休⑧。今我不乐,日月其慆⑨。无已大康,职思其忧。好乐无荒,良士休休⑩。

【注释】

① 聿(yù):同"曰",语助词。莫:同"暮"。② 除:消逝,过去。③ 大康:过分康乐。④ 职:常。居:所处之事。⑤ 瞿瞿(jù):警惕顾虑的样子。⑥ 迈:消逝,过去。⑦ 蹶蹶(guì):敏捷勤劳的样子。⑧ 役车:行役所用的车子。休:休息。⑨ 慆:逝去。⑩ 休休:安闲自得的样子。

【评析】

《诗经·唐风》中最为引人注意的特点就是生命意识的萌

发,这体现在对生命有限性的感叹和对个人价值的渴望。《蟋蟀》一诗格调忧郁悲凉,诗人从蟋蟀由野外迁至屋内,天气渐渐寒凉,想到这一年已到了岁暮,感慨要抓紧时机好好行乐,不然便是浪费了光阴。但是,在及时行乐和勤于职事两个方面,诗人主张"好乐无荒",表现的是一种士人的立身行事的态度,内心的警惕时时有所告诫,倒显示了比较典型的中国古代士大夫品格。

绸　　缪

绸缪束薪①,三星在天②。今夕何夕,见此良人?子兮子兮,如此良人何!

绸缪束刍③,三星在隅④。今夕何夕,见此邂逅⑤?子兮子兮,如此邂逅何!

绸缪束楚,三星在户⑥。今夕何夕,见此粲者⑦?子兮子兮,如此粲者何!

【注释】

①　绸缪(chóu móu):缠绵,紧紧捆束的意思。②　三星:指参宿的中央三星。或言"三"为虚数,非实指,亦通。在天:在天空照耀。星辰出现在天空,意谓已是黄昏时分。③　刍(chú):喂牲口的青草。④　隅:指东南角。⑤　邂逅:不期而会,在这里用作名词,指不期而会的人。⑥　户:门。⑦　粲者:鲜明、美好,

此指美人。

【评析】

　　《绸缪》一诗,写男女初婚之夕的无限好光景,竟是"相逢犹恐是梦中"的恍惚。这样一首写新婚的诗,最先描绘的却是柴草。"薪"、"刍"、"楚"都是柴草,"绸缪"则是紧紧捆扎的意思。紧紧捆束的柴草,祝福一对新人将亲密团结地生活在一起。三星"在隅"、"在户",是随着夜色的加深,三星的位置也有了变化。诗人正是通过"三星"映地位置由东向西之变,表示时间已由黄昏向深夜之移,该开始"闹新房"了,更是喜气非凡!诗借了"束薪"作象征,用"三星"作背景,写了新婚的欢悦场面。而"子兮子兮,如此良人何"这句诗,似是宾客的调侃之语:春宵一刻值千金,该怎么亲昵你的心上人呢?呵呵。真有道不完的情深意长和新婚之夜的憧憬激动。

秦 风

车 邻

有车邻邻^①,有马白颠^②。未见君子^③,寺人之令^④。

阪有漆^⑤,隰有栗^⑥。既见君子,并坐鼓瑟。今者不乐,逝者其耋^⑦。

阪有桑,隰有杨。既见君子,并坐鼓簧^⑧。今者不乐,逝者其亡^⑨。

【注释】

① 邻邻:拟声词,同"辚辚",车行声。② 白颠:头顶长白毛的马,一种良马。③ 君子:这里是对秦国国君秦仲的尊称。④ 寺人:宫内的侍御之官,职位卑下而权力大,即后来的太监之类。令:命令。⑤ 阪(bǎn):山坡。漆:漆树。⑥ 隰(xí):低湿的地方。栗:栗树。⑦ 逝:往、去。逝者:与"今者"相对而言,指明日、很快的意思。耋(dié):八十岁,此处泛指衰老。这句诗是说:转眼就衰老。⑧ 簧:本指笙管中的铜叶,在此为笙的代称。⑨ 亡:死亡。

【评析】

《车邻》这诗是自述式的,首章从拜会友人的途中写起,诗人说自己乘着马车前去,车声"邻邻",如音乐一般好听,他仿佛在欣赏着一支美妙的乐曲。白额头的马是骏马,是古代珍贵的名马之一,不是普通人能养得起用来拉车的,可见诗中人物皆谓贵族身份。诗的菁华在于:"今者不乐,逝者其亡。"现在不及时作乐,将来老了就迟了。这种对于及时行乐的提醒,正是人类对生命的自觉,这种自觉,本身就是一种进步。

小　　戎

小戎俴收①,五楘梁辀②。游环胁驱③,阴靷鋈续④。文茵畅毂⑤,驾我骐馵⑥。言念君子⑦,温其如玉⑧。在其板屋⑨,乱我心曲⑩。

四牡孔阜⑪,六辔在手⑫。骐駵是中⑬,騧骊是骖⑭。龙盾之合⑮,鋈以觼軜⑯。言念君子,温其在邑⑰。方何为期⑱?胡然我念之⑲。

俴驷孔群⑳,厹矛鋈錞㉑。蒙伐有苑㉒,虎韔镂膺㉓。交韔二弓㉔,竹闭绲縢㉕。言念君子,载寝载兴㉖。厌厌良人㉗,秩秩德音㉘。

【注释】

① 小戎：兵车一种。俴（jiàn）：浅。收：轸，即车厢。俴收：浅的车厢。② 楘（mù）：用皮革缠在车辕成 X 形，起加固和修饰作用。梁辀（zhōu）：弯曲的车辕。③ 游环：活动的环，古时车前四马连在一起就用游环结在马颈套上，用它贯穿两旁骖马的外辔。④ 靷（yìn）：引车前行的皮革。鋈（wù）：白铜。续：连续。鋈续：以白铜镀的环紧紧扣住皮带。⑤ 文茵：虎皮坐垫。毂，车轮中心的圆木，中有圆孔，用以插轴。畅毂（gǔ）：长毂。⑥ 骐：青黑色如棋盘格子纹的马。馵（zhù）：左后蹄白或四蹄皆白的马。⑦ 言：乃。君子：指从军的丈夫。⑧ 温其如玉：女子形容丈夫性情温润如玉。⑨ 板屋：用木板建造的房屋。秦国多林，故以木房为多。此处代指西戎（今甘肃一带）。⑩ 心曲：心灵深处。⑪ 牡：公马。孔：甚。阜：肥大。⑫ 辔：缰绳。一车四马，内二马各一辔，外二马各二辔，共六辔。⑬ 骝（liú）：赤身黑鬣的马。这句诗是说：青黑色如棋盘格子纹的马和赤身黑鬣的马在中间驾辕。⑭ 骢（guā）：黄马黑嘴。骊：黑马。骖：车辕外侧二马称骖。这句诗是说：黄色黑嘴的马和纯黑色的马在两侧拉车。⑮ 龙盾：画龙的盾牌。合：两只盾合挂于车上。⑯ 觼（jué）：有舌的环。軜（nà）：内侧二马的辔绳。以舌穿过皮带，使骖马内辔绳固定。⑰ 邑：秦国的属邑。⑱ 方：将。期：指归期。⑲ 胡然：为什么。⑳ 俴驷（jiàn sì）：披薄金甲的四马。孔群：群马很协调。㉑ 厹（qiú）矛：头有三棱锋刃的长矛。镦（duì）：矛柄下端金属套。㉒ 蒙：画杂乱的羽纹。伐：盾。苑（yūn）：花纹。㉓ 帐（chàng）：弓囊。镂膺：

在弓囊前刻花纹。㉔ 交：互相交错。帐：此处用作动词，作"藏"讲。交帐二弓：两张弓，一弓向左，一弓向右，交错放在袋中。㉕ 闭：弓檠。竹制，弓卸弦后缚在弓里防损伤的用具。绲（gǔn）：绳子。幐：缠束、系。㉖ 载寝载兴：且睡且醒，起卧不宁。㉗ 厌厌：安静柔和的样子。良人：女子对丈夫的称谓。㉘ 秩秩：聪明多智。一说有礼节。德音：好声誉。

【评析】

这首诗中有无数繁难字，你只知道这是一而再，再而三地描画战车、战马及兵器的精良华美就够了。春秋诸国，各有自己的时尚。秦国的时尚就是从军打仗。所以，这首《小戎》诗才津津乐道于秦国军队的装备精良，先写兵车，继写战马，再写兵器，反复地渲染其华贵、精美。诗中虽未明言心上人的仪容，但这女子所爱慕的对象已威仪棣棣，宛然在目。在盛大的军容和森严的兵阵中，却点缀了这样一句经典的言情之语："言念君子，温其如玉"，让肃杀的氛围中增添了一丝红粉的色彩。这位女子虽因所爱的男人远在战场而心事纷乱不安，却毫无怨言，其情调与后来中国古典诗词中那些思妇的断肠之曲大异其趣，而溢出阵阵阳刚之气。诗中虽叙写了思念的深切，但更多的却是对所爱恋男子的赞美，并以此来加深思念的深度。尤其是结尾句"厌厌良人，秩秩德音"，凸显了整个社会对她所爱恋男子的高度评价，这女子也以此为慰藉。从《小戎》诗中这女子的心态中，我们可以感受到，她虽珍视自己的爱，心中却是以家国天下为重的。她期待着自己的男人建功立业，凯旋归来。

蒹　葭

蒹葭苍苍①，白露为霜②。所谓伊人③，在水一方。溯洄从之④，道阻且长。溯游从之⑤，宛在水中央⑥。

蒹葭凄凄⑦，白露未晞⑧。所谓伊人，在水之湄⑨。溯洄从之，道阻且跻⑩。溯游从之，宛在水中坻⑪。

蒹葭采采⑫，白露未已⑬。所谓伊人，在水之涘⑭。溯洄从之，道阻且右⑮。溯游从之，宛在水中沚⑯。

【注释】

　　① 蒹葭(jiān jiā)：芦苇。苍苍：茂盛的样子。② 白露：深秋季节露水呈现白色，故称"白露"。为霜：凝结成霜。③ 伊人：那个人，可以是男，也可以是女，不分性别。④ 溯洄：沿着曲折的水边逆流而上。从：追寻。⑤ 溯游：顺流而下。⑥ 宛：好像。⑦ 凄凄：茂盛的样子。⑧ 晞(xī)：干。⑨ 湄：岸边，水与草交接处。⑩ 跻(jī)：登高，意思是地势越来越高，行走费力。⑪ 坻(chí)：水中的小沙洲。⑫ 采采：茂盛的样子。⑬ 已：止，干。⑭ 涘(sì)：水边。⑮ 右：弯曲，迂回。⑯ 沚(zhǐ)：水中的小块陆地。

【评析】

　　《蒹葭》描绘的情景，好比中国的山水画。在寂寞清秋的早晨，秋水如练，白露为霜。诗中主人公在芦苇丛生的岸边张望，思慕的"伊人"既若有若无,又宛然在目。他不畏路途艰难险峻、迂回曲折,一会儿逆流而上,一会儿顺流而下,穷追不舍。而伊人却一会儿在水中央、一会儿在水滩、一会儿在水边,可望而不可即、缥缈而又神秘。无论怎样求索,"伊人"终不可得。诗用写景来言情,极尽缠绵旷远,有一种可思不可言的深沉感慨。读这首诗时,许多人提问:"伊人"是谁呢?是男还是女?诗中写的是现实,还是想象?而这一切,在诗中是没有答案的。《毛诗》郑笺说"伊人"指"懂得周礼的贤人";又有人说是汉水神女;今人又都以为这个"伊人"指的是恋人。可以说,《蒹葭》之美,就是这些问号之美。有一千个读者,就可以有一千位"伊人"。

黄　鸟

　　交交黄鸟①,止于棘②。谁从穆公③?子车奄息④。维此奄息,百夫之特⑤。临其穴⑥,惴惴其栗。彼苍者天⑦,歼我良人⑧!如可赎兮,人百其身⑨!

　　交交黄鸟,止于桑⑩。谁从穆公?子车仲行。维此仲行,百夫之防⑪。临其穴,惴惴其栗。彼苍者天,歼我良人!如可赎兮,人百其身!

　　交交黄鸟,止于楚⑫。谁从穆公?子车鍼虎。维此鍼虎,百夫之御。临其穴,惴惴其栗。彼苍者天,歼我良人!如可赎兮,人百其身!

【注释】

① 交交：拟声词，鸟鸣声。黄鸟：即黄雀。② 止：栖息。棘：酸枣树，枝上多刺，果小味酸。③ 从：从死，即殉葬。穆公：春秋时秦国国君，姓嬴，名任好。④ 子车：复姓。奄息：人名。下文子车仲行、子车鍼（qián）虎同此。⑤ 特：匹敌。百夫之特：可以以一敌百的杰出人才。这句诗是说：奄息一个人可以抵得过一百个人。⑥ 临：到。穴：墓穴。⑦ 彼苍者天：悲哀至极的呼号之语，犹今语"老天爷哪"。⑧ 歼：消灭、杀尽。良人：好人。诗人以子车氏三子为本国的良士，所以称为"我良人"。这里合三子而言，所以说"歼"。⑨ 人：这里是指每人。百其身：谓百倍其身。人百其身：犹言用一百个人赎子车兄弟一命。⑩ 桑：桑树。桑之言"丧"，双关语。⑪ 防：抵挡。百夫之防：犹"百夫之特"。⑫ 楚：荆树。楚之言"痛楚"。亦为双关。

【评析】

《黄鸟》是讽刺秦穆公以人殉葬，痛悼"三良"的挽诗。拿活人祭奠死者，多么荒唐，可这荒唐的事就真实地存在着。据《史记·秦本纪》记载，随秦穆公殉葬的除了子车三兄弟外，还有其他人，加起来共有一百七十七人之多。一个人的死亡竟要陪上这么多无辜的生命，就因为他是高高在上的君王。子车三兄弟由于才干的杰出，有人为之不平，那其他的生命难道就该如此被牺牲？本诗在艺术上的主要特点是双关语的运用，增强了凄惨悲凉气氛，渲染了以人为殉的惨象，从而控诉了人殉制的罪恶。

陈　风

衡　门

衡门之下①，可以栖迟②。泌之洋洋③，可以乐饥④。
岂其食鱼⑤，必河之鲂⑥？岂其取妻，必齐之姜⑦？
岂其食鱼，必河之鲤？岂其取妻，必宋之子⑧？

【注释】

　　① 衡门：通"横"，横木为门，简陋的门。② 栖迟：栖息，安身。③ 泌(bì)：涌出的泉水。一说为泌丘下的水。④ 乐饥：解除饥饿。⑤ 岂：难道。⑥ 河：黄河。鲂：鳊鱼，黄河鳊鱼肥美，很名贵。⑦ 齐之姜：齐国的姜姓美女。姜姓在齐国为贵族，且齐国多出美女。⑧ 宋之子：宋国的子姓女子。子姓在宋国为贵族，且多出美女。

【评析】

　　《衡门》描写隐居自乐的生活，甘于贫贱，不慕富贵。"衡门"是用一根横木做的简单门梁，在这样简陋的门梁下，就已经可以栖居；汩汩流淌的泉水，喝一点，就能果腹。"衡门栖迟"，后来成为一个成语，表明对物质生活上要求很少，只追求精神的自在快乐；"泌水乐饥"，也成为安贫乐道的著名典故。诗中接着说：难道我们吃鱼，非得吃黄河里的鲂鱼和鲤鱼？难道我们要娶妻，非得要娶齐国的姜姓女孩和宋国的子姓姑娘？言外之意是，即便眼前的女子并非出自名门贵族的美女，但我们两情相悦，希望娶她为妻！本诗虽然短促、简单，但表现了先秦陈地百姓自由、纯朴的情爱意识。

豳 风

伐 柯

伐柯如何^①？匪斧不克^②。取妻如何^③？匪媒不得。

伐柯伐柯,其则不远^④。我觏之子^⑤,笾豆有践^⑥。

【注释】

①伐:砍。柯:斧头柄。伐柯:采伐作斧头柄的木料。②匪:同"非"。③取:通"娶"。④则:原则、方法。此处指按一定方法才能砍伐到斧子柄。⑤觏(gòu):遇见。这句诗是说:我看见了那个人。⑥笾(biān):祭祀和宴会时盛果品的竹制食器,也用作礼器。豆:盛放肉、腌制食物、酱类等用的木制食器。在古时家庭或社会举办盛大喜庆活动时,用笾豆等器皿,放满食品,整齐地排列于活动场所,叫做笾豆有践。这里指迎亲礼仪有条不紊。

【评析】

《伐柯》一诗以砍削木头作斧柄必须用斧子取兴,形象地说明娶妻一定要通过媒人。这"兴"不离手边农具与身边草木,格调自然质朴,字里行间充满了深厚浓郁的伦理情怀。后世因此将媒人称作"伐柯人",将提亲称作"伐柯",将作媒称作"执柯"。诗中引申意义最丰的是"伐柯伐柯,其则不远"一句,男人找到一个好媳妇,就如斧头要安上一个合适的斧柄,都是有一定的程序的。没有媒人在其中牵线怎么行? 这充分体现了《诗经》时代对婚姻家庭的重视。

小　雅

采　薇

采薇采薇①，薇亦作止②。曰归曰归③，岁亦莫止④。靡室靡家⑤，狎狁之故⑥。不遑启居⑦，狎狁之故。

采薇采薇，薇亦柔止⑧。曰归曰归，心亦忧止。忧心烈烈⑨，载饥载渴⑩。我戍未定⑪，靡使归聘⑫。

采薇采薇，薇亦刚止⑬。曰归曰归，岁亦阳止⑭。王事靡盬⑮，不遑启处⑯。忧心孔疚⑰，我行不来⑱！

彼尔维何⑲？维常之华⑳。彼路斯何㉑？君子之车㉒。戎车既驾㉓，四牡业业㉔。岂敢定居？一月三捷㉕。

驾彼四牡，四牡骙骙㉖。君子所依㉗，小人所腓㉘。四牡翼翼㉙，象弭鱼服㉚。岂不日戒㉛？狎狁孔棘㉜！

昔我往矣㉝，杨柳依依㉞。今我来思㉟，雨雪霏霏㊱。行道迟迟㊲，载渴载饥。我心伤悲，莫知我哀！

【注释】

① 薇：野生的豌豆苗。② 作：冒出地面，新长出来。止：语助词。这句诗是说：薇菜长出来了。③ 曰：说。一说为语助词，无实义。归：回家。④ 莫：同"暮"，岁暮，即年终。⑤ 靡：无。⑥ 狎狁(xiǎn yǔn)：亦作"猃狁"。我国古代北方少数民族，到春秋时代称为狄，战国、秦、汉称匈奴。⑦ 遑：闲暇。不遑：没空。启：古代人的跪坐。居：安坐。启居：指休整。⑧ 柔：柔弱，柔嫩。⑨ 烈烈：火势很大的样子，此处形容忧心如焚。⑩ 载：语助词，又。⑪ 戍：驻守。定：安定。⑫ 使：传达消息的人。靡使：没有捎信的人。聘：探问，问候。归聘：回家问候。⑬ 刚：指薇菜由嫩而老，变得粗硬。⑭ 阳：指夏历十月。⑮ 王事：指征役。盬(gǔ)：休止。王事靡盬：官家的差役没有完的时候。⑯ 启处：与"启居"同义。⑰ 孔：很，非常。疚：痛苦。孔疚：非常痛苦。⑱ 来：回家。不来：不归。⑲ 尔：同"薾"，花盛开的样子。维，语助词。维何：是什么。这句诗是说：那开得很茂盛的是什么？⑳ 常：棠棣，木名，也叫郁李，花或红或白，果实像李子而较小，花两三朵为一缀，茎长而花下垂。诗人以常棣的花比兄弟。㉑ 路：同"辂"，高大的马车。斯：语助词，无实义。这句诗是说：那个高大的是什么车？㉒ 君子：指将帅，主帅。㉓ 戎车：兵车。㉔ 四牡：驾兵车的四匹雄马。业业：马高大的样子。㉕ 三：古汉语中"三"泛指多次。捷：胜利。三捷：与敌人多次交战并获胜。㉖ 骙骙(kuí)：马强壮的样子。㉗ 依：乘，指将帅靠立在车上。㉘ 小人：指士卒。腓(féi)：隐蔽、掩护。小人所腓：士兵以车为掩护。㉙ 翼翼：行

止整齐的样子。㉚ 弭(mǐ)：弓末弯曲处。象弭：象牙镶饰的弓。服：同"箙"，装箭的器具。鱼服：鱼皮制成的箭袋。此句诗形容装备精良。㉛ 日戒：每日警备。㉜ 棘：紧急。孔棘：非常紧急。㉝ 昔：过去，当初离家应征的时候。往：指当初从军。㉞ 依依：柳枝随风飘拂貌。㉟ 思：语助词。这句诗是说：如今我归来的时候。㊱ 雨(yù)：作动词，下、落。霏霏：雪花纷飞的样子，形容雪下得很大。㊲ 行道：归途。迟迟：步履缓慢的样子。

【评析】

"昔我往矣，杨柳依依。今我来思，雨雪霏霏。"这句诗从古到今都是《诗经》粉丝们最喜欢的，充满了浪漫情怀。可是，这美好的诗句竟是出自残忍的战争诗《采薇》。诗写战争，不是从"与子同袍"的万丈豪情写起，起笔却从怀家开始。从薇菜刚刚发芽就开始说起要回家，转眼一年到了头，诗人却还在征途中。"靡室靡家，猃狁之故。不遑启居，猃狁之故。"以十分平淡的语句交代不能回家的理由，平淡的语言背后是怎样的仇恨、厌恶和无奈，却是需要我们用心品读的。"曰归曰归，心亦忧止。忧心烈烈，载饥载渴"，一边是内心的折磨，一边是身体的折磨，让人对战争不得不有一种深切的厌恶，勾起对温馨宁静家园的无限向往。望着慢慢老去的薇菜，诗人不停地念叨着回家，本来逼近的回家却因为王事的多变而遥遥无期，诗人的思家之情愈发浓烈，开始"忧心孔疚"了，那是有如病魔折磨的忧痛。每每读到这首诗，最能打动人心就是最后一句"我心伤悲，莫知我哀"，诗人所有的情感都浓缩在这里面。《采薇》可称为千古厌战诗的鼻祖，是描写戍卒复杂、矛盾心理活动的杰作。

鱼　丽

鱼丽于罶①，鲿鲨②。君子有酒，旨且多③。
鱼丽于罶，鲂鳢④。君子有酒，多且旨。
鱼丽于罶，鰋鲤⑤。君子有酒，旨且有。
物其多矣，维其嘉矣⑥！
物其旨矣，维其偕矣⑦！
物其有矣，维其时矣⑧！

【注释】

①丽(lí)：通"罹"，遭遇。罶(liǔ)：捕鱼的篓子。②鲿(cháng)：黄颊鱼。鲨：一种小鱼，圆而有点。③旨：味美。④鲂(fáng)：鱼名，鳊鱼的古称。鳢(lǐ)：草鱼，一说黑鱼。⑤鰋(yǎn)：鲇鱼。⑥维：语助词，无实义。⑦偕：合口。或说食物搭配得好。⑧时：适时，指食品应时鲜美。

【评析】

《鱼丽》是写贵族宴饮宾客的诗，诗中夸耀了宴席上的鱼鲜酒美、食物丰盛。需要注意的是，这"鱼丽"的"丽"不是美丽的意思,而是"罹难"的"罹"的含义。"鱼丽于罶"意思是说鱼儿钻进了捕鱼的篓子里。诗中提到了鲿、鲨、鲂、鳢、鰋、鲤六种鱼,具体地凸显了主人酒宴的丰盛和礼节的周到。诗人从鱼和酒两方面着笔,并没有写宴会的全部情景,只是突出鱼的品种众多,还有好酒喝,暗示其他菜肴一定也是非常丰盛的,表明了宴席上宾主尽情欢乐的盛况。

湛 露

湛湛露斯①,匪阳不晞②。厌厌夜饮③,不醉无归。

湛湛露斯,在彼丰草。厌厌夜饮,在宗载考④。

湛湛露斯,在彼杞棘⑤。显允君子⑥,莫不令德⑦。

其桐其椅⑧,其实离离⑨。岂弟君子⑩,莫不令仪⑪。

【注释】

① 湛湛:露清莹又浓厚的样子。斯:语气词,无实义。这句诗是说:浓重又轻盈的露水啊。② 匪:同"非"。晞:干。③ 厌厌:满足、和悦的样子。这句诗是说:欢畅、痛快的夜饮。④ 宗:宗庙。这句诗是说:在宗庙和百姓设宴成欢。⑤ 杞:杞树。棘:酸枣树。两种树都是灌木,身有刺而果实甘酸可食。⑥ 显:明达。允:诚信。显允:光明磊落而诚信忠厚。⑦ 莫:没有。令:善美。这句诗是说:没有一个不是好德行。⑧ 桐:

桐有多种,古多指梧桐。椅:山桐子木,有美丽花纹。⑨ 离离:犹"累累",下垂的样子。⑩ 岂弟(kǎi tì):同"恺悌",和乐平易的样子。⑪ 仪:仪容,风范。这句诗是说:没有一个不是威仪良好的。

【评析】

　　《湛露》一诗乍看平淡无奇,只是写了吃饭喝酒很开心,细品却如橄榄,百般滋味。简单的吃饭喝酒之中,有着家国一体、上下一心的寄予。诗中所写的欢宴是在夜间举行的,与今天一样,欢娱的宴会必至深夜。这时夜色已深,欢笑畅快,酒酣耳热。踱步室外,见户外芳草萋萋,屋宇四围遍植杞、棘、梧桐等美木,树上还挂满了果实。现在,一切都笼罩在夜露之中。这意味着明天将是晴好的。宗庙之外,弥漫着祥和的静谧之气;宗庙之内,则杯觥交错,宾主尽欢。好一幅三千年前的行乐图,真是盛世的繁华景象!

鹤　　鸣

　　鹤鸣于九皋①,声闻于野。鱼潜在渊,或在于渚②。乐彼之园,爰有树檀,其下维萚③。它山之石,可以为错④。

　　鹤鸣于九皋,声闻于天。鱼在于渚,或潜在渊。乐彼之园,爰有树檀,其下维穀⑤。它山之石,可以攻玉。

【注释】

①皋(gāo):沼泽。九:虚数,言沼泽之多。九皋:曲折深远的沼泽。②渚(zhǔ):水中的小块陆地。③萚(tuò):酸枣一类的灌木。一说"萚"乃枯落的枝叶。④错:砺石,可以打磨玉器。⑤穀(gǔ):树木名,即楮树,其树皮可作造纸原料。

【评析】

"它山之石,可以攻玉"这一富有哲理的成语,便出自此诗。然而,《鹤鸣》一诗的主旨并不意在阐释哲理,而是通过赞颂园林池沼的美丽,来招隐求贤。诗中用了多个比喻,以鹤比隐居的贤人,以鱼在渊、在渚比贤人隐居或出仕,以花园隐喻国家,以檀树比贤人,以枯落的枝叶比小人,以它山之石喻指别国的贤人,通过这一系列比喻,表达了诗人认为只有贤人才能使国家昌盛的政治态度。抛却这深沉诗思,《鹤鸣》是一首优美的田园诗,诗直白写景,景自动人——在广袤的荒野里,诗人听到鹤鸣之声,震动四野,高入云霄;然后看到游鱼一会儿潜入深渊,一会儿又跃上滩头。再向前看,只见一座园林,长着高大的檀树,檀树之下,堆着一层枯枝败叶。园林近旁,又有一座怪石嶙峋的山峰,诗人因而想到这山上的石头,可以取作磨砺玉器的工具。寥寥几笔即构成一幅万物生长、生机勃勃的悠远空灵的田园美景!

斯　干

秩秩斯干①，幽幽南山②。如竹苞矣③，如松茂矣。兄及弟矣，式相好矣④，无相犹矣⑤。

似续妣祖⑥，筑室百堵⑦，西南其户⑧。爰居爰处⑨，爰笑爰语。

约之阁阁⑩，椓之橐橐⑪。风雨攸除⑫，鸟鼠攸去，君子攸芋⑬。

如跂斯翼⑭，如矢斯棘⑮，如鸟斯革⑯，如翚斯飞⑰，君子攸跻⑱。

殖殖其庭⑲，有觉其楹⑳。哙哙其正㉑，哕哕其冥㉒，君子攸宁。

下莞上簟㉓，乃安斯寝㉔。乃寝乃兴㉕，乃占我梦㉖。吉梦维何？维熊维罴㉗，维虺维蛇㉘。

大人占之㉙：维熊维罴，男子之祥㉚；维虺维蛇，女子之祥。

乃生男子㉛，载寝之床㉜。载衣之裳㉝，载弄之璋㉞。其泣喤喤㉟，朱芾斯皇㊱，室家君王㊲。

乃生女子，载寝之地。载衣之裼㊳，载弄之瓦㊴。无非无仪㊵，唯酒食是议㊶，无父母诒罹㊷。

【注释】

① 秩秩：涧水清清流淌的样子。斯：这。干：通"涧"，山间流水。② 幽幽：深远的样子。南山：指西周镐京南边的终南山。③ 苞：竹木稠密丛生的样子。这句诗是说：有丛生稠密的竹林。④ 式：语助词，无实义。好：友好和睦。这句诗是说：要相互和睦友爱。⑤ 犹：欺诈。⑥ 似：同"嗣"，嗣续，犹言"继承"。妣：本指已故的母亲，此指女性祖先。祖：先代。妣祖：在此统指祖先。⑦ 堵：一面墙为一堵，一堵面积方丈。百堵：一百方丈，指宫室宽广。⑧ 户：门，在这里活用作动词，开户。⑨ 爰：于是，在此。⑩ 约：用绳索捆扎。阁阁：拟声词，捆扎筑板的声音。一说将筑板捆扎牢固的样子。⑪ 椓（zhuó）：用杵捣土，犹今之打夯。橐橐（tuó）：捣土的声音。古代筑墙为版筑法，按照土墙长度和宽度的要求，先在土墙两侧及两端设立木板，并用绳索捆扎牢固。然后再往木板空槽中填土，并用木夯夯实夯牢。筑好一层，木板如法上移，再筑第二层、第三层，至今西北农村仍在沿用。所用之土，必须是湿润而具黏性的土质。⑫ 攸：乃、是。除：解除、除去。⑬ 芋：《鲁诗》作"宇"，居住。⑭ 跂（qǐ）：踮起脚跟站立。翼：端庄肃敬的样子。⑮ 棘：借作"翮（hè）"，此指箭羽翎。这句诗是说：宫室四边像箭头一样棱角分明。⑯ 革：借作"翮"，翅膀。⑰ 翚（huī）：野鸡。⑱ 跻（jī）：登。⑲ 殖殖：平正的样子。庭：庭院。⑳ 有：语助词，无实义。觉：高大而直立的样子。楹：柱子。㉑ 哙哙（kuài）：同"快快"，宽敞明亮的样子。正：向阳的房子，即正房。㉒ 哕哕（huì）：幽暗的样子。冥：指厅后光线较暗的地方。㉓ 莞

(guān）：蒲草，可用来编席，此指蒲席。簟（diàn）：竹席。㉔ 寝：睡觉。㉕ 兴：起床。㉖ 我：指殿寝的主人，此为诗人代主人的自称。㉗ 罴（pí）：熊的一种，体型较大。㉘ 虺（huǐ）：一种毒蛇，颈细头大，身有花纹。㉙ 大人：即太卜，周代掌占卜的官员。㉚ 祥：吉祥的征兆。古人认为熊罴是阳物，故为生男之兆；虺蛇为阴物，故为生女之兆。㉛ 乃：如果。㉜ 载：则、就。㉝ 衣：穿衣。裳：下裙，此指衣服。㉞ 璋：玉器。㉟ 喤喤（huáng）：哭声洪亮的样子。㊱ 朱芾（fú）：用熟治的兽皮所做的红色蔽膝，为诸侯、天子所服。㊲ 室家君王：四个字均作动词用，指成家、立室、为君、为王。㊳ 裼（tì）：婴儿用的褓衣。㊴ 瓦：陶制的纺线锤。㊵ 非：违背。仪：读作"俄"，邪僻。这句诗是说：她将来出嫁后不违背公婆和丈夫，品行贤淑无过失。㊶ 唯：只是。议：谋虑、操持。古人认为女人主内，只负责办理酒食之类的家务。㊷ 诒（yí）：同"贻"，给与。罹（lí）：忧愁。这句诗是说：不给父母带来忧愁。

【评析】

《小雅·斯干》一诗是贵族建造宫殿，在落成典礼上所唱的祝辞，诗中描绘了宫殿的堂皇富丽，屋宇阔大，庭柱笔直，并表达了祈求子孙后代永远繁衍生息的美好愿望：继承祖业传祖训，盖起宫殿上百间……如果生个小男孩儿，就让他睡在小榻床上，给他穿上小衣裳，拿块玉璋让他当玩具。他的哭声如钟响，将来一定有出息，穿上颜色鲜艳的大礼服，肯定成家立业，成为诸侯、成为君王。如果生下个小姑娘，就让她躺在地板上，给她裹一条小被儿，给她陶制的纺轮当玩具。教她说话要谨慎，操持家务多干活，将来既能好好侍候夫家，又不给爹娘添麻烦，被赞许为从不惹是非的贤妻良母。这首诗清晰地告诉我们，在古代社会中，"弄璋"和"弄瓦"作为生男生女的标志，其中既寓含着男女社会地位和劳动分工的界限，也是男尊女卑在古人心中的定格。男女平等是近代以来，随着科技的飞跃发展，带来思想的解放，才得以被提出并逐渐为广大人民接受，在生产力不那么发达的古代，男尊女卑的思想根深蒂固，人们总是把一切美好的愿望寄托在男孩身上，希望他将来能够成家立业、高官厚禄、光耀门庭。因为《诗经》贵为经典，历代传诵，"弄璋弄瓦"也就成了生男生女的象征性代称，甚至变成了古代汉语中的一个常用语词。

节　南　山

节彼南山①，维石岩岩②。赫赫师尹③，民具尔瞻④。忧心如惔⑤，不敢戏谈。国既卒斩⑥，何用不监⑦！

节彼南山，有实其猗⑧。赫赫师尹，不平谓何！天方荐瘥⑨，丧乱弘多。民言无嘉，憯莫惩嗟⑩！

尹氏大师，维周之氐⑪。秉国之均⑫，四方是维。天子是毗⑬，俾民不迷⑭。不吊昊天⑮！不宜空我师⑯。

弗躬弗亲，庶民弗信。弗问弗仕，勿罔君子⑰。式夷式已⑱，无小人殆⑲。琐琐姻亚⑳，则无膴仕㉑。

昊天不佣^㉒，降此鞠讻^㉓。昊天不惠^㉔，降此大戾^㉕。君子如届^㉖，俾民心阕^㉗。君子如夷，恶怒是违^㉘。

不吊昊天，乱靡有定。式月斯生^㉙，俾民不宁。忧心如酲^㉚，谁秉国成^㉛？不自为政，卒劳百姓^㉜。

驾彼四牡^㉝，四牡项领^㉞。我瞻四方，蹙蹙靡所骋^㉟。

方茂尔恶^㊱，相尔矛矣^㊲；既夷既怿^㊳，如相酬矣^㊴！

昊天不平，我王不宁。不惩其心，覆怨其正^㊵。

家父作诵^㊶，以究王讻^㊷。式讹尔心^㊸，以畜万邦^㊹。

【注释】

① 节：通"巀（jié）"，嵯峨的意思。② 岩岩：山崖高峻的样子。③ 赫赫：显要、鲜明的意思。师：大（tài）师，西周掌军事大权的长官。尹：一说为西周贵族尹氏，一或为史尹，是西周文职大臣，卿士之首。④ 具：通"俱"。瞻：仰慕。⑤ 惔（tán）："炎"的误字，火烧。⑥ 卒：终，全。斩：断绝。⑦ 何用：宾语前置，即"用何"。监：古同"鉴"，借鉴，参考。⑧ 有实：《诗经》中形容词、副词以"有"作词头者，相当于该词之重叠词，即"实实"，广大的样子。猗：同"阿"，山阿，大的丘陵。⑨ 荐：再次。瘥（cuó）：疫病。⑩ 憯（cǎn）：曾，乃。嗟：叹词，表叹息。⑪ 氐：根本。⑫ 均：通"钧"，制陶器的模具下端的转轮盘，有塑成陶器形状的功能，这里引申为校正国家的器具。⑬ 毗（pí）：通"裨"，辅助、增益的意思。⑭ 俾（bǐ）：《说文》解为"门侍人"，本义为门

役,这里是动词"使"的意思。⑮ 吊:通"叔",借为"淑",善。昊天:昊是"大"的意思,"昊天"指皇天。⑯ 空:使动用法,这里是困穷的意思。师:众民。⑰ 罔,蒙蔽。⑱ 式:应,当。夷:平。已:应为"己"之误,本义为停止,此处义为以身作则。⑲ 殆:《说文》"殆,危也。"⑳ 琐琐:细小卑贱,《尔雅·释训三》:仳仳,琐琐,小也。姻:儿女亲家。亚:通"娅",姐妹之夫的互称。姻亚:统指婚姻的襟带关系。㉑ 膴(wǔ):肥美。膴仕:肥缺,即高官厚禄。㉒ 佣:古"庸"字,平凡、庸俗。㉓ 鞫(jū):告诫。讻(xiōng):祸乱。㉔ 惠:通"慧"。㉕ 戾:暴戾,灾难。㉖ 届:到达、莅临。㉗ 阕:止息。㉘ 君子如夷,恶怒是违:这两句的意思是说,至德的圣君如果执政公允,一定会让百姓的怨怒远离!㉙ 式月斯生:意为祸患滋生伴随着岁月增长。㉚ 酲(chéng):酒醒后神志不清有如患病的感觉。㉛ 成:平。㉜ 卒:通"悴(cuì)",忧愁,这里是使动用法。劳:使动用法。卒劳百姓:使百姓忧愁劳顿,不得安宁。㉝ 牡:公牛,引申为雄性动物,此指公马。㉞ 项领:肥大的脖颈。㉟ 蹙蹙(cù):局促不得舒展的样子。蹙蹙靡所骋:意为心头茫然不知向何处驰骋!㊱ 茂:盛。恶:憎恶。㊲ 相:视。㊳ 怿:悦。㊴ 酬:劝酒。㊵ 覆:反。正:规劝纠正。㊶ 家父:此诗作者,周大夫。作诵:作诗讽谏。㊷ 讻(xiōng):祸乱。以究王讻:说的是为探究君王遭祸乱的原因。㊸ 讹(é):改变。㊹ 畜:养。

【评析】

按照《诗经》学传统的"美刺"说,这首《节南山》是"变风变雅"的典型诗篇,揭露、讽刺了西周末年那些掌握国家重权的官僚执政腐败,裙带勾结,蝇营狗苟,终致天怒人怨而丧乱天下!全诗可分为三个部分:第一部分,开篇以南山起兴,以山之高峻险要象征权臣们势倾天下,干系着国家的命运。接着直刺其执政腐朽,丧国乱家,终致天怒人怨!第二部分,从权臣们维系国家命脉的责任出发,痛批其处事不自为,玩忽职守,丧失民心,其文意内蕴深沉,用心良苦!第三部分,由怨怒转而悲叹。诗的末章言"家父作诵,以究王讻",指出了《节南山》一诗的作者是周大夫家父,是他斥责权臣尹氏大师,结合"昊天不平,我王不宁"的呼应来看,天怒人怨,总由师尹秉政不平使然,故"不平"二字为全篇之眼。

《汉书·艺文志》言"周道始缺,怨刺之诗起"。"变风变雅"诗篇的主体是以与政治生活息息相关的政治讽谏诗,这些诗篇思想具有较强的政治针对性、情感上具有强烈的抒情性,反映出了西周末年贵族士大夫的忧患意识和同情民生疾苦的情愫,这正是孔子所言的"诗可以怨"!这些诗篇对我国后世的文学创作,特别是诗歌创作产生了巨大的影响,开创了我国古典诗歌勇于批判现实的优良传统。

大　雅

生　民

厥初生民①，时维姜嫄②。生民如何？克禋克祀③，以弗无子④。履帝武敏歆⑤，攸介攸止⑥。载震载夙⑦，载生载育，时维后稷。

诞弥厥月⑧，先生如达⑨。不坼不副⑩，无菑无害⑪。以赫厥灵，上帝不宁⑫。不康禋祀⑬，居然生子。

诞寘之隘巷⑭，牛羊腓字之⑮。诞寘之平林⑯，会伐平林⑰。诞寘之寒冰，鸟覆翼之⑱。鸟乃去矣，后稷呱矣⑲。实覃实讦⑳，厥声载路㉑。

诞实匍匐㉒，克岐克嶷㉓，以就口食㉔。蓺之荏菽㉕，荏菽旆旆㉖。禾役穟穟㉗，麻麦幪幪㉘，瓜瓞唪唪㉙。

诞后稷之穑㉚，有相之道㉛。茀厥丰草㉜，种之黄茂㉝。实方实苞㉞，实种实襃㉟。实发实秀㊱，实坚实好㊲，实颖实栗㊳。即有邰家室㊴。

诞降嘉种㊵，维秬维秠㊶，维糜维芑㊷。恒之秬秠㊸，是获是亩㊹。恒之糜芑，是任是负㊺。以归肇祀㊻。

诞我祀如何？或舂或揄㊼，或簸或蹂㊽。释之叟叟㊾，烝之浮浮㊿。载谋载惟㋝，取萧祭脂㋞。取羝以軷㋟，载燔载烈㋠。以兴嗣岁㋡。

卬盛于豆㋢，于豆于登㋣，其香始升。上帝居歆㋤，胡臭亶时㋥。后稷肇祀，庶无罪悔，以迄于今。

【注释】

① 厥初：其初。民：人。② 时：是。姜嫄(yuán)：传说中有邰氏之女，周民族始祖后稷之母。后稷：周民族的始祖，名弃，曾在尧时做农官，教百姓耕种。③ 克：能。禋(yīn)：祭天的一种礼仪，先烧柴升烟，再加牲体及玉帛于柴上焚烧。④ 弗(fú)：通"祓"，除灾求福的祭祀。⑤ 履：践踏。帝：上帝。武：足迹。敏：通"拇"，大拇指。歆：心有所感的样子。⑥ 攸：语助词。介：神保佑。止：通"祉"，神降福。⑦ 震(shēn)：同"娠"，怀孕。夙：生活有规律，严肃律己。⑧ 诞：迨，到了。弥：满。⑨ 先生：头生，第一胎。如：而。达：滑利。⑩ 坼(chè)：裂开。副(pì)：破裂。⑪ 菑(zāi)：同"灾"。⑫ 不：丕。不宁：大宁，即安宁。⑬ 不康：大康，即安康。⑭ 寘(zhì)：弃置。隘：狭。⑮ 腓(féi)：庇护。字：爱抚、哺育。⑯ 平林：平原上的林木。⑰ 会：恰好。⑱ 鸟覆翼之：大鸟张翼覆盖他。⑲ 呱(gū)：小儿哭声。⑳ 实：是。覃(tán)：长。訏(xū)：大。这句诗是说：后稷的哭声又大又长。㉑ 厥声：他的啼哭声。载：充满。

㉒ 匍匐：伏地爬行。㉓ 岐、嶷(nì)：都指幼年聪慧，能识别事物。㉔ 就：趋往。口食：吃食。㉕ 蓺(yì)：同"艺"，种植。荏菽(rěn shū)：大豆。㉖ 旆旆(pèi)：草木茂盛的样子。㉗ 役：行列。穟穟(suì)：禾穗丰硬下垂的样子。㉘ 幪幪(měng)：茂密的样子。㉙ 瓞(dié)：小瓜。唪唪(běng)：果实累累的样子。㉚ 穑：耕种。㉛ 有相之道：有帮助五谷成长之道。㉜ 茀(fú)：拂，拔除。㉝ 黄茂：良谷嘉种，指黍、稷。㉞ 实：是。方：生得整齐。苞：苗长得丰茂。㉟ 种：禾芽始出。褎(yòu)：禾苗渐渐长高。㊱ 发：发茎。秀：禾初生穗。㊲ 坚：谷粒灌浆饱满。㊳ 颖：禾穗末梢饱满下垂的样子。栗：形容收获众多的样子。㊴ 邰：地名，尧封后稷于此地，在今陕西武功县西南。㊵ 降：赐与。㊶ 秬(jù)：黑黍。秠(pǐ)：黍的一种，一个黍壳中含有两粒黍米。㊷ 穈(mén)：赤苗，红米。芑(qǐ)：白苗，白米。㊸ 恒：遍、满。㊹ 亩：堆在田里。㊺ 任：挑起。负：背起。㊻ 肇：开始。祀：祭祀。㊼ 揄(yóu)：舀取，从臼中取出舂好之米。㊽ 簸：扬米去糠皮。蹂(róu)：以手搓余剩的谷皮。㊾ 释：淘米。叟叟：拟声词，淘米的声音。㊿ 烝：同"蒸"。浮浮：热气上升的样子。51 谋：商量、计议。惟：考虑。52 萧：香蒿。脂：牛油。53 羝(dī)：公羊。軷(bá)：祭祀的名称，是祭道路之神的。54 燔(fán)：将肉放在火里烧炙。烈：将肉贯穿起来架在火上烤。55 兴：兴旺。嗣岁：来年。56 卬：仰，举。豆：古代一种高脚容器。57 登：瓦制容器。58 居：安。歆：享受祭祀。59 臭：香气。亶(dàn)：诚然，确实。时：善，好。胡臭亶时：为什么香气诚然如此好。

【评析】

　　《生民》篇中所描写的后稷,名弃,他对周民族的巨大贡献和具有开创意义的历史功绩,在于他教会百姓种植庄稼,发现了多种重要作物的培育方法,极大地发展了农业生产。也正因如此,他不但被后人尊为祖先神,而且也被称为农神或谷神。《生民》这首诗以后稷诞生传说开始,以农耕生活及农耕礼仪的写实性描写终篇,所叙述的是有关周民族之所由来,以及后稷如何创业振兴的故事。因其记录了周民族的早期历史,一直被看作是周民族的史诗。司马迁就曾从《生民》一诗中取材,并翻译成汉代的通行语,写到了《史记·周本纪》中。《生民》这首浸透着神话传说的史诗所记载的姜嫄履帝迹怀孕、无夫生子的奇迹,隐含着母系氏族社会婚姻杂交、原始野合、知其母不知其父的史实。据《史记·周本纪》记载,周人从后稷以后,世世以男系相传。我们从这里可以看出:周人在原始社会时期,在后稷以前是母系氏族社会,从后稷起进入父系氏族社会。这也是人类社会迈向文明与进步的信息。

周　颂

清　庙

於穆清庙①，肃雍显相②。济济多士③，秉文之德④，对越在天⑤，骏奔走在庙⑥。不显不承⑦，无射于人斯⑧！

【注释】

①於(wū)：叹词，表示感叹，相当于现代汉语的"啊"。穆：庄严、壮美。清庙：一说为清静的宗庙，一说为祭有清明之德者的宗庙。②肃：敬。雍：和。肃雍：庄重而和顺的样子。显：高贵显赫。相：助祭的人，此指助祭的公卿诸侯。③济济：众多的样子。多士：指祭祀时承担各种职事的官吏。④秉：秉承。文之德：周文王的德行。⑤对越：犹"对扬"，对是报答，扬是颂扬。在天：指周文王的在天之灵。⑥骏：敏捷、迅速。在宗庙奔走以迅速为敬。⑦不(pī)：通"丕"，大。承(zhēng)：借为"烝"，美盛。显、承：都是赞美之词。⑧射(yì)：借为"致"，厌倦。斯：语气词。无射于人斯：是说仰慕之情永无穷。

【评析】

《诗经》有"四始"之说，指《风》《大雅》《小雅》《颂》的四篇列首位的诗,在此类诗篇中具有引领风气的代表作用。《史记·孔子世家》:"《关雎》之乱以为'风'始,《鹿鸣》为'小雅'始,《文王》为'大雅'始,《清庙》为'颂'始。"《清庙》是《周颂》的第一篇,即所谓"颂之始"。《清庙》一诗赞颂的对象到底是谁,历史上一直有争议,现代学者多以为此诗是洛邑告成时,周公率诸侯群臣告祭周文王的颂歌。诗中通过对宗庙及祭祀仪式的礼赞,表达了对周人祖先功德的感谢和期望德业长存的愿望。

商 颂

玄 鸟

　　天命玄鸟①,降而生商②。宅殷土芒芒③。古帝命武汤,正域彼四方④。方命厥后⑤,奄有九有⑥。商之先后⑦,受命不殆,在武丁孙子⑧。武丁孙子,武王靡不胜。龙旂十乘⑨,大糦是承⑩。邦畿千里⑪,维民所止,肇域彼四海⑫。四海来假⑬,来假祁祁⑭。景员维河⑮,殷受命咸宜,百禄是何⑯。

【注释】

　　① 玄鸟:燕子。② 降:降下。生商:传说有娀氏女简狄,吞燕子卵有孕,生下商族祖先。③ 宅:居住。芒芒:广大的样子。④ 正:划治。域:疆域。这句诗是说:划治好那四方的疆域。⑤ 方:遍,普。后:君主,此指各部落的酋长首领。这句诗是说:广遍命令四方的诸侯。⑥ 奄:全部。九有:九州。⑦ 先后:先王。⑧ 武丁孙子:武丁后代。一说此三句中"武丁"与"武王"当互换,武王即商汤,武丁是汤的九代孙盘庚之弟小乙的儿子。⑨ 龙旂(qí):古时一种旗帜,上画龙形,竿头系铜铃。乘

(shèng)：四马一车为乘。⑩ 大糦(chì)：同"饎"，酒食，用来祭祀。⑪ 邦畿(jī)：古代直属天子管理的地方。⑫ 肇：开始。这句诗是说：开始以四海为疆域。⑬ 假(gé)：通"格"，来到。⑭ 祁祁：纷杂众多的样子。⑮ 景：景山，在今河南商丘，古称亳，为商之都城所在。员：运。东西为广，南北为运。这句诗是说：殷地四境都是大河。⑯ 何(hè)：通"荷"，承担。

【评析】

《玄鸟》以简练的笔墨勾画殷商史事，其追叙民族历史的部分与《大雅·生民》相类似，带有神话传说及史诗性质，具有史料价值。从诗歌创作的角度看，此诗成功地应用了对比、顶真、叠字等修辞手法，结构严谨，脉络清晰，在艺术创作上成就极高。诗先写商民族神圣祖先的诞生和伟大的商汤立国，目的是衬托武丁中兴的大业，以先王的不朽功业与武丁的中兴事业相比，更显出武丁中兴事业之盛美。最后几句中，"四海来假，来假祁祁"，顶针与叠字修辞并用，补充说明四方朝贡觐见者之众多，也有曲终奏雅的烘托。